서른의 반격

* 이 도서의 국립중앙도서관 출판시도서목록(CIP)은 e-CIP홈페이지(http://www.nl.go.kr/ecip)와 국가자료공동목록시스템(http://www.nl.go.kr/kolisnet)에서 이용하실 수 있습니다.
(CIP제어번호: CIP2017025497)

제5회 제주4·3평화문학상 수상작

서른의 반격

손원평 장편소설

은행나무

차
례

1. 1988년생

내가 태어날 무렵 우리나라엔 코가 큰 남자가 한 명 살고 있었다. 그는 퇴역 장군 출신의 머리가 희끗한 남자였는데, 여러모로 결코 예사로운 삶을 살았다고 볼 수는 없었다. 하지만 웬일인지 예순이 가까워지던 무렵, 갑자기 그는 '보통 사람'이라는 말을 버릇처럼 입에 담기 시작했다. 어찌나 그 말을 좋아했던지 자기소개를 할 때도 스스로를 보통 사람이라고 소개했으며 사람들이 의심이라도 할까봐 말끝마다 믿어주세요, 라는 말까지 덧붙였다. 그는 보통 사람의 시대가 올 거라고 밑도 끝도 없이 말하고 다녔는데, 얼핏 들으면 궤변처럼 들리는 그 말을 등에 업고 놀랍게도 대통령의 자리까지 올랐다. 그 후에도 그의 행보는 남달랐다. 대표적으로, 퇴임 후 전대 대통령과 나란히 수갑을 차고 신문 헤드라인을 장식하는 등, 보통 사람은 좀처럼 경험하기 힘든 삶을 차곡차

곡 살았다.

내가 아는 건 그 정도다. 그전에 벌어진 피, 광장, 투쟁의 흔적은 사진과 다큐에서나 본 겪지 못한 옛날 얘기일 뿐이다. 세상은 몇 발자국쯤 앞으로 나아갔지만 그 몇 발자국이 전부인 것 같다. 여전히 부당함이 우위를 점령하고 있고 당연히 보통 사람의 시대는 오지 않았다. 대신 대세에 머리를 조아려 수긍하면서도 온갖 수단과 방법을 써서라도 나는 남들과 달리 몹시 특별한 사람이라고, 그러니 제발 나를 좀 주목해달라고 온몸으로 외쳐야 하는 세상이 왔다. 나는 하필이면 이 시대에 청춘의 끝자락을 맞이한 숱한 여럿 중 하나이다.

물론 내게도 시작이 있었다. 대부분의 탄생이 그러하듯, 내 삶의 시작도 누군가에겐 두고두고 얘기하는 특별한 추억이다. 내 이름에 대한 이야기가 나올 때마다 엄마는 전국이 호돌이 마크로 도배되고 굴렁쇠 소년이 굴렁쇠를 굴리던 더웠던 여름날을 이야기하곤 했다. 개발도상국에서 펼쳐진 올림픽에 세계의 관심이 쏠렸고 전국의 국민들은, 여덟 살 아이가 굴렁쇠를 구르며 드넓은 운동장을 과연 실수 없이 가로지를 수 있을 것인지를 두 주먹을 꽉 쥔 채 지켜봤다.

연일 경기가 중계됐고 개막식날 성공적으로 굴렁쇠를 굴린 소년의 영상이 반복적으로 화면을 채웠다. 경기가 이어졌고 밤이면 우리가 살던 중계동의 낮은 빌라 곳곳에서 함성이나 탄식이 커다랗게 터져 나왔다.

엄마는 부푼 배 위에 손을 얹고 소파 위에 길게 몸을 맡긴 채 텔레비전을 응시하고 있었다. 입추가 지난 지 한 달이 넘었건만 덥기는 여전해서 엄마의 손은 얼굴에 바람을 밀어 넣느라 위아래로 하느작거리길 반복했다. 전날 술을 마시고 들어오지 않은 아빠에 대한 화로 엄마의 눈썹은 미간을 향해 가운데로 솟아 있었지만 그건 표면적인 이유였을 뿐, 사실 머릿속을 가득 채운 건 곧 태어날 뱃속의 아기가 가지게 될 이름에 관한 심란함이었다.

나는 추봉(秋峰)이라는 이름을 가지게 될 운명이었다. 가을의 정점, 화려함의 극치 따위의 뜻으로, 이북에서 훈장을 하던 친할아버지가 획수를 친히 감정하여 지은 귀한 이름이었다. 물론 피난민으로 억척스럽게 살아온 친할아버지의 뜻을 거스를 위인이 못 됐던 삼대독자 아버지의 귀에, 엄마의 볼멘소리 따위야 들어올 턱이 없었다. 엄마는 뱃속의 아기가 추봉이라는 이름을 갖고 살게 될 미래를 상상하며 비탄에 빠져 며칠을 눈물로 지새웠다. 아빠는 꿈쩍도 하지 않았다. 기껏해야 아빠가 위로랍시고 했던 말은 이런 수준이었다.

“그나마 가을에 태어나게 된 걸 행운으로 생각해. 봄이었다면 춘봉이가 될 수도 있었던 거잖아. 고씨가 아닌 것도 다행으로 여겨. 고추봉보단 김추봉이 낫지 뭐.”

아빠의 말에 잠깐 갸우뚱하던 엄마는 이내 다시 눈물을 터뜨리고 말았고, 아빠는 애먼 헛기침 소리로 엄마의 울음을 못 들은 척했다. 육십년대 초에 태어나 배말숙이라는 이름을 가진 엄마에겐 아기의 이름을 예쁘게 짓고 싶은 소망 혹은 로망이 있었다. 그러나 고작해야 엄마가 할 수 있었던 건 제발 내가 딸이 아니기를 비는 것뿐이었다.

곧 칼 루이스와 벤 존슨의 백 미터 경기가 펼쳐지려는 참이었다. 엄마는 조금 전부터 뱃속의 심상찮은 기운을 감지하고 있었지만, 그게 규칙적인 간격이라는 걸 알아채기엔 마음이 너무 복잡했다. 아빠에 대한 원망과 태어날 아기가 평생 짊어지고 갈 이름을 맘속으로 되뇌며 손톱 주변의 굳은살만 뜯었다. 시아버지는 엄마의 임신 소식을 듣자마자 태어날 달을 계산해서 추봉이라는 이름을 남기고는 곧 세상을 떴다. 살아 있기라도 하면 협상이라도 해보련만, 저주 같은 유언을 남기고 떠난 시아버지가 미워 견딜 수가 없었다. 게다가 어디서 뭘 하는지 만삭의 아내를 두고 연락도 닿지 않는 남편이 못내 서러워, 기어이 엄마는 눈물을 터뜨렸다.

그때, 본격적인 진통이 시작됐다. 엄마는 떨리는 손으로 본심과 달리 꽤나 공손한 쪽지를, 평소에는 쓰지도 않는 존댓말로 눌러 썼다.

—아가 낳으러 갑니다. 빨리 와요.

엄마는 힘겹게 밖으로 나가 한참을 기다린 끝에 택시를 잡아 무사히 병원까지 이송됐다. 진통이 점점 심해질 즈음 그제야 어디선가 해장술 삼아 낮술을 하고 온 아빠가 벌건 얼굴로 나타났다.

엄마는 고통으로 짐승의 울부짖음 같은 소리를 내는 와중에도 최선을 다해 아빠의 얼굴을 쏘아보았다. 겸연쩍어진 아빠는 떠듬떠듬 말을 뱉었다.

"벤 존슨이 이겼대."

그 말이 끝나기 무섭게 아빠는 처음이자 마지막으로 엄마에게 싸대기를 후려 맞았다. 하여간 엄마의 진통은 길고도 끈질겼는데 내가 왜 그리 배 밖으로 나오기 싫었는지는 나도 잘 모르겠다. 아홉 달 동안 지내던 엄마 뱃속이 좋아서였는지, 추봉이라는 이름을 갖기가 싫어서였는지, 아니면 내가 대면하게 될 세상이 두려워서였는지.

엄마는 꼬박 이틀 동안 진통을 겪으며 초췌해져갔다. 수술을 권하는 의사의 말에도 엄마는 고통으로 일그러진 얼굴로 한 가지가 해결되기 전까진 아이를 낳을 수 없다고 고집을 부렸다. 의사는 이런 산모는 처음 봤다며 혀를 내둘렀고 아빠는 발을 동동 굴렀다. 사실 엄마에겐 고통을 넘어선 초인적인 꿍꿍이가 있었다. 결국 의사가 안경을 고쳐 올리며, 이러다간 산모도 아기도 위험할 것 같다고 했을 때, 엄마는 수없이 애원했던 문제에 대해 최후통첩을 했다.

"죽어도 추봉이는 안 돼. 각서 써."

아빠는 허옇게 질린 얼굴로 이미 죽은 아버지와 곧 죽을지도 모르는 마누라 사이에서 잠깐 고민했다. 결국은 살 사람이 살아야 했다. 아빠는 엄마를 향해 세차게 고개를 끄덕였다. 엄마는 그 혼미한 와중에서도 의사를 대동한 채, 각서를 썼다.

"나 몰래 출생 신고하러 가면 아기 데리고 도망갈 거니까 그렇게 알아요. 거짓말 아냐."

수술실로 들어가기 직전, 갑자기 신호가 왔다. 엄마는 책에서 본 대로 흡, 하고 짧고 강하게 기합을 넣었다. 흡, 흡, 흡, 세 번 만에 아기가 세상으로 나왔다. 딸이었다. 엄마는 안도와 감격의 눈물을 흘리며 김추봉이 될 뻔했던 나를 꼭 껴안았다. 어쨌든 내가 폐호흡을 시작한 지 몇 시간 만에 쌔근쌔근 잠든 세상의 첫 번째 밤, 엄마의 뒤바뀐 승리를 상징하기라도 하듯, 백 미터 금메달리스트는 벤 존슨에서 칼 루이스로 바뀌었다.

그렇게 눈물겨운 투쟁을 거쳐, 아직 산후 조리도 채 마치지 못한 엄마가 밤을 새우고 옥편을 뒤지며 고심한 끝에 내가 얻게 된 이름은,

88올림픽을 즈음해 대한민국에서 태어난 여자아이들 중 가장 흔한 이름인 김지혜가 되었다.

탄생은 드라마틱했지만 그 이후 내 이름에 얽힌 에피소드는 칼 루이스나 벤 존슨처럼 스펙터클한 대신 오히려 애잔한 쪽에 가깝다.

가령 이런 식이다. 초등학교 입학식날 출석을 부르는 선생님의 호명에 나 말고 다른 아이가 먼저 대답한다. 그 아이의 이름도 김지혜다. 조금 후 선생님은 또다시 김지혜를 부르는데, 이번에도 다른 아이가 선수를 친다. 얼마 후에 나는 출석부에 내 이름이 '김지혜(다)'라고 쓰여 있다는 걸 알게 된다.

학창 시절 내내 그런 일들은 반복적으로 일어났다. 학년이 올라가면서 가나다가 ABC로 바뀌는 정도의 변화가 있었을 뿐, 주변엔 어디에나 지혜가 산적해 있었다. 중학교 때인가는 심지어 한 반에 지혜가 다섯 명이었던 적도 있는데, 한마디로 가관이었다. 큰 지혜, 작은 지혜, 하얀 지혜, 까만 지혜, 통통한 지혜 등, 이름보다 형용사가 구분의 기준이었다. 나는 그중에서도 참 색깔이 없는 '작은 지혜'였는데 특별히 내가 작아서라기보단, 큰 지혜가 월등히 컸고 그에 비해 나는 덜 컸기 때문이었다. 어쨌든 전국의 지혜들은 역시 전국에 만만찮게 포진해 있는 민지, 은지, 은정, 혜진이 들과, 양념처럼 한 반에 한 명쯤은 포진한 보람, 아름, 슬기 들과 어울려 무럭무럭 커갔다.

새로운 반이나 학원 경품 추첨, 등에서 같은 이름을 발견하는 건 어려운 일이 아니었다. 과자를 먹다가 봉지를 뒤집어보면 생산 공장 직원명에 내 이름이 박혀 있었고 유명한 연예인의 본명 역시 내 이름이었다. 때로 그건 나의 이름이라기보다는 강아지, 고양이 같은 보통명사처럼 느껴지기도 했다. 좀 아쉬울 때도 있었지만 결과적으로는 내게 어울리는 이름이었다. 때로는 그 무수한 익명 속에 숨을 수 있다는 사실이 다행스러웠다. 자랑할 것이 많지 않은 삶에는 그게 더 어울린다.

물론 수많은 입사시험에서 떨어졌을 때, 특히 가장 가고 싶었던 DM 그룹의 콘텐츠 기획부 최종합격자 명단에서 내가 아닌 다른 김지혜의 이름을 발견했을 때는 가슴이 쓰렸다. 그러나 이미 체념에 익숙해져 있었기 때문에, 그게 내게 주어진 운명이라고 생각하게 되기까지는 그렇게 오랜 시간이 필요하지 않았다.

칼 루이스는 벤 존슨과의 경기에 앞서 멋진 말을 남겼다.

—아직까지 내 앞을 달린 인간은 없다.

벤 존슨도 지지 않고 대꾸했다.

—난 남의 등짝이나 보고 달린다는 생각을 해본 적이 없다.

그렇지만 그런 말은 내게 주어진 대사가 아니었다. 나는 수많은 사람들이 참여한 마라톤 행렬 중 어딘가에 속해 있었다. 숨이 턱에 닿도록 뛰면서도 중간에 포기하지 않기만을 바라며, 어딘지도 알 수 없는 목적지를 향해 모두의 틈에 섞여 바쁘게 발을 옮기고 있을 뿐이었다. 그것이 특별히 슬프지 않다는 것이, 가끔은 담담히 미소를 지을 수도 있다는 것이 다행이라면 다행이었다.

그렇게 해서 나는 현재의 나에까지, 이르렀다.

2. 그 외침

“연이나 영이나.”

옆자리의 유 팀장이 짜증을 섞어 중얼거린다. 수강료 입금 확인을 위해 전화를 했는데 최재영 씨에게 최재연이라고 잘못 말했더니 발끈하더라며 툴툴댄다. 연과 영은 니은과 이응의 간격만큼이나 차이가 있는 거라고 대꾸하는 대신 나는 종이 뭉치를 안아들고 사무실을 빠져나왔다. 커다란 복사기가 창문 앞에 놓여 있다. 얼마 전 인테리어를 새로 한 사무실 내부와 어울리지 않는 구식 복사기다. 하지만 그럭저럭 작동한다며 바꾸지 않고 있다. 나는 습관처럼 복사를 시작한다. ‘예술과 철학’ 강좌라 복사량이 많다. 단순한 업무지만 어떤 일에든 요령이 존재한다.

일단 복사기 덮개가 고장 났으므로 두꺼운 책으로 덮어두어야 한다. 그래야 강한 빛에 눈이 따갑지 않다. 복사의 양은 하루에도 상당하기 때문에 용지 걸림 없이 최대한 빠른 시간 안에 작업을 완료하려면 용지를 밀어 넣는 타이밍이 중요하다. 어느 날인가는 유 팀장에게 이런 나만의 복사기 사용법을 들려주었다. 그랬더니, 그래봤자 복사, 라는 대답이 돌아왔다. 얼마 후면 새로운 복사기가 들어올 테니 그때까지만 고생하란다. 하지만 편해진 만큼 내 자리는 작아질 것이다.

내가 어렸을 때 '코끼리를 냉장고에 넣는 방법'이라는 썰렁한 유머가 유행했다고 들었다. 냉장고 문을 연다, 코끼리를 넣는다, 냉장고를 닫는다. 복사도 비슷하다. 뚜껑을 연다, 용지를 넣는다, 복사 버튼을 누른다. 원인과 결과가 명료한, 일종의 함수 같기도 하다. 나는 전혀 변수가 될 수 없는 함수.

복사기가 뿜어내는 금빛 섬광이 빰 위를 스쳐지나갈 때마다 플라톤과 아리스토텔레스가 했던 말들이 토해져 나온다. 예술가를 혐오했던 플라톤과 미적지근하게 인정했던 아리스토텔레스. 앤디 워홀의 통조림과 메릴린 먼로의 사진도 흘러나온다. 유일무이한 오리지널이냐 복제와 레디메이드의 미학이냐. 예술의 본질에 대한 강의인가보다. 예술이 창조냐 모방이냐, 예술의 기능은 무엇인가 하는 따위의. 대학 교양수업으로 들었던 강의와 커리큘럼이 비슷하다. 사람들은 무슨 목적으로 이걸 들으러 오는 걸까. 이런 지식이 인생에 무슨 도움이 된다고.

창밖으로 시선을 돌린다. 창문 바로 앞에는 커다란 나무가 뻗어 있는데 아직 잎이 돋지 않아 무슨 나무인지는 모르겠다. 중요한 건 나무의 종류가 아니라 사무실 안에서 외부를 볼 수 있는 몇 안 되는 장소가 바로 여기라는 점이다. 백화점도 아닌데 이 건물엔 창이 별로 없다. 강의 시간에 창밖을 내다보는 행동 같은 건 교양 있는 인간과 어울리지 않기 때문일지도. 어쨌든 모처럼 만의 외출에 늦어서는 안 된다. 일정에 맞춰 복사물을 강의실에 가져다놓고 가방을 멘다.

"근데 정말 이런 것까지 직접 갖다줘야 돼요?"

나가기 직전 최대한 사심 없이, 심지어 황당한 것처럼 질문했다. 말이 끝나기 무섭게 핀잔이 이어진다.

"사회생활 안 해본 티가 이런 데서 난다니까. 일일이 설명하기도 귀찮고, 그냥 이 기회에 바람이라도 좀 쐬고 와."

간단한 전략은 성공. 이런 사소한 일에 머리를 굴려야 한다는 게 귀찮긴 하지만 이로써 적어도 농땡이를 부린다는 둥, 의자 정리를 해야 하는데 나가서 좋겠다는 둥의 잔소리는 안 듣겠지.

유 팀장은 나보다 열한 살이 많았고 벌써 몇 년째 이곳에서 근무해 터줏대감 역할을 하고 있었다. 만삭의 몸으로 프레젠테이션을 하고 내로라하는 외국 팝스타들의 한국 공연을 성사시킨 것은 그녀의 대표적인 레퍼토리였다. 그런 화려한 커리어를 가지고 왜 이곳에 온 건지 용기 내 물은 적이 있다. 한숨과 함께 유 팀장은 이렇게 말했다.

"더 살아봐. 결혼해서 애도 둘쯤 낳아보고."

애 키워보면 안다는 건 유 팀장의 지긋지긋한 입버릇 중 하나였다. 나름 험난한 인생을 살아와서인지, 유 팀장은 꼰대들과의 친화력은 물론 텃새를 부리면서 자신의 입지와 공로를 세우는 기술도 교묘했다. 그런 눈물겨운 노력에 걸맞게, 유 팀장은 결코 맘을 터놓을 수 있는 상대가 아니었다. 그런 상사 옆에서 편하게 지내려면 그녀만큼은 아니라 할지라도 어느 정도는 머리를 굴려야 했다. 나이 서른이 넘어 말단 인턴으로 왔으면 아니꼽더라도 따르는 수밖에.

건물 밖으로 빠져나와 길 건너편에서 버스를 탔다. 매일같이 출근하는 곳이지만 이렇게 멀리 떨어져보는 것도 오랜만이다. 건물 외벽에 양각으로 새겨진 'Diamant'이라는 글자가 반짝인다. 저 글자를 '다이아먼트'라고 읽을 사람도 많을 거다. 굴지의 그룹 DM을 모르는 사람은 없겠지만 DM의 약자가 디아망이며 디아망이 프랑스어로 다이아몬드라는 것까지 단번에 떠올릴 사람이 몇이나 될까. 그건 그만큼 DM이 고유명사로 인식되고 있다는 뜻이기도 하다. 한 단어를 굳이 두 개의 이니셜로 나눠 DM이라고 부르고 있는 게 억지스럽지만, 한글로 '다이아몬드사(社)'라는 이름을 먼저 지은 뒤에 그럴듯한 이니셜이 필요했을 테니 어쩔 수 없었겠지.

시멘트 회사에서 출발해 건설, 식품 화장품 등 다양한 분야에 손을 뻗어 이뤄낸 DM의 성공신화는 여느 대기업의 그것과 크게 다르지 않다. 다른 점이 있다면 DM은 그중에서도 일찌감치 문화사업에 뛰어들었고, 그래서 우리나라 문화에 미치는 영향, 이라기보단 대한민국 문화산업에서 차지하는 지분이 어마어마하다는 것. 이름에 걸맞게 영화와 연극, 음악과 식품까지 DM이 건드리는 것들은 모두 반짝반짝하고 깨끈하다. 그런 사업 중 차별성이란 이름을 내걸고 홀로 유별난 행보를 걷고 있는 게 바로 디아망 아카데미다. 소문에는 초등학교를 중퇴한 초대 회장에게 숨겨진 열등감이 있었다는데, 아카데미는 말하자면 그 열등감이 빚어낸 변종의 결과물인 것 같았다.

일단 위치부터가 강남 일대와 그 주변에 포진한 DM의 계열사들과 똑 떨어진 주신동 뒷골목이다. 과거엔 서울의 대표적인 달동네였지만 재개발이 확정된 구역이 많아 중간중간 구멍이 뚫린 것처럼 폐허가 되어 있고, 그 사이로 낡은 아파트들이 삐죽삐죽 솟아 있다. 그런 남루한 풍경의 개발 예정지에 홀로 화려한 자태를 자랑하며 꼿꼿하게 서 있는 커다란 건물이 바로 디아망 아카데미다.

중간중간 펄이 들어간 아이보리빛 건물 꼭대기에 다이아몬드를 상징하듯 커다란 구슬을 박아 만든 간판. 햇빛을 받으면 화려하게 반짝이지만 비가 오거나 흐린 날엔 이상하리만치 칙칙하고 위압적이다. 오늘은 해가 좋아 건물 전체가 번쩍인다. 번뜩이다 못해 글자가 흐려질 정도로. 이쯤 되면 대기업이 만든 상아탑으로 모양새는 제격이다. 이곳으로 사람들은 아카데믹한 무언가를 배우러 온다. 문화센터와는 달리 '수준 높은 교양'을 차별점으로 놓은 디아망 아카데미의 커리큘럼은 초급 라틴어 강좌부터 현대 프랑스 철학까지 지적이고 고급스런 스펙트럼을 자랑한다.

아카데미 인턴으로 들어온 건 꿍꿍이가 있어서였다. DM그룹의 공식 채용에선 떨어졌지만 운이 좋아 여기서 정직원이 되어 일하다보면 경력을 인정받아 본사로 들어갈 기회도 있지 않을까. 하지만, 과연, 언제? 내가 올라탄 버스가 시내를 향해 크게 커브를 돌았다.

광화문 대로변의 커피빈 안으로 들어갔다. 입춘이 지났고 의류업계나 광고에서만 봄봄, 하는 이월 초. 공기는 여전히 싸늘하다. 턱을 괴고 창밖으로 시선을 옮겼다. 두꺼운 코트를 입고 바삐 걸어가는 사람들 틈으로 곳곳에 피어난 개나리가 눈에 확 띈다. 영하의 기온과 매서운 바람에 혹독히 당하고 있는 개나리가 가엽다. 지난주에 이상기온으로 사흘 동안 기온이 십 도를 넘어서더니, 애꿎은 개나리가 진짜 봄인 줄 착각하고 먼저 올라와버렸다. 다시 들어갈 수도 없고 봄도 아닌데 꽃을 피웠으니 남은 건 얼어 죽는 일뿐인가. 그건 그렇고 노랗긴 정말 노랗다. 눈이 아플 만큼. 이 잿빛 도시에서 너 혼자 어쩌자고 그렇게 발랄한 거니.

개나리에 대한 묵념을 끝내고 시계를 봤다. 약속 시간이 십오 분이나 지났으나 박 교수는 연락도 없이 늦고 있다. 하긴, 그는 나라는 인간을 만나러 오는 게 아니다. 내가 가진 물건을 픽업하러 오는 거지.

최근 몇 년 사이에 분 인문학 열풍 덕에 우리 아카데미도 톡톡히 재미를 봤다. 그중에서도 박창식 교수는 인기로 치면 가장 핫했다. 대학 때부터 소문으로 익히 들어온 그의 '에로티시즘과 사랑' 강의는 동명의 제목으로 출간된 책의 인기에 힘입어 수강 정원을 칠십 명까지 늘렸다. 이쯤 되면 강의가 아니라 강연이나 특강 느낌이 날 법도 한데, 수강생은 줄어들 기미가 안 보였다.

지난 겨울학기 때 처음 접한 그의 강의는 다소 충격적이었다. 매주 나는 각국의 다양한 포르노그래피 사진을 복사해야 했고 강의 시간에는 수간을 비롯한 온갖 포유류들의 다양한 성행위가 담긴 영상물을 프로젝터로 틀었다. 그런 행위에 담긴 철학과 미학을 설파하는 게 박 교수의 강의 내용이었다. 나는 자극적인 영상에 더한 격앙된 목소리를 듣는 게 불편해, 강의 자료를 세팅하고 난 뒤엔 서둘러 강의실을 빠져나오곤 했다.

뒤늦게 인문교양 베스트셀러인 그의 저서를 접했을 때 나는 혀를 내두르고 말았다. 박 교수의 강의는 책에 쓰여 있는 것과 거의 한 글자도 다르지 않았다. 첨언도 변주도 없었다. 그저 책에서 한 내용을 그대로 읊고, 책의 실린 이미지를 좀 더 화질 좋은 사진으로 인쇄해 나눠주고, 책에 쓴 내용을 육성으로 말하는 것뿐이었다. 그런데도 인기가 많았다. 유 팀장은 그렇게 '그대로' 하는 게 기획의 비결이라고 했다.

"너무 창의적인 건 머리 아파. 적당히 쉽고 유명한 걸 실제로 경험하면 그만이야. 사람들은 스스로가 수준 높은 무언가를 체험했다고 자랑스러워하겠지. 그 자랑은 인스타그램으로 전시되고 입소문이 되어 퍼져나갈 거고. 기획이란 그런 거거든."

가방 안에서 검고 길쭉하고 얇은 기계를 꺼내 테이블에 올려놓았다. 아이폰 세븐 플러스. 그 검은 물체가 이 순간 나의 존재 의의다. 박 교수가 강의실에 휴대폰을 놔두고 간 거다. 그는 당당하게 전화를 걸어, 바빠서 다시 갈 여력은 안 되고, 미안하지만 전화기를 직접 가져다줄 수 있느냐고 '요구'했고 그 결과 나는 '외근'이라는 다소 어색한 이름의 평화로운 오후 시간을 갖게 된 것이다.

아직 약정도 끝나지 않았을 것 같은 휴대폰은 지문과 기름기로 번들거렸다. 그 안에 왠지 수간 영상과 각국의 다양한 포르노가 잔뜩 저장되어 있을 것만 같다. 자극적인 상상을 지우고 따끈한 라테를 조용히 홀짝였다.

평일 오후에 이러고 있으니 여유로운 문화인이라도 된 듯한 착각이 든다. 사실 이곳은 내게 익숙한 장소다. 취업 준비를 할 때 커피 한 잔을 시켜놓고 종일 여기 죽치고 앉아 있었다. 깔끔하게 차려입고 사원증을 목에 건 사람들이 점심이면 이곳으로 몰려든다. 도시 중심의 마천루에서 일한다는 것만으로 그들을 보는 내 눈에는 늘 선망이 담겨 있었다. 그들을 보면서 용기를 얻고 싶어서, 나도 곧 그렇게 될 거라고 다짐하며 차갑게 식은 머그잔에 물을 부어가며 종일 앉아 토익 공부를 하고 자소서를 수정하고 입술을 달싹이며 면접 연습을 했다.

상념에 잠겨 있는데 카페 문을 열고 들어오는 박 교수의 얼굴이 보였다. 어딘가 성급하고 귀찮은 듯한 태도였다. 나는 내 미미한 존재를 각인시키기 위해 몸을 일으켰다. 그때 갑작스런 고함이 실내를 울렸다.

"여어, 박 교수님."

그 목소리로부터 모든 게 시작됐다.

*

목소리는 좌중의 이목을 한 번에 집중시키기에 충분했다. 몸을 울림통으로 쓰는, 굵고 낮은 목소리였다. 나는—박 교수를 비롯해, 카페 안의 모든 다른 이들과 마찬가지로—목소리의 주인공을 향해 시선을 옮겼다. 박 교수로부터 족히 십오 미터는 떨어진 카페 구석에 한 남자가 서 있었다. 그건 공교롭게도 그 남자가 바로 내 옆에 서 있다는 뜻이었다.

"외국 포르노 사이트나 갈무리해서 인문학이랍시고 강의하는 거 부끄럽지도 않으십니까."

남자는 호령하듯 외쳤다. 나는 그와 한통속으로 보이지 않기를 바라며, 최대한 몸을 뒤로 내뺀 채 놀란 표정으로 그를 올려다보았다. 목소리와 닮은, 산적 같은 외모다. 턱을 골고루 감싼 턱수염, 숱 많은 더벅머리. 하지만 우직한 체격과는 대조적으로 콧날과 턱선은 다소 신경질적이다. 어느새 카페 안은 물을 끼얹은 듯 고요했다.

박 교수는 안경을 잡아 올렸고 저 앞의 상대가 누구인지 자세히 보려고 미간을 모았다. 나는 일어서려던 몸을 슬그머니 내려앉혔다.

"누구……."

교수의 목소리가 작게 떨렸다.

"누구긴요. 벌써 잊으셨나요? 교수님 책 쓰실 때 알바했던 사람입니다. 온갖 심부름이란 심부름은 다 시켜놓고 결국 제가 쓴 원고 그대로 출판사에 넘기고 알바비도 안 주셨죠. 외국 포르노 사이트나 갈무리해서 인문학이랍시고 강의하면서 남의 노동력 착취하는 거 부끄럽지도 않으십니까. 몇 년 전 미성년자 성추행 사건은 해결이나 하셨나요?"

남자는 외워오기라도 한 듯, 한 음절도 더듬지 않고 큰 목소리로 내뱉었다. 사람들은 꼼짝 않고 그의 표정을 바라보았고, 알바는 이러지도 저러지도 못하고 쟁반을 옆구리에 낀 채 다른 알바와 다급한 눈빛을 교환할 뿐이었다. 목소리가 크다는 점만 빼면 남자가 대단한 난동을 부리는 것도 아니라서 나서기도 뭐한 상황이었다.

교수의 얼굴은 점차 하얘져갔고, 반대로 머리카락이 거의 없는 그의 이마는 붉게 달아올라 흡사 색깔이 다른 뚜껑을 씌운 것처럼 보였다. 박 교수는 당황했지만 뭐라 항변하기엔 그와 남자 사이의 거리가 너무 멀었다. 마지막으로 남자가 일갈했다.

"부끄러움을 모르고 살면 언젠가 인생 전체가 창피해질 날이 옵니다."

그 말을 남기고 남자는 휑하니 바람을 일으키며 커피숍 밖으로 빠져나갔다. 사람들이 작게 술렁이거나 소곤거리는 모습이 눈에 띄었다. 박 교수는 정지 버튼을 누른 것처럼 얼어 있더니 사람들의 시선에 감전이라도 된 듯 몸을 부르르 떨고는 밖으로 나갔다. 나도 급히 교수를 쫓아 나갔다. 어쨌든 휴대폰은 돌려줘야 했다. 교수는 복도 구석에 구부정히 서서 이마의 땀을 훔치고 있었다.

"안녕하세요, 교수님."

미소를 지으며 아무 일도 없었던 듯 그에게 휴대폰을 건넸다.

"참, 나, 원, 세상에 별일이 다……. 젊은 사람들이 저렇게 생각하기 시작하면 발전이 없어요, 발전이, 예?!"

교수는 나를 질책하듯 삿대질을 하며 언성을 높였다. 나는 아주 작게 한숨을 쉬며 슬쩍 눈썹을 올렸다. 저는 모르겠고 상관도 없는데요, 라는 뜻의 제스처인데, 자기 말에 취해 나불대는 사람 앞에서 적절한 타이밍에 흘려주면 효과가 좋다. "그 입 좀 닫아주실래요"라고 쏘아붙이는 건 내 직책에 허용되질 않으니.

하지만 교수는 나의 작은 항의를 감지하기엔 너무 격앙되어 있었던지 참 나 원, 원 참 나, 나 원 참을 몇 번이나 반복한 후에야 돌아섰다. 그가 고맙다는 말을 할지 말지를 놓고 마음속에서 나 혼자 내기를 걸고 있었는데, 결론은? 당신의 상상에 맡기겠다.

다시 커피빈 안으로 들어가 자리에 앉았다. 가는 길에 우연히라도 박 교수를 다시 마주칠 가능성을 남겨두고 싶지 않았다. 늑장을 부리며 십오 분 정도 잡지를 뒤적인 후에야 일어섰다. 유 팀장에게서 카톡 메시지가 여덟 개나 와 있었다. 확인하지 않았지만 마지막 문자가 '언제 들어올건데?'인 걸로 보아 앞의 말들은 안 봐도 뻔했다. 대충 배터리 핑계를 대야겠다고 생각하며 끝까지 열어보지 않았다. 카카오톡 미확인의 증명인 1을 지켜야 한다!

돌아갈 때는 지하철을 탔다. 조금 전의 소동이 무엇을 의미하는지는 알 수 없었다. 하지만 그 외침은, 잊고 있던 무언가를 상기시키는 데엔 충분했다.

D대학의 영문학과 교수였던 박 교수는 이십 년 전에 교수직을 박탈당했다. 미성년자와 차 안에서 성관계를 맺었기 때문이다. 미성년인 것을 알았는지 몰랐는지의 여부로 말이 많았지만 결국은 실형을 살지 않고 집행유예를 이 년쯤 받는 것으로 마무리됐다. 물론 유명 대학의 교수가 미성년자와 차 안에서 성관계를 맺었다는 사실은 세간의 논란거리였고 그는 그 일로 교수직을 잃었다. 하지만 삶은 어떤 식으로든 계속되는 것인지, 박 교수는 재기에 성공했고 베스트셀러 작가가 되었으며, 교수가 아닌데도 여전히 교수로 불리며 스타 강사로 바쁜 스케줄을 펼쳐가고 있었다. 세상은 원래 그런 곳이니까. 나는 눈을 감았다.

지하철은 굉음을 내며 속도를 높였다. 머리 위로는 지금쯤 어느 동네를 스쳐가고 있을까. 휘어지고 꺾이는 파동을 느끼고 있자니 문득 내가 도시의 피부 밑을 떠다니는 기생충 같다는 생각이 들었다. 지상에서 자동차를 타거나 빠른 걸음으로 걷는 사람들 중 자신들의 발밑에 요란한 전동차가 질주하고 있다고 생각할 사람이 오늘 하루 몇이나 될까. 알면서도 모두들 알지 못한다. 혹은 잊고 산다.

인기척에 눈을 떴다. 내게로 누군가가 다가오고 있다. 안다고 할 수는 없지만 상당히 본 듯한 얼굴. 생각할 틈도 주지 않고 그는 막 자리가 빈 내 옆에 털썩 엉덩이를 비집고 앉았다. 낯선 등짝이 뒤로 기대며 영역을 넓혀나가는 동안 나는 그의 정체를 깨달았다. 커피숍에서 박 교수에게 혀로 펀치를 날린 턱수염의 사나이, 그러니까 삼십 분쯤 전에 내 옆에 서 있던 그 남자다. 이런!

남자가 품 안에서 무언가를 꺼내들어 펼쳤다. 지하철 입구에서 나눠주는 무가지다. 그는 요란하게 종이를 펄럭이며 넘기더니 어수선하게 주머니를 뒤져 펜을 하나 꺼냈다. 그러곤 고사성어 낱말퀴즈를 풀기 시작한다. 요즘 같은 세상에 낱말퀴즈 앱도 아닌 십자말풀이라니. 맞은편 창문에 비친 남자는 한마디로 정의 내리기 힘든 타입이다. 최대한 고개를 돌리지 않으려 애쓰며 곁눈질로 그를 살폈다. 두툼한 팔에 잔털이 잔뜩이다. 그나마 털 길이가 두껍지 않아 보기에 부담이 덜할 뿐. 얼핏 봐선 건장한 체구에 투박한 인상이지만 피부는 잡티 없이 하얗다. 휘어져 올라간 속눈썹이 무척 검고 길어서 남자가 눈을 깜박일 때마다 속눈썹이 안경알을 와이퍼처럼 쓸어내렸다.

나는 어깨너머로 그가 토사구팽—구사일생—사생결단—결자해지—지고지순—고진감래를 푸는 것으로 모든 낱말풀이를 마치는 걸 말없이 지켜봤다. 아무리 적게 봐도 서른은 돼 보이는데, 월요일 오후에 가방 하나 들지 않고 한가롭게 지하철을 타고 있는 걸 보면 일정한 직업이 없는 게 분명하다. 외모로 봐선 홀로 분투 중인 만화가일 것도 같았고, 홍대 인근을 전전하는 인디 뮤지션 같기도 했지만 아까의 일을 떠올리니 그의 현재가 밝지 않은 것만은 확실하다. 멋대로 추리가 이어지는 동안 남자는 낱말풀이 다음 장에 펼쳐진 구인구직란을 꼼꼼히 살펴보는 행동으로 친히 자신이 백수라는 걸 드러내 보였다. 뼈대 굵은 손목 위엔 별 모양의 문신이 새겨져 있다. 어디 가서도 절대 잊기는 어려울 것 같은 남자였다.

가방 속에서 휴대폰이 진동하는 게 느껴졌다. 유 팀장이었다. 받을까 말까 망설이다가 소리를 무음으로 바꿔버렸다. 그러는 동안 남자는 사라져 있었다. 그 육중한 몸을 언제 일으켜 세운 거지? 조금 전처럼 텅 빈 내 옆 좌석은 곧 다른 타인으로 채워진다. 유 팀장에게서 온 메시지가 스물한 개로 불어나 있었다. 까똑까똑, 쉬지도 않고 점점 늘어간다. 한때 나도 이런 적이 있었다. 헤어지자는 연인에게 밤새 카톡을 이백 개나 보내놓고 끝내 지워지지 않던 1이 야속해 울었었다.

열차가 승강장을 향해 미끄러질 때 나는 이미 문 앞에 바짝 붙어 지문이 더럽게 앉은 은색 기둥을 꽉 잡은 채 달려 나갈 준비를 하고 있었다. 나를 애타게 기다린 고약한 상사를 맞이하려면 그 정도의 육체적 긴장은 서비스다.

3. 정진 씨, 내 절친

그 일로 나는 유 팀장에게 꽤나 길고 모진 잔소리를 들어야 했다. 단순 심부름 수준의 외근을 갔다가 빵이를 치면 어떻게 하냐는 게 표면적인 이유였지만, 그 이면에는 자신이 직접 강의실 의자를 배치했다는 분이 잔뜩 담겨 있었다. 일터에서 절대 육체노동을 하지 말 것. 그것이 유 팀장이 생각하는 화이트칼라로서의 철칙이자 정규직과 인턴의 구분 잣대였다.

그날 밤 집에 돌아와 박 교수의 이름을 검색했다. 기사는 대부분 그의 인기 있는 강연에 관한 것들이었다. 어쩌다 이십 년 전의 불미스런 일에 관한 기사도 뜨긴 했지만 이미 많이 묻힌 이슈라 그걸 목적으로 헤집지 않는 이상 쉽게 드러날 정보도 아니었다. 조금 더 뒤져보니 몇몇 게시판에서 그의 논문들이 대학원생의 연구 결과를 표절한 거라는 등의 진위를 확인할 길 없는 제보들도 심심찮게 쏟아져 나왔다. 하지만 그의 명성에 별로 흠집을 줄 수 없을 만큼, 그저 뒷전에서 얘기되고 있는 잡설들에 가까웠으며 그마저도 최근 글은 거의 없었다. 얼마 전 아카데미 직원들과의 회식 자리에서 박 교수가 했던 말이 떠올랐다.

"여기 강의는요, 말하자면 몇 년째 강남 아파트 전세금 안 올려주는 거랑 비슷하거든요. 그러고 보면, 나도 참 의리의 사나이 아닙니까, 하하하."

스스로가 여전히 인기 있고 권위 있는 명사라는 자의식은 그렇게 질낮은 대사가 되어 흘러나온다. 핵심은 강사료를 높여달라는 거였고 대기업 산하라 남들은 어떻게 생각할진 몰라도 아카데미의 운영자금은 충분치 않았다. 봄학기에 그가 결국 이런저런 핑계로 강의를 그만둔 건 자연스런 수순이었다. 그러나 내가 그의 휴대폰을 직접 가져다준 것도 어쩌면 그가 가진 권위에 대한 복종이었으리라. 나는 지나간 이야기들이 소문처럼 담겨 있는 인터넷 창을 닫았다.

사무실에는 그날 본 박 교수에 관한 얘기를 하지 않았다. 박 교수에게 특별한 호감도 반감도 없었지만 그래도 그게 예의일 것 같았다. 유 팀장처럼 남 뒷말하기 좋아하는 사람에게 좋은 먹잇감을 던져줄 생각도 없었다.

내 앞에서 상사 티를 무진장 내는 유 팀장의 위에도 왜 그런 직함을 가지고 있는지 모를 박 이사, 윤 차장, 김 부장 등이 있었다. 기자 출신의 박 이사는 아카데미의 간판이나 바지사장쯤 되었다. 윤 차장은 박 이사가 신문사에서 일할 때 후배로 있다가 데리고 온 케이스로 박 이사의 친구 노릇을 하고 있었다. 내가 보기에 박 이사와 윤 차장이 하는 일은 주식이나 정치 얘기를 하거나 바둑을 두거나 어쩌다 영향력 있는 누군가가 찾아왔을 때 허리를 굽실거리며 자신들의 명함을 내주는 게 전부였다.

실권자는 김 부장이었다. 그는 실질적인 일들을 결정해 DM 본사에 보고하고 아래에 지시하는 주도권자였다. 아카데미 내에는 마케팅팀과 회계팀 등의 부서도 있었지만 대부분의 일은 김 부장과 유 팀장이 맡고 있다고 봐도 무방했다. 다소 기형적인 시스템이었지만 크지 않은 조직이었기에 가능했다. 모그룹인 DM그룹은 주력사업인 식품과 영화 사업에 더 관심을 두었고 디아망 아카데미는 그들이 어쩌다 실수로 낳은 돌연변이 같았다.

*

어느 배움터든 봄학기가 가장 붐빈다. 아직은 연초라는 심리적 긴장감과 더불어 삼일절 다음 날이면 전국의 초중고대학이 일제히 '개학'을 한다. 디아망 아카데미도 마찬가지였다. 연초의 의욕이 아직 가시지 않은 삼월, 뭔가를 배워보려는 수강생 수는 폭발적으로 늘어난다. 아카데미의 전반적인 개편이 일어나는 시기도 삼월이다. 당분간 본사 파견 인력은 없다고 했겠다, 내심 나를 아카데미의 정직원으로 기용하는 건 아닌가, 걱정 반 기대 반으로 며칠을 보냈다.

인턴으로 온 지도 아홉 달이 넘어가고 있었고 이 정도면 잔머리 안 굴리고 성실하게 했다. 정직원이 된다고 크게 달라질 건 없을 거다. 4대

보험, 약간 오른 월급, 당연시되는 야근이 기다리고 있을 테니 좋다고만 할 수도 없다. 게다가 나는 아카데미가 내 종착역이라고 생각해본 적도 없다. DM 본사 콘텐츠 개발팀이면 모를까. 고작 해야 아카데미 정직원은 차선 중에서도 차선이다. 그래도, 그래도 혹시나 정직원 제안을 받으면 뭐라고 대답해야 할까.

"인턴을 한 명 더 뽑죠."

쓸데없는 걱정을 한 방에 날려버리는 김 부장의 한마디.

"인턴 모집 공고는 지혜 씨가 내고."

이어진 유 팀장의 말에 자잘한 업무만 하나 늘었다.

구인구직 사이트 몇 곳에 간략한 글을 올렸다. 인턴 모집. 사무직. 시급 추후 협의. 본사 지원 시 우대. 물론 급여 협의 가능성과 본사 지원 시 우대는 '예의상' 쓴 말이다. 조만간 밥이나 한번 먹자, 라는 말처럼 지켜질 리 없다는 걸 알면서도 뻔히 하는 예의상 멘트인 거다. 김 부장과 유 팀장은 이번 인턴 모집에 경쟁률이 몇일지를 놓고 쩨쩨한 내기를 했다. 아닌 게 아니라, 내가 뽑혔을 때조차 경쟁률은 무려 오십칠 대 일이었다. 종일 복사를 하고 의자를 깔기 위해 쉰여섯 명의 경쟁자를 물리쳤다는 사실이 그렇게 자랑스럽지는 않았다. 나한테도 몇 명이나 지원할 것 같으냐고 끈질기게 묻는 통에 억지로, "글쎄요, 그래봐야 육십 명 정도 아닐까요"라고 말해서 핀잔을 들어야 했다.

일주일의 모집 기간 끝에 모인 지원자 수는 여든네 명이었다. 팔십 명을 점친 유 팀장이 가장 근사치로 내기에서 이겼고 그녀는 기어이 내게서도 판돈 만 원을 받아갔다.

면접 당일 김 부장이 갑작스런 외근을 나갔다. 윤 차장과 박 이사는 일개 인턴 면접에 들어갈 리가 없었으므로 유 팀장 혼자서 면접장에 들어가야 할 판이었다.

"이러면 가오가 안 서잖아. 명색이 DM 계열사 면접인데 커피숍 알바 면접처럼 나 혼자 할 수는 없다구."

유 팀장은 한껏 신경질을 부리더니 내키지 않게 나를 쏘아보았다.

"같이 들어갈래?"

나는 잠깐 침묵하다 곧 그러겠다고 했다. 여기서 나와 유 팀장의 역학관계는 그런 식이다. 그녀가 제안하면 나는 대개 고개를 끄덕여야 한다.

면접은 면접자가 앞으로 하게 될 업무에 비해 지나치게 엄숙하고 권위적인 분위기에서 이루어졌다. 그건 빈 강의실에 의자가 몇 개 없었고 면접관이 앉아 있는 자리와 면접자의 자리가 너무 멀기 때문이었다. 나는 면접장처럼 꾸민 회의실 안에 유 팀장과 나란히 앉아 멍하니 볼펜을 돌렸다.

"앉아 있기만 하면 돼. 진행은 내가 할 테니까. 적당히 도도한 표정이나 짓고 있어."

유 팀장은 팔짱을 낀 채 의자 뒤로 몸을 기댔다. 간간히 하품을 했지만 손으로 입을 가리지도 않았고 그때마다 내 자리까지 그녀가 뿜어낸 군내가 풍겨왔다. 나는 살짝 어깨를 펴고 허리를 꼿꼿이 세워봤다. 그러곤 한쪽 다리를 무릎 위로 올려 꼬았다.

그래, 다들 이런 기분이구나.

그 자리는 팔짱을 낄 수 있는 자리였다. 다리를 꼴 수도 있고 갑자기울린 휴대폰에도 여유 있게, 잠시만요, 라며 전화를 받아도 되는 자리. 면접을 보러 온 사람들은 이 자리에 앉아 있는 사람들이 권력자라고 생각할 거다. 설사 그게 별 볼 일 없는 작은 아카데미의 인턴자리 면접일지라도, 이 자리에 앉아 있다는 건 결정권을 가졌다는 걸 의미한다. 일정 수준의 경험과 시간을 보내고 나서야 앉을 수 있는 자리. 그런데 나는 머릿수를 채우기 위해 소품처럼 앉아 있다. 내가 아니라 낡은 곰 인형이었어도 상관없었을 거다.

나는 자리를 비운 김 부장을 원망하며 유 팀장의 쓸데없이 디테일한 지시에 따라 '적당히 도도한 표정을 지은 채' 면접 대상자들을 기다렸다.

면접자들의 직업군은 다양했다. 대학생, 휴학생, 복학생은 기본. 웹툰 작가 지망생, 전직 경호원, 투잡을 노리는 연극배우……. 그들은 각자의 이유로 절박했고 각자의 이유로 어딘가 심드렁한 표정을 짓고 있었으며 소위 메이저 세계에 섞이지 못한 채 오랜 시간을 살아온 것을 반증이라도 하듯, 눈 밑에는 하나같이 어두운 그림자를 하나씩 달고 있었다. 우연의 일치라고 하기엔 어찌나 판에 박은 듯한지, 내심 찔려 내 얼굴도 그런 게 아닌가, 거울을 들어 확인해보고 싶을 정도였다. 서른두 명의 면접이 끝나자 점심시간이 됐다. 유 팀장이 긴 하품에 얹어 중얼거렸다.

"세상엔 왜 이렇게 문화 백수가 많은 거야?"

'문화 백수'라는 말은 유 팀장이 즐겨 쓰는 단어였다. 딴에는 '잉여'라고 불려야 마땅한 사람들을 한 단계 쳐줘서 그렇게 말하는 거라고 했다. 유 팀장은 종종, 이 사회에 음악이나 문학, 미술, 영화 따위를 하고 싶어 하는 사람이 너무 많다며 그런 문화 백수들이 사회의 근간을 갉아

먹고 있다고 열을 올렸다. 문화도 학문도 결국은 콘텐츠다. 그러므로 돈이 되지 않는 이상 문화가 아니다. 비단 그게 유 팀장만의 생각은 아닐 테지만 어쩐지 좀 갑갑해졌다. 짜장면이나 시켜 먹자는 유 팀장에게 고개를 흔들었다.

"전 나가서 먹고 올게요. 근처에 친구가 와 있어서요."

"아, 정진 씨? 언제 한번 데리고 와. 직원가로 수강료 할인도 해줄 수 있다니까. 그보다도 이젠 둘이 좀 사귀어야 되는 거 아냐?"

나는 싱거운 미소로 대답을 대신하곤 건물을 빠져나왔다.

*

근처 편의점에서 바나나와 삼각김밥, 딸기우유를 샀다. 비닐봉지를 달랑거리며 건물 뒤쪽으로 복잡하게 나 있는 골목을 한참 동안 헤집고 들어갔다. 목적지인 낡은 아파트가 시야에 들어오자 발걸음이 조금 느려졌다. 폐활량이 늘어난 건지 들이쉰 공기도 얼마 없는데 긴 숨이 끝도 없이 터져 나왔다.

이 아파트는 지은 지 오래된 대단지 아파트지만 동네를 휩쓸고 간 재개발 열풍에서 제외됐다. 주민들은 섭섭할지 모르지만, 나로선 세월의 때가 묻은 한산하고 정겨운 단지 안을 걷는 게 좋다. 단지 뒤쪽엔 작은 산책로가 나 있는데, 길을 따라 걷다보면 둥근 공터가 나온다. 그 위로는 돌계단이 무대를 내려다보듯 반원으로 펼쳐져 있다. 잘만 활용하면 소극장 공연도 가능할 것 같은데 쓸모없는 공터 이상으로 생각하는 사람은 없나보다.

계단에 앉아 딸기우유를 한 모금 빨아마셨다. 정진 씨가 아카데미로 나를 만나러 올 때면 나는 주로 이곳으로 온다. 아카데미 사람들에겐 정진 씨와 함께 밥을 먹거나 차를 마신다고 대강 둘러댄다. 하지만 사실 그런 적은 한 번도 없고 단언컨대 앞으로도 없을 것이다. 정진 씨에겐 그런 수고나 정성을 들일 필요가 없다. 정진 씨는 내 친한 친구지만 존재하지 않으니까.

정진 씨를 만들어낸 건, 이 답답한 도시생활에서 하나의 숨통을 마련하기 위해서였을 뿐이다. 언제나 같은 사람들과 밥을 먹는다는 건 정말이지 숨 막히는 일이다. 매일 점심때마다, 뭐 먹을래, 아무거나요, 오늘은 돈가스 어때, 좋아요, 메뉴는 짜장면으로 통일할까, 그러죠, 따위의 대화를 나누는 것. 나서서 냅킨을 깔고 숟가락, 젓가락을 놓고 도맡아 물을 따르는 것. 다들 그런다고 생각하면 어렵진 않지만 그래도, 그래도 가끔은 도피처가 필요했다.

그래서 하루는 친구가 온다고 했다. 그게 몇 번 반복되자, 사람들은 친구의 성별을 알고 싶어 했고, 나이와 이름도 필요해졌다. 그렇게 해서 정진 씨가 탄생했다. 정말, 진짜, 라는 이름을 가진 내 가짜 친구. 몇 번 얼버무렸더니 유 팀장은 제멋대로 정진 씨가 나를 좋아하는 것으로 몰아가더니, 급기야 나와 정진 씨를 '썸 타는 관계'로 규정하기에 이르렀다. 귀찮아서 변명을 안 하고 있었는데 조금만 더 지나면 결혼이라도 시킬 태세다. 더 관계가 깊어지기 전에 정진 씨와의 관계를 정리해야 할지도 모른다. 그런 시나리오까지 짜야 한다는 게 새삼 우스워 피식, 콧바람이 나왔다. 있지도 않은 사람과 썸 타고 연애하고 헤어지고……. 정진 씨, 진심으로 그럴 의도에서는 아니었는데, 이렇게까지 돼버려서 미안. 조그만 소리로 그렇게 말하자 진짜 미안함이 몰려왔다. 그런데 미안함의 대상이 누구지? 어딘가 정말 있었으면 좋겠는데, 정진 씨같이 아무 때고 기댈 수 있는 편안한 사람이.

바나나와 삼각김밥을 우걱우걱 씹어 삼켰다. 밥 생각은 애초부터 없었지만 귀찮은 알람 같은 허기를 잠재우기 위해선 이 정도는 공급해줘야 한다. 후식으로는 산책로의 공기를 실컷 들이켰다. 그러곤 입을 가로로 길게 벌려 으어어어어어어, 하고 낮고 길게 괴성을 질렀다. 몸 안의 독소와 활성산소를 내보내는 나만의 방법인데, 가끔 누군가와 시선이 마주칠 때 난감하다는 걸 빼고는 할 만하다.

오전 면접 때 너무 꿔다 놓은 보릿자루마냥 입을 꾹 다문 게 맘에 걸렸다. 가짜일지언정, 이왕 면접자의 권력을 갖게 된 마당에 작게나마 생색을 내보기로 했다. 다음과 같은 질문을 꼭 하리라.

"디아망 아카데미에서 일하고 싶은 궁극적 목적이 뭔가요?"

만약 내게 진짜 결정권이 있다면, "설마 여기에 뼈 묻고 싶어서 왔겠습니까. 다만 거쳐가는 정류장이지요"라고 말하는 이를, 이백 프로 인센티브를 얹어 채용하리라.

실없는 생각을 떨치며 다시 면접장으로 향했다. 문은 살짝 열려 있었고, 일 잘할 거 같은 사람이 하나도 없다니까요, 라고 구시렁거리는 유 팀장의 목소리가 들려왔다. 문을 여니 김 부장이 앉아 있다. 늦을 거라더니 생각보다 일이 빨리 끝난 모양이다.

"아, 고마웠어, 지혜 씨. 이제 김 부장님 오셔서 우리 둘이면 될 것 같네."

유 팀장이 가볍게 말하고 서류를 뒤적인다. 꾸벅 인사하고 돌아섰다.

다음 강의 자료를 복사해놓으라는 유 팀장의 지시가 등 뒤에서 들려왔다.

다시 복사를 시작한다. 이곳에서 나의 역할은 어느 정도일까. 복사기 토너? 나사 정도의 부품? 문득 가느다란 여자의 목소리에 고개를 들었다. 딱 봐도, 성실하고 야무져 보이는 여대생이다. 면접 장소가 어디냐고 조심조심 토끼 같은 눈을 동그랗게 뜨며 예의 바르게 묻는다. 나는 손끝으로 면접 장소를 가리켰다. 총총걸음으로 걸어가는 그녀의 모습이 싱그럽다. 아까 본 이력서 속 경력이 떠오른다. 여기서 일하기에 너무 모자람이 없는 이력이다. 모자람이 없다는 것이 하나의 모자람이 되어 그녀는 이곳에서 일하지 못할 것이다.

어쨌든 금요일이다. 그럭저럭 일을 마치고 프로모션으로 구백 원에 판매 중인 마트 캔맥주를 몇 개 사서 집으로 들어왔다. 오 층짜리 빌라의 오 층에 있는 쾌적하고 아담한 내 방, 이라고 원주에 계신 부모님은 알고 계신다. 대학 때만 해도 실제 그런 집에 산 적도 있었다. 하지만 시간이 지날수록 무언가를 상징하듯 점점 층수가 낮아지더니 어느덧 반지하다. 그래도 손바닥만 한 고시텔은 아니라는 점과, 그나마 아직은 지상과 지하에 걸쳐 있다는 게 희망이라면 희망일까. 부모님은 딸기 농장 일을 하시느라 바쁘신 데다 서울에 거의 올라오시지 않는다. 가끔은 엄마가 갑자기 찾아오는 상상도 하지만 다행히 아직 상상은 현실이 된 적이 없다.

예능 프로를 보려고 캔 뚜껑을 따고 텔레비전을 켰다. 연예인들이 턱걸이를 몇 개나 하는지를 놓고 내기를 하며 몸 개그를 펼친다. 나는 맥주를 마시며 그들의 재롱을 관람한다. 월세 계약 기간이 여덟 달 후면 끝난다는 생각이 뇌리를 스친다. 집주인은 다음번엔 세를 더 올려 받겠다고 공언했었다.

아주 짧은 순간 동안, 그 안에 무언가를 해결해야 한다는, 그러니까 내 인생의 답을 찾아야 한다는 생각이 들었다. 맥주를 한입 머금고 목구멍 저아래에서부터 스며나오는 불안과 섞어 삼켜버린다. 연예인이 자신의 사업 실패와 바가지 긁는 마누라 얘기를 털어놓으며 눈물 섞인 웃음을 선사한다. 창밖으론 점점 화려해져가는 서울의 야경이 펼쳐져 있겠지. 어딘가 높은 곳에 사는 누군가의 눈엔 분명 그런 그림이 보일 거다. 각자의 창으로 보이는 장면이 조금씩 다른 것뿐.

시계를 보려고 휴대폰을 들자 검은 액정에 내 얼굴이 비친다. 발그레한 얼굴과 풀린 눈으로 미소를 짓고 있다. 웃음은 뇌를 춤추게 한단다. 가짜 웃음이든 진짜 웃음이든 일단 웃기만 하면 뇌는 도파민이니 뭐니 하는 좋은 호르몬들을 생산한단다. 생전 만나볼 일 없는 연예인의 사생활이 나를 웃게 한다. 배를 잡고 깔깔대며 웃었으니 조금쯤은, 적어도 하루쯤은 다시 버틸 수 있을 거다.

4. 최소한의 노동자

월요병의 증상은 다양하다. 내 경우엔 탱탱 부은 눈이 월요일임을 알려준다. 전날 술을 먹지 않아도 월요일 아침만 되면 눈이 떠지지 않을 정도로 붓는다. 안경을 코끝에 걸쳐 얹고 집을 나섰다. 안경은 많은 걸 감춰줘서 좋다. 표정도 눈물도 부은 눈도 테가 두꺼운 안경 하나면 그럭저럭 평준화된다.

부랴부랴 서둘렀는데도 출근 시간에 사 분이나 늦었다. 엘리베이터에서 내리자마자 사무실 안에서 웅성대는 소리가 귀를 찔렀다. 문을 살짝 밀자 다른 사람들보다 머리 하나가 더 큰 낯선 남자의 뒷모습이 눈에 들어왔다. 익숙한 목소리들 사이로 언뜻언뜻 들리는 남자의 걸걸한 목소리가 이질적이다.

"어, 지혜 씨, 이제 왔네."

유 팀장의 목소리가 웬일로 달달하다. 악보에 표시를 해야 한다면 저 톤은 분명 칸타빌레다. 부드럽게, 노래하듯이. 평소 같았으면 핀잔을 주고도 남았을 텐데, 내가 늦은 것 따윈 안중에도 없는 듯했다. 유 팀장은 여전한 하이 톤으로 경쾌하게 말했다.

"아, 그 전에 인사부터 해야지. 새로 뽑은 인턴이야."

"이규옥이라고 합니다, 반갑습니다."

남자가 몸을 돌려 공손히 머리를 숙인다. 몸집이 큰 데다 보풀이 잔뜩 일어난 두껍고 하얀 점퍼를 껴입어 한 마리 북극곰한테 인사 받는 기분이다. 대강 몸을 숙였다. 부은 눈을 마주치지 않으려고 이미 숙인 고개를 더 숙이자니 나도 모르게 배꼽인사가 되어버렸다.

"그렇게 깍듯하게 인사하실 필요는 없구요."

눈앞의 북극곰이 넉살좋게 말하자 유 팀장의 깔깔대는 소리가 이어졌다. 가만히나 있지, 내가 다 부끄럽다.

"이제 서로가 한결 수월하겠네. 그러고 보니 둘이 나이도 같은데 편하게 지내면 되겠네. 같이 있는 거 보니 든든하다!"

유 팀장이 피겨 아이템이 하나 더 생긴 어린아이처럼 말하더니, 내게 업무 공유를 하라는 지시를 내렸다.

"따라오세요."

나는 북극곰에게 그렇게 말하곤 앞서 사무실을 나갔다. 안내라고 해봤자 별거 없다. 건물을 한 바퀴 돌며 비품 구매, 수강료 처리나 환불 규정 등 사무실 내에서 할 일들을 읊으면 된다. 정수기 위치를 설명하고 자판기도 손가락으로 한번 쓱 가리키고, 강의실 문도 한 번씩 여닫아 보여주고, 그리고 대망의 복사기. 나는 복사의 미학과 노하우를 나름 열심히 전수했으나 북극곰은 그런 건 다 할 줄 안다는 듯 건성으로 고개만 끄덕였다. 그리고 마지막으로 이 일에 딸린 서비스 안내.

“인턴은 공짜로 강의 하나 들을 수 있어요. 살펴보고 맘에 드는 거 뭔지 알려주세요.”

“글쎄요. 좀 더 생각을 해봐야겠네요. 무슨 강의 듣고 계신데요?”

북극곰이 친절한 목소리로 묻는다.

“전 안 들어요. 시간도 없고, 흥미 있는 것도 없어서.”

“어쨌든 같이 일하게 돼서 반가워요. 참, 성함이……?”

“김지혜예요.”

“반가워요, 지혜 씨. 예쁜 이름이네요. 악수나 할까요.”

나도 모르게 입을 실룩거렸다. 내 이름이 예쁜 이름이라는 말은, 글쎄, 거의 처음 듣는 말 같은데. 게다가 웬 악수? 일로 만난 누군가와 내가 악수해본 적이 언제였던가. 아니, 있기나 했나? 나는 비로소 앞에 서 있는 남자를 정면으로 올려다봤다. 눈빛이 선해 뵈긴 한데……. 가만, 이 얼굴은 분명히 어디서 본 얼굴이다. 누구지. 생각이 얽히는 순간 남자가 손을 내밀었다. 그 순간 보고 말았다. 손등 위의 별모양 문신. 카페에서 봤던 남자다. 박 교수에게 망신을 준 뒤 전철에서 내 옆자리에 앉아 낱말퀴즈를 풀던 덥수룩한 수염의 안경 쓴 남자. 수염과 안경이 사라진 그가 미소를 띤 채 내게 악수를 청하고 있다.

*

확실히 규옥의 등장으로 일은 한결 수월해졌다. 그는 무거운 생수통을 번쩍번쩍 들었고 유 팀장이 무슨 일을 할라치면 부리나케 달려가 일거리를 빼앗았다. 눈치도 빨랐고 사회성도 좋아 윗사람들도 그를 편하게 대했다. 나에게 유 팀장이 가시 돋친 말을 하는 횟수도 좀 줄었다. 규옥은 싹싹하고 예의발랐으며 일에 적극적이기까지 했는데, 단지 신입이라서 그렇다고 하기엔 태도가 꽤 자연스럽고 호쾌했다.

하지만 그에겐 어딘가 묘한 구석이 있었다. 누구에게나 친절했고 소탈한 것처럼 보였지만 그럼에도 불구하고 순간순간 설명하기 힘든 이질감이 느껴졌다. 결코 뚫을 수 없는 얇고 투명한 막이 감싸져 있는 것 같았다. 그 막 때문에 겉과 속이 어떻게 다른지조차 파악이 되질 않았다. 늘 활기찬 태도, 진심이 아니라고 의심하기 힘든 호탕한 호흡을 곁들인 웃음, 깊은 시선으로 응시하며 경청하는 태도. 그럼에도, 함께 어울리는 자리엔 잘 나가지 않는 것, 질문은 많이 하되 자신의 얘기는 짧게 끊고 능숙하게 화제 전환을 하는 것, 그런 걸 눈치채지도 못하게 손쉽게 해버리는 교묘한 태도가 그랬다. 주의 깊게 관찰하지 않으면 쉽게 알아챌 수 없는 종류의 것들이었다. 박 교수 사건이 없었다면 나 역시 그를 눈여겨보지 않았을 거다.

궁금해서 살펴본 규옥의 이력서는 단순했다. 그는 J대학 철학과를 졸업했고 그 밖에 이렇다 할 이력은 없었다. 한숨이 나왔다. 턱걸이로 인서울 철학과라. 스무 살 때부터 백수 예약한 거나 다름없다.

"여기서 일하는 데 이력이 중요하겠어? 중요한 건 인상이지. 경력도 빵빵하면서 여기에 몸 바치고 싶다고 말하는 애들은 뻔한 거짓말인 거 같아서 다 커트했다니까."

규옥의 전적을 은근슬쩍 묻자 유 팀장은 신나게 말을 늘어놓았다. 거울 너머로 유 팀장의 얼굴이 보인다. 치실을 탁탁, 거리며 이 틈에 낀 음식물을 빼내면서도 그 많은 말을 하고 있는 유 팀장의 모습은 언제 봐도 신기 그 자체다.

"관심 있어서 묻는 건 아니지? 물론 규옥 씨가 성격도 괜찮고 뜯어보면 매력 있는 얼굴이긴 한데, 선배로서, 언니로서 말리고 싶다, 지혜 씨. 연애도 투자야. 자기의 삶이 더 발전될 수 있는 사람을 만나."

유 팀장의 말에 나는 치약이 뒤섞인 침을 칵, 하고 뱉어냈다. 설령 그게 사실일지언정 인간관계를 저렇게 증권 투자처럼 얘기해도 되는 걸까.

"그리고 지혜 씨 멋 좀 내. 웬만하면 그때가 제일 예쁠 때라고 말해주고 싶은데 자기 얼굴 보니까 도저히 그 말이 안 나온다. 외모나 복장가지고 뭐라 하는 게 아니고 안타까워서 그래. 너무 안 꾸미는 거, 그거 나중에 돌이켜보면 젊음에 죄짓는 거다?"

순간 욱하고 치밀어 올랐으나 거울에 비친 내 얼굴을 보자 과연 고개가 끄덕여졌다. 부스스한 머리에 코끝까지 흘러내린 붉은 기 도는 굵은 뿔테 안경. 윤기 없는 얼굴에 맥없는 눈동자. 내가 봐도 저건 앞길이 창창한 청춘의 얼굴이 아니다. 관에서 튀어나왔다고 해도 믿을 만큼 강약 없는 혈색을 한 여자를 향해 나는 힘없이 눈을 끔벅였다.

복도로 나오니 규옥이 바닥에 무릎을 꿇고 앉아 콘센트 위며 전깃줄 따위를 닦고 있다.

"이런 데도 가끔씩은 먼지를 닦아줘야 하거든요. 그래야 사랑받는 기분이 들죠."

때때로 규옥은 쓸데없는 일에 과하게 나섰다.

"감전 조심해요."

미소를 짓고 있는 그에게 표정 없이 대꾸하곤 걸음을 옮겼다. 그를 걱정한 게 아니라, 시키지도 않은 일을 하다가 불상사를 겪진 말길 바라서였다. 왜 굳이 그렇게 열심이냐고 물었더니 돌아온 규옥의 대답은, 면접에서 열심히 일하겠다고 다짐한 약속을 지키는 것뿐이란다. 안 그러면 미루어진 노동이 누적되어 다른 사람에게, 예컨대 미화부 아주머니들에게 피해가 간다나. 정의감인지 허세인지 판별은 되지 않았지만 함께 일한 지 이 주가 넘어가는데도 규옥의 적극적인 태도엔 변화가 없었고 모두들 그에 대해 호평일색이었다. 남 험담하는 걸 일터의 즐거움이라 여기는 김 부장마저 규옥에 대한 칭찬을 아끼지 않았다.

나는 그의 미련함이 반갑지 않았다. 모름지기 사람은 적당히 일을 해야 한다. 더 정확히 말하자면 분수에 맞게. 주어진 시간과 급여에 맞게. 그러므로 최저임금을 간신히 넘는 비정규직인 우리에게 일이라는 건 꼼수, 눈치, 요령의 삼 요소가 적절히 균형을 이루는 최소한의 노동이라야만 한다. 그래야 헤프게 이용당하지 않고, 당연한 듯 착취당하지 않고, 적당히 치고 빠질 수 있다. 계속 못하다가 갑자기 잘하면 칭찬을 받지만 계속 잘하다가 한 번 실수하면 본전도 못 뽑고 신랄히 욕만 먹는다. 아슬아슬 선을 지키는 수준에서 일하고, 할 수 있는 일도 가끔은 못하는 척 피해 가고, 귀찮더라도 가끔 핀잔을 듣는 상황을 만들어 상사를 우쭐하게 만들 줄도 알아야 한다. 당신에 대한 최종적인 평가는 '그럭저럭 보통은 해. 가끔 덤벙대기도 하지만 발전 가능성은 있어' 정도면 충분하다. 그게 자신을 지키며 일하는 방법이다. 특히 대단한 보람이나 연봉, 자아실현과는 거리가 먼 일일수록. 이렇게 생각하는 나는 너무 닳고 닳은 인간인 걸까. 아니면 꿈이 없는 사람인 걸까.

몸을 사리지 않는 규옥을 볼 때면 습관적으로 나는 커피숍에서의 사건을 떠올렸다. 그럴 때마다, 내가 저지르지도 않은 일로 조마조마한 기분을 가지고 있다는 게 꺼림칙했다. 커피숍에서 크게 고함을 치던 모습은 생글생글 웃으며 자발적으로 일하는 지금의 모습과 쉽게 매치되지 않았다. 그가 인턴으로 들어온 게 박 교수와 상관있을까도 생각해봤다. 하지만 박 교수는 이번 학기에 강의가 없었고, 카페에서의 사건이 있고 얼마 후 외국으로 장기 여행을 떠났다. 그러므로 규옥과 박 교수가 마주치거나 아카데미 안에서 곤란한 일이 벌어질 가능성도 없었다.

내가 정직원만 됐어도 당연히 유 팀장에게 박 교수와 규옥의 사건을 털어놨을 거다. 하지만 굳이 그러지 않은 이유가 있다. 나는 이곳에서 주변인이기 때문이다. 누군가의 비밀을 알 필요도, 환경의 개선을 위해 노력할 필요도 없는 주변인. 그게 나였다. 그러므로 나에게 손해도 이익도 끼치지 않는 일에 나설 이유가 없었다.

5. 의자들

늦은 오후였다. 황사와 미세먼지가 봄볕을 가려 대기가 온통 기분 나쁜 주홍빛으로 물든 나른하고 끈질긴 오후. 모두들 외근을 나가고 사무실엔 나와 규옥뿐이었다. 마침 강의도 없어 아카데미 안은 오로지 고요했다. 오가는 말없이 우리는 각자의 세계 속에 빠져 있었다. 그걸 한데로 묶은 건 갑자기 문을 열고 들어온 중년 남자였다. 그는 박창식 교수의 강의를 신청하러 왔다고 했다.

"이번 학기 박창식 교수님 강의 쉬십니다."

"그럼 다음 학기엔요?"

"아직 확정된 바는 없고요, 가을학기 돼봐야 알 수 있어요."

적당한 톤으로 마무리했다. 남자는 실망한 듯 고갤 끄덕이더니 굼뜨게 밖으로 향했고 그것으로 그 남자의 역할은 끝났다. 하지만 그가 남긴 박창식 교수, 라는 단어가 나와 규옥 사이를 집요하게 떠다니고 있었다. 조심스럽게 규옥을 살폈다. 그는 한 손으로 턱을 괴고 휴대폰을 응시하고 있다. 턱을 괸 손이 얼굴을 가리고 있어 표정이 보이지 않았다. 뭐라도 말해야 할 것 같았다. 헤헴, 헛기침을 해 보지만 반응이 없다. 물꼬를 트려면 어떤 말이 좋을까.

"아직 듣고 싶은 강좌 안 정했어요?"

"고민 중입니다."

규옥이 심드렁하게 답하더니 되묻는다.

"추천해줄 강의라도 있어요?"

웬일. 물어볼 생각도 없었는데 저절로 걸려든다. 나는 윗입술을 한 번 둥글게 핥았다.

"있긴 한데, 아쉽네요. 박창식 교수님 강좌가 아카데미 최고 인기 강의였거든요. 규옥 씨도 들었으면 좋았을 텐데."

이 정도면 직구다. 이제 규옥의 표정을 살필 차례다. 그런데, 어라. 변화가 없다.

"그렇군요. 언젠가 기회가 있겠죠."

그러곤 방긋 웃을 뿐이다.

거짓말 탐지기는 거짓말할 때 손끝에 배어나오는 땀을 전류로 읽어내 진위를 판단한다는데, 정녕 겉으로는 저런 표정을 지으면서 손끝에서 땀이 흐를 수도 있단 말인가. 정말 박창식 교수라는 사람에 대해선 들어본 적도 없다는 듯한 표정이다.

"의자 정리나 하러 가죠."

타이밍도 적절하게 규옥이 일단락을 지었다.

언제나처럼 강의실의 의자들은 어지럽게 널려 있었다. 그 위로 길게 늘어진 햇살이 탁하다. 잠깐 눈을 가늘게 떴다. 이상하지만 익숙한 기분이 밀려들었다. 생각을 물리치려면 몸을 움직여야 한다. 의자를 정리하기 위해서 다가가는 순간, 규옥의 목소리가 뒤에서 들려왔다.

"방금 뭐했어요?"

"네?"

"사소한 질문인데, 의자 정리하려다 왜 멈칫했는지 궁금해서요."

독특한 호기심이다. 말 그대로 처음 받아보는, 너무 사소해서 이상한 질문.

"햇빛 때문에요. 이 시간대의 햇빛을 싫어하거든요. 오늘도 이렇게 별다른 의미 없이 하루가 가버렸고 해는 뉘엿뉘엿 지기 시작했다는 걸 알려주는 햇빛. 어려서부터 이 시간대 햇빛을 별로 안 좋아했어요. 그게 전부예요. 자, 정리 시작할까요."

끝을 명랑하게 마무리하기 위해 나는 자, 라고 말하는 동시에 두 손을 크게 맞잡았다. 커다란 동작에 비해선 터무니없이 작은, 바람 낀 박수소리가 싱겁게 새어나왔다. 그런데 규옥은 팔짱을 낀 채 벽에 등을 기대고 꼼짝도 않고 서 있다. 한동안 그러고 있더니 그가 어딘가를 보며 손가락을 까닥였다.

"이리 와볼래요. 여기 와서 한번 보세요."

"뭘요?"

규옥의 손은 우리가 서 있는 텅 빈 강의실 중앙을 가리키고 있었다. 그 옆으로 다가가 벌을 서는 초등학생처럼 벽에 붙어서 볼멘 표정으로 앞을 바라봤다. 늘 봐왔던, 강좌가 끝난 후의 너저분한 강의실. 방과 후의 학교처럼 지루한 풍경이었다. 어쩌라고.

"봤어요. 다음은 뭐죠?"

규옥은 무질서하게 널브러진 의자를 가리켰다.

"지혜 씬 하루에도 몇 번씩 의자를 정리하잖아요. 그런데, 저 의자들을 보면 무슨 생각이 들어요?"

"빨리 정리해야겠다는 생각?"

규옥은 고갤 끄덕이며 작게 혀를 찼다. 그의 표정이 심술궂어, 살짝 언짢은 기운이 올라왔다.

"보통은 말이에요, 고갤 끄덕이면 음, 이라고 말하거나 혀를 차면 고개를 흔들지 않나요? 근데 규옥 씨는 고개를 끄덕이면서 혀를 차네요. 무슨 의미죠?"

규옥이 팔짱을 풀며 천천히 걸음을 옮겼다.

"이해하지만 동의하지는 않는다는 뜻입니다."

이건 또 무슨 궤변?

"뭐, 일차적으론 당연한 답입니다. 일로만 생각한다면 이 의자는 '우리가 정리해야 할 의자'니까요."

"그렇죠."

"하지만 달리 생각해봅시다. 의자의 기능이 뭘까요?"

"앉는 거죠. 먹을 순 없으니까."

"맞아요. 앉는 거죠. 수강료를 내면 누구나 앉아서 강좌를 들을 수 있죠. 하지만 저 앞에 있는 의자는 어떨까요."

그는 맨 앞에 있는 강사용 의자를 가리켰다. 수강생을 위한 접이식 철제 의자와는 달리 강사용 의자는 고풍스런 장식이 들어간 고급 앤티크 의자다. 상징처럼 강의실마다 그 의자가 앞에 하나씩 놓여 있다.

"강사가 되면 앉을 수 있겠죠. 공부를 많이 하거나 한 분야에서 전문가가 돼서. 아니면 적당히 멋진 커리어를 쌓으면."

몇 시간이나마 면접관 대타를 하면서 그 의자에 앉았었던 기억을 떠올리며 말했다. 규옥이 자신의 턱을 쓰다듬었다.

"꼭 이 강의실의 의자를 말하는 게 아니라 '의자의 마법'에 대해서 얘기하는 겁니다. 앞에 있는 의자에 앉으면 권위와 힘을 가진 줄 착각하는 마법에 걸리게 되죠. 그리고 수없이 깔린 의자에 앉으면 힘없는 대중이 되어 앞에 있는 사람의 말에 고개를 끄덕이는 마법에 걸립니다. 의자는 의자일 뿐이라는 걸 다들 까먹어버린단 소리예요."

규옥은 말을 마치며 내게 찡긋 윙크를 한다. 요상한 궤변을 뱉어놓곤 설마 자기가 멋지다고 생각하는 건가. 나도 모르게 속마음을 드러내버리고 말았다.

"칫."

의외로 규옥은 그 작은 칫, 에 충격을 받은 모양이었다. 그는 몸을 부르르 떨며 어깨를 으쓱했다.

"이런, 내가 너무 오버했나보군요. 미안합니다."

그러더니 나서서 빠른 속도로 의자를 정리하기 시작했다. 무안을 준 건가 싶어서 조금 겸연쩍어졌다. 규옥이 행동을 멈췄다.

"듣고 싶은 강좌가 있긴 합니다만."

"뭔데요?"

"우쿨렐레 강좌요. 같이 들을래요?"

"우쿨렐레요?"

난데없는 제안에 어안이 벙벙해졌다. 우쿨렐레라니. 그 반은 인문학 일색인 아카데미에서 구색 맞추기로 끼워 넣은 몇 안 되는 음악 강좌였다. 하지만 난 음악은 감상하는 걸로 족하다고 생각했을뿐더러 우쿨렐레는 내겐 너무 생소한 악기였다.

인턴의 월급에선 매달 무료 강좌 수강료 명목으로 일정 금액이 빠져나갔다. 하지만 그걸 아깝다고 생각한 적도 없었다. 관심도 없는 강좌를 듣는 시간이, 빠져나가는 돈보다 더 아까웠다.

"계산해보니까 우쿨렐레 강좌가 제일 비싸더라고요. 다른 강좌보다 시수는 2회나 적고 가격은 만원이나 비싸던데요."

"이유치곤 좀 궁색한 거 아닌가요?"

"아니죠. 강제적인 특권일수록 가장 영리하게 누려야 한다고 생각합니다. 안 그러면 말 그대로 빼앗기기만 하는 거니까요. 그건 간접적으로 부당함에 동의하는 겁니다. 게다가 우쿨렐레라니, 언젠가 하와이에 가서 훌라춤을 추면서 연주하는 걸 상상해봐요. 낭만적이지 않아요?"

규옥이 어깨를 들썩이며 웃었다. 작은 웃음에도 꼭 하얀 이를 드러내고 어깨를 떨며 웃는 게 그의 버릇이었다. 그럴 때마다 튀어나온 목젖도 앞뒤로 같이 움직였다. 천진해 보이긴 했지만 "글쎄요, 님 혼자"라는 말이 튀어나오려는 걸 겨우 참았다.

하지만 계속해서 의자가 포개지고 정리되어가는 동안 조금 난처해졌다. 그런 식으로는 한 번도 생각해본 적이 없었다. 처음엔 억지스럽게만 들렸는데 되새겨보면 맞는 말 같기도 했다. 이제와 거절해버리면 착취당하는 주제에 낭만도 없는 사람이 될 것만 같았다. 정리가 끝나고 우리는 자판기 커피를 한 잔씩 뽑아 마셨다. 규옥이 건배를 제의했고, 나는 내키지 않게 종이컵을 들었다. 부딪쳐도 소리조차 나지 않는 종이컵 두 개가 서로에게 기댔다. 뜨겁게 달궈진 싸구려 믹스커피가 가볍게 출렁였다.

"건배."

그의 말에 나도 가볍게 대답했다.

"건배."

마음속에선 아직도 규옥을 경계하고 있었다. 하지만 무언가가 달라졌다. 그 건배로 인해 알 수 없는 작전의 공모자가 된 느낌이었다. 그리고, 실제로 그렇게 되기까지는 그리 오랜 시간이 걸리지 않았다.

*

아홉 개의 의자가 단출하게 놓여 있었다. 거기에 앉아 있는 건 초등학생 세 명, 그들의 엄마 둘, 오십 대 아저씨, 삼십 대 남자, 규옥, 그리고 나.

강의 시작 전의 분위기가 늘 그렇듯, 모두들 적당한 소음과 산만함 속에서 강사를 기다렸다. 나는 직접 앞에 나가, 강사가 보내온 조금 늦겠다는 메시지를 전달했다. 하지만 십 분 정도 늦을 거라던 말과는 달리 강사는 이십 분이 지난 후까지도 도착하지 않고 있었고, 사람들은 애먼 나를 흘깃흘깃 쳐다봤다. 내가 아카데미 관계자라는 걸 드러낸 게 후회됐다.

"이럴 줄 알았으면 규옥 씨더러 말하라고 할걸 그랬어요. 아니면 밖에서 강사님 올 때까지 기다릴까요?"

그러나 앞에 앉은 아저씨가, "거, 언제 오는 거요? 늦은 시간만큼 보상해줍니까?"라고 볼멘소릴 뱉어내는 통에 밖으로 나갈 타이밍도 놓쳤다. 그 순간 문이 열리며 얼굴이 땀범벅이 된 강사가 모습을 드러냈다. 첫 강의에 삼십 분이나 지각이다. 강사는 띵띵 부은 얼굴로 차가 너무 막히더라며 빤한 변명을 늘어놓았는데 말할 때마다 술 냄새가 물씬 풍겼다.

십 년쯤 전에 높은 시청률로 인기를 끌었던 트렌디 드라마가 있었다. 덩달아 드라마의 OST도 유행했는데 강사는 그 OST의 작곡과 연주를 맡은 이인조 혼성 인디그룹의 멤버였다. 그는 우쿨렐레를 치고 여자 멤버는 멜로디언을 연주하는, 동화적이고 예쁜 노래들을 불렀던 그룹. 한데 여자 멤버가 결혼을 하면서 자연스레 팀을 탈퇴하자 그는 창작의 동력을 잃었고 지금은 중년의 문턱에 선 잊혀진 아티스트일 뿐이었다. 경력은 과거에 유행했던 곡에 빚지고 있었고 수입도 몇 푼 안 되는 저작권료와 이런 소소한 강의료가 전부일 것 같았다.

유감스럽게도 전날의 숙취가 덜 풀린 과거의 아티스트는, 준비 안 된 강사들이 즐겨 하는 악질적인 방법을 택했다. 오리엔테이션을 핑계 삼아, 첫날 강의를 자기소개와 허접한 말들로 때우는 전형적인 무성의 수법. 사실 그동안 내가 구태여 강좌를 듣지 않은 이유도 혹시나 모를 자기소개에 노출되고 싶지 않아서였기 때문이다. 자기소개 앞에서 나는 항상 초라해졌다. 남들이 그렇게 생각하지 않더라도 스스로 그랬다.

단체로 무언가를 배울 때 도대체 왜 자기소개를 해야 하는 걸까. 그중 가장 끔찍했던 기억은 서른이 되던 올해 초 수영장에서의 일화다. 혹시나 자기소개를 시킬까 싶어 일부러 사흘이나 지난 후에 출석을 했다. 그런데 가는 날이 장날이었는지 물에 몸을 담그기가 무섭게 강사는, "자, 이제 얼굴들도 익혔을 거고, 오늘은 자기소개를 할까요. 돌아가며 이름, 나이, 직업 말하세요"라는 게 아닌가. 놀랍게도, 싫은 표정을 짓고 있는 건 나뿐이었다. 사람들은 아무렇지 않은 표정으로 자신의 이름과 나이, 직업을 차례로 말하기 시작했다. 스물하나입니다, 이번에 대학에 들어갑니다, 라든가, 스물셋이고 제대한 지 얼마 안 돼서 몸 만들려고 왔습니다, 따위의 말 앞에서 나는 차마 갓 서른이 된 백수라는 말을 할 수가 없었다. 결국 내 순서가 됐고 내 입에서는, 스물여섯이고 모 기업에 막 입사했다는 생각지도 못한 말이 튀어나왔다.

자기소개가 끝난 뒤, 남은 사십오 분 동안 스무 명의 사람들은 물안경을 낀 채 수영장 벽을 잡고 물장구만 실컷 쳤다. 곱씹어 생각해봐도 서로의 나이와 직업을 알아야 할 하등의 이유가 없었다. 음-파, 음-파, 물에 머리를 담갔다 빼기를 반복하며 나는 앞으로 수영을 잘하게 될 때까지 무사히 스물여섯 살의 신입사원으로 살아갈 수 있을까를 염려했다.

걱정은 오래가지 않았다. 그날 수업이 끝나고 샤워를 마친 후 탈의실에서 옷을 입고 있을 때였다. 누군가가 내게 다가와 자신의 동기가 그 기업에 있다며 말을 붙였다. 나는 반쯤 벌거벗은 채 대충 더듬거리며 네네 하고 대답했다. 부서와 직책을 묻기 전에 빨리 튀자, 그것만이 내 목적이었다. 허둥지둥 옷을 다 입고 빠져나오려는데 뭔가가 탁 떨어진다. 사물함에서 미처 챙기지 못한 책이 바닥에 떨어져 있다. 하필 '당신은 반드시 합격한다, 면접의 달인!' 따위의 제목이라니. 어쨌든 그 얄궂은 자기소개 때문에 새해 계획이었던 수영 배우기는 물거품이 됐고 나의 첫 번째 수영 수업은 그렇게 마지막 수업이 되었다.

어두운 자기소개의 추억을 헤집는 동안, 세 명의 초등학생이 자신들이 어느 초등학교 몇 학년 몇 반에 다니는 누구라고 따박따박 박자를 맞춰 자기소개를 마쳤다. 강사는 의자에 걸터앉은 채 한결 여유로워진 표정으로 목의 땀을 훔쳐내고 있었다. 초등학생들의 엄마들도 누구 엄마라며 자신들을 소개했고, 강사는 흡족한 듯 미소를 지었다. 별다른 반발을 보이지 않고 자기소개를 이어나가는 수강생들 덕에 마음이 놓였는지 달달 떨던 다리는 안정을 찾았고 그는 자연스럽게 다리를 꼬고 그 위로 깍지를 꼈다.

초등생 자녀를 둔 엄마들은 특유의 친화력으로 다소 긴 이야기를 풀어갔다. 남매를 데리고 온 엄마는 자녀들의 문화적 소양과 음악적 감각을 기르기 위해 강좌를 듣게 됐으며 요새는 어디 가서 악기 하나 다루지 못하는 게 왕따의 지름길이라는 말도 덧붙였다. 어딘가 우울해 보이는 다른 엄마는, 자신을 쏙 빼닮은 차분한 아들의 머리통을 쓰다듬으며 울 것처럼 떨리는 말투로 입을 열었다. 아이는 기타를 배우고 싶어 했지만 기타는 왠지 부담스러워 덩치도 가격도 적당한 우쿨렐레를 선택했고 내친김에 자신도 함께 악기를 배우며 잊어버린 인생의 의미를 찾고 싶다고 했다. 그녀는 언제나 바쁜 남편과 살며 홀로 아이의 육아에만 매진해왔으나 아이가 이만큼 크고 보니 과연 이대로 살아도 좋은 걸지 늘 의문이라는 등의 인생고백까지 털어놓았고, 강사는 심리상담가라도 된 듯 깊어진 눈빛으로 연신 고개를 끄덕였다. 규옥이 나를 곁눈질하더니 조용히 속삭였다.

"할 말 생각하고 있죠?"

"아뇨, 후회 중이에요. 이런 건 질색이라."

"후회할 때 하더라도, 자기소개는 해야 될걸요."

규옥이 약 올리듯 말꼬리를 올렸다. 아이 엄마가 구구절절한 물꼬를 터서인지 오십 대 아저씨와 삼십 대 남자도 꽤나 진중하고 절절한 자기고백을 하는 바람에 내 차례가 되기까진 이십 분가량이 소요됐다. 드디어 모두의 시선이 내게로 향했을 때 나는 건조한 말투로 빠르게 말했다.

"김지혜입니다. 아카데미 아르바이트생이고요, 취미로 배우려고 왔습니다."

인턴이라고 하면 시시콜콜 설명을 해야 할 것 같아 그냥 아르바이트생이라고 했다. 잠깐 정적이 흘렀다. 모두들 내가 할 말이 더 있다고 생각했나보다. 해서, 덧붙였다.

"끝입니다."

"좋아요."

강사가 탐탁찮게 눈썹을 긁적였다. 좋아요, 라니. 이보다 더 정확한 자기소개가 어디 있단 말인가. 그는 내가 맨 첫 순서가 아닌 것을 다행으로 생각하는 표정이었다. 내가 첫 번째였다면 덩달아 다른 사람들도 짧고 간략한 자기소개로 끝냈을지도 모르는 일이니. 규옥이 빠르게 바통을 가로챘다.

"이규옥입니다. 지혜 씨랑 마찬가지로 저도 여기서 일하고요, 공짜로 강의를 들을 수 있어서 고민 끝에 이 강좌를 선택했습니다."

"공짜요?"

강사가 설마 하는 눈빛으로 되물었다. 내가 급히 알바생은 강의를 무료로 들을 수 있다고 덧붙였다. 강사는 눈빛이 흔들리는 폭이 얼마 안 되는 수강료를 엔 분의 일로 나누는 암산 중인 것 같았다.

"아 물론 전부터 우쿨렐레에 관심이 가긴 했었습니다. 장난감 같은데 제법 소리도 잘 나고요."

"제법, 이라뇨? 우쿨렐레로 연주할 수 있는 곡은 무궁무진합니다만."

강사가 슬그머니 팔짱을 꼈다. 규옥은 분쟁할 생각은 없다는 듯 손으로 허공을 몇 차례 밀어냈다.

"아뇨. 그런 뜻이 아니고……."

"저, 시간이 많이 흘렀는데 그만 수업을 시작하는 게 어떨까요……."

우울한 엄마의 적절한 중재에 모두들 케이스에서 악기를 꺼냈다. 나와 규옥도 아카데미에 남아 있는 악기를 빌려온 터였다. 줄이 네 개뿐인 작은 악기는 참으로 앙증맞았다. 강사는 악기의 부분적 명칭, 악기를 안는 법, 줄 네 개가 뜻하는 음정 따위의 기초적인 지식을 알려주었다. 모두들 우쿨렐레의 네 현을 한 번씩 엄지손가락으로 튕겼고 그것들의 계이름이 라미도솔이라는 걸 알게 되었다. 개방현의 음은 꼭 외워둬야 한다며 강사는 라미도솔, 솔도미라, AECG GCEA를 크게 소리 내어 말하라는 지시를 내렸다. 어쩔 수 있나. 다들 시키는 대로 했다. 나만 빼곤 다들 열성적으로 보였다.

"처음이기도 하고, 오늘 강의는 여기까지 하죠. 질문 있으세요?"

강사가 두 손을 비비며 어색하게 물었다. 그러는 동안에도 그의 시선은 벽에 걸린 시계를 향해 있었다. 여전히 원래 끝나야 할 시간보다 이십 분이나 모자란 시간이었다. 우울한 엄마의 아들이 손을 번쩍 들며

당돌하게 요청했다.

"선생님도 자기소개 해주세요."

강사는 소개할 자기가 없다며, 여자 친구를 소개시켜달라는 썰렁한 농담을 꺼냈다가 시큰둥한 초등학생들과 어이없어하는 엄마들을 보고는 주먹을 입에 대며 헛기침을 했다. 그러곤 자신의 이름과 활동했던 밴드명을 밝히고, 십 년 전의 유행곡을 짧게 연주했다. 서글프게도 거기 앉은 사람 중 그 곡을 아는 사람은 없는 것 같았다.

수업이 끝나자마자 나는 득달같이 사무실로 달려가 쇼핑몰 장바구니를 조회했다. 벌써 한발 늦었다. 어젯밤 늦게 주문한 우쿨렐레는 이미 배송 중이었다. 하필이면 며칠 전에 케이블에서 영화 〈티파니에서 아침을〉을 본 게 화근이었다. 그것만 아니었어도 이게 공짜건 아니건 더는 이 강좌를 들을 이유가 없었을 거다. 두건으로 머릴 감싼 채 창가에 기대 기타를 치며 〈Moon river〉를 부르는 오드리 헵번의 모습이 그토록 사랑스럽지만 않았어도! 오드리 헵번이 연주한 건 사실 우쿨렐레가 아닌 미니기타였다. 하지만 악기의 생김이 비슷하니까 자취방 창가에 기대 〈Moon river〉를 불러보고 싶다는 허영기 어린 생각을 한 거다. 창밖으로 달이 보이는 것도 아니고, 고작 해야 지나다니는 사람들의 다리나 담배꽁초가 풍경의 전부란 걸 까먹고 있었다. 여러 사람과 어울려 세 달 동안이나 뭔가를 배울 생각을 하다니. 그것도 허세 가득한 불성실한 강사와. 여러모로 최악이었다.

*

일주일에 세 번 있는 토익 수업의 정경은 평화로웠다. 문제 유형을 꼼꼼히 설명해주는 강사의 말에 수강생 오십 명이 조용히 집중한다. 수강생들의 나이는 다양하다. 대학생부터 서른 후반은 넘어 보이는 지친 액면가의 사람들까지. 학원 앞에는 '미래를 준비하는 당신, 오늘의 당신을 넘어서다!'라는 거창한 표어가 붙어 있다.

아카데미에서 번 얼마 안 되는 돈의 절반 가까운 금액을 고스란히 학원에 납입하는 생활을 한 지도 꽤 되었다. 공부를 열심히 한다고 할 수는 없었다. 하지만 토익 학원은 내게 일종의 보험이었다. 나는 멈추지 않을 거라고, 미래를 준비하며 어제의 나보다 나아지고 있다고 생각하게 하는 마음의 보험. 그래도 여기 오면 곤란한 일은 생기지 않는다. 모두가 잠재적인 경쟁자인 동시에 자기와의 싸움을 하느라 상대에게 관심을 가지지 않는다. 무엇보다 절대 자기소개 따위를 시키지 않는다. 우쿨렐레 수업보다는 열 배쯤 편하고 또 실용적이었다.

수차례 주말을 반납하며 치른 토익시험의 결과는 들인 돈에 비해 참담했다. 평균치는 훨씬 웃도는 성적이었지만 몇십 점만 올리면 좋겠다고 희망한 그 몇십 점이 결코 달성되지 않았다. 차라리 그 돈을 신선한 과일을 사먹는 데에 투자해 보다 해맑은 안색을 가꾸는 게 미래의 이직에 더 도움이 되리라고 판단한 나는 다음 달 학원비를 납입하지 않았다. 그날따라 더 수업을 열심히 들은 건, 그날이 내 마지막 수업이기 때문이었다. 경건하게 라이팅 수업에 임하면서 나 하나쯤 없어진다고 해도 누구도 눈치채지 못할 그곳의 시스템에 감사했다.

불편하다고 생각하면서도 결국 우쿨렐레 수업을 계속 들은 건 그 반대의 맥락에서였는지 모른다. 나 하나만 빠져도 너무 티가 나는 상황에 대한 부채의식.

6. 전복, 균열 혹은 놀이

초딩들과 그들의 엄마들, 그리고 강사가 빠져나가는 동안 오십 대 아저씨가 '어른끼리 뒤풀이는 어떠냐'고 제안했다. 규옥은 잠깐 망설이더니 그러겠다고 했다. 매번 회식은 그렇게 피하더니, 술자리가 싫은 건 아니었나보다. 삼십 대의 말라깽이 남자도 가겠다고 해서 세 남자의 술자리가 될 것처럼 보였다. 나는 흔한 핑계로 둘러댔다.

"전 먼저 갈게요. 친구 보기로 해서."

"누군데요. 반과거의 남친쯤 되시나? 아직 완전히 헤어지지 못한 애인?"

규옥이 딴청을 부리며 물었다.

"글쎄요. 그보단 근미래의 남친이 더 낫겠네요. 둘 다 아니지만."

뱉고 보니 맘에도 없는 신상고백을 한 것 같아 기분이 상쾌하지 못했다.

"그래도 재미없으면 와요!"

등짝에 길게 걸린 규옥의 시선을 뒤로하고 그들에게서 빠져나왔다. 해가 길어져 여섯 시가 넘었는데도 낮 기운이 가시지 않았다. 하지만 공기는 차갑게 식고 있었다. 밥 생각이 들지 않아 영화관으로 향했다. 아무리 궁핍해도 한 달에 한 번쯤은 직접 가서 영화나 전시를 보고 밥을 사먹자는 게 내 철칙이다. 그 정도의 문화적 사치는 내 자존심에 대한 예의이다. 언젠가 문화 관련 일을 하고 싶은 꿈에 대한 최소한의 투자이기도 하다.

두 편의 영화 중에서 고민했다. 하나는 해고 노동자가 국영기업을 상대로 맞서 싸우는 얘기였고, 하나는 초능력 히어로가 우주의 악당을 무찌르는 영화였다. 첫 번째 영화엔 좋아하는 배우가 나왔다. 작품성이 높다는 평가도 언뜻 들은 것 같다. 그럼에도 결국 후자를 택했다. 피곤한 저녁에 영화를 보면서까지 무언가를 생각하고 싶지는 않았다. 이벤트 기간이라며 증정하는 미니 캐러멜 팝콘과 콜라를 들고 만석에 가까운 좌석 어딘가에 비집고 앉았다. 영화는 그럭저럭 신났다. 중력을 무시한 액션과 불가능에 가까운 우연의 일치가 눈앞에서 펼쳐지는 동안 나는 신나게 팝콘을 우적거렸다.

문득 사람들의 얼굴이 궁금해서 뒤를 돌아보니 모두들 팝콘이나 오징어를 씹으며 영화 속 장면에 몰두하고 있었다. 다시 스크린으로 몸을 돌리자 현실이 사라졌다. 영웅이 세상을 구하고 악당이 통쾌한 최후를 맞이할 때까지 나는 진짜 세계와 완벽히 분리되었다.

영화가 끝나고 인파에 쓸려 영화관 밖으로 튕겨져 나왔다. 출출해질 무렵 설렁탕집이 눈에 띄었다. 대기 장소는 사람으로 그득했고 곳곳에서 외국어가 들려왔다. 커플들과 가족들이 무리 지어 차례를 기다렸다. 혼자라는 말에 나는 그들을 제치고 일인석으로 안내되어 순식간에 뜨거운 국물을 떠 마시고 있었다. 하지만 국밥 한 그릇을 남김없이 몸 안에 밀어 넣고 나서도 마음은 전혀 덥혀지지 않았다. 시계를 보니 아홉 시가 조금 넘어 있었다. 이상하게 커다란 숨이 자꾸 몸 밖으로 새어나왔다. 캔맥주를 사기 위해 편의점 안으로 들어갔지만 왠지 조금 망설여졌다. 휴대폰을 들어 문자를 쓰기 시작했다. 별것 아닌 문구를 정말 별것 아닌 것처럼 보이게 하기 위해서 여러 번 고쳐 쓴 후에야 전송 버튼을 눌렀다.

—친구랑 헤어졌어요. 아직도 뒤풀이 중인가요?

바로 답장이 왔다. 단지 네 글자였는데도, 마음속에 작은 반가움이 퍼져 나갔다.

—와요, 냉큼!

엘피판이 잔뜩 꽂혀 있는 지하의 작은 호프였다. 내가 도착했을 땐 세 남자가 한 테이블에 앉아 있는 것만 눈에 띌 뿐 다른 손님은 없었다. 규옥이 나를 향해 손을 들었다. 나는 냉장고에서 병맥주를 꺼내 자리에 앉았다. 대화는 움푹 들어간 볼에 그림자가 진 말라깽이 남자로 인해 주도되고 있었다. 그는 이미 꽤 취한 듯 몸을 앞뒤로 건들거리며 유명 연예인들의 뒷담화인지 개인사인지 모를 에피소드들을 발설하고 있는 중이었다. 대나무처럼 키가 하늘을 향해 쑥 뻗어 있었지만 몸무게는 나보다 비슷하거나 덜 나갈 것 같았다. 그러고 보니 자기소개를 할 때 시나리오 작가라고 했었다. 이름이 특이했는데 뭐였더라. 그가 쓴 시나리오 중에 영화화된 게 있느냐는 질문을 해야 할지 말아야 할지를 놓고 잠깐 고민했다. 다행히 그가 알아서 두 질문에 대한 답을 스스로 주었다.

"제 꿈은요, 영화가 시작할 때 제 이름이 화면 위에 뜨는 겁니다. 시나리오, 고무인간. 그럼 관객들은, 고무인간? 저게 뭥미, 하겠죠? 대중 음악계에선 작곡가들이 신사동 호랭이니 이단 옆차기 같은 이름들을 쓰는 게 유행인데 영화계는 아직 그 유행을 안 따르고 있으니까요. 고무인은 뭔가 심심하잖아요. 고무신으로 바꾸기도 뭐하고, 그래서 고무인간으로 하려고요."

맞다. 이름이 고무인이었다. 고무신도 아니고.

"여담인데 〈고무인간의 최후〉라는 영화가 있어요. 피터 잭슨 감독의 명작 오브 더 명작이죠. 지금은 〈반지의 제왕〉이니 〈호빗〉 같은 영화나 만들고 있지만 난 〈고무인간의 최후〉야말로 피터 잭슨의 대표적인 걸작이 아닌가 생각합니다. 그때는 적어도 그가 타협하지 않는 진정한 예술가였으니까요."

〈반지의 제왕〉이나 〈호빗〉이라면 엄청난 히트작 영화 아닌가. 게다가 피터 잭슨은 킹콩도 만들었는데. 잘나가는 할리우드 감독을 비아냥대며 굳이 비급 초기작을 최대의 명작이라 칭하는 이 남자의 심리는 뻔하다. 신포도. 자기가 도달할 수 없으면 깎아내리기라도 하는 것.

무인은 지금은 모종의 이유로 휴식 중이지만, 쓰려던 시나리오의 주인공이 우쿨렐레 연주가라, 직접 배워보려 왔다고 했다. 막상 배워보니 악기의 스케일에 실망한 듯 직업을 바꿔야겠다고 투덜댔다.

"그래도 글을 쓴다니 대단하네요."

자기소개 때 자신을 중딩 딸 아빠라고 소개한 중년의 땅딸한 사내가 입을 열었다.

"글도 아무나 쓸 수 있는 게 아니더라고요. 요샌 뭐든 표현의 자유가 너무 제약되고 있잖아. 다들 남 틀린 거 고치기 바쁘지. 게시판에 글이라도 하나 올릴라치면 순 맞춤법 지적하는 댓글만 주르륵 달리고, 방송에선 누가 무슨 얘길 하면 자막으로 번역이 되어 있어. 맨날맨날 너무 사랑한다, 고 말해도 만날만날 아주 사랑한다, 로 바꿔버린다니까. '너무' 사랑하는 거랑 '아주' 사랑하는 건 완전히 다르잖아? 설명할 순 없지만 그건 정말 다른 거라구."

한번 열린 입은 닫힐 줄을 몰랐다.

"얼마 전에 동창회에서 유년 시절 회고글을 써달라고 해서 문서를 열고 첫 문장을 썼어요. '내가 국민학교 때'. 근데 쓰기가 무섭게 저절로 '내가 초등학교 때'로 바뀌더라고. 그걸 국민학교로 바꾸려고 별별 용을 썼는데, 끝끝내 실패했지. 망할, 난 초등학골 다닌 적도 없는데 말야."

"저도 그런 적 있어요. 예전에 한참 버그 많던 때 있잖아요. 문서에 자크 데리다라고 쳤더니 지퍼 데리다로 바뀌던데요."

나의 난데없는 참견에 남자의 얼굴이 사나워졌다.

"지퍼를 내린다고?"

이런. 괜히 말했다.

"프랑스 철학자예요. 알제리에서 태어났지만."

말해놓고 보니 더 재수 없다. 더더욱 사나워지는 남자의 얼굴.

"'아주'가 '너무'를 대체할 수 없다는 데엔 전적으로 동의합니다."

나는 선서하듯 한 손을 들며 말했고, 남자는 꼴같잖다는 듯 입맛을 다셨다.

"따님이 중학생이라고 하셨죠? 귀엽겠네요."

화제 전환용으로 던진 말인데 그의 얼굴이 활짝 피었다. 남자는 휴대폰을 뒤지더니 사진을 한 장 보여줬다. 그의 울퉁불퉁한 얼굴에서 험상궂음을 싹 빼낸 새침한 여중생이 나타났다. 사진 속 아이를 볼 때만큼은 남자의 표정이 따뜻해졌다.

"나한텐 얘밖에 없어. 애기 때부터 기저귀도 내가 갈고 목욕도 내가 시켰지. 지금은 그런 말 하면 방방 뛰면서 질색팔색하지만……. 엄마가 바쁘니 어쩔 수 없었어. 우린 정말 세상에서 둘도 없는 부녀이자 친구였지. 그 망할 사춘기가 오기 전까진 말이야. 멀쩡하던 애가 하루아침에 문 쾅쾅 소리 나게 닫기 시작하더니, 어느 날 갑자기 케이팝스타 나간다고 학교고 학원이고 다 뒷전인 거야. 참다 참다 한번 버럭 했거든. 그 뒤로 완전히 틀어졌어. 어떻게든 다시 화해하고 싶어서 악기라도 한번 배워보려고 온 거야. 아빠가 자기를 이해한다는 걸 알게 해주고 싶어서 말야."

그가 자기소개 때는 하지 않았던 얘기를 줄줄 들려주었다. 아내가 춤을 추겠다며 유학을 가서 혼자 아이를 키우고 있다고 했다.

"아, 기억 못하실까봐 다시 말씀드리죠. 내 호적상 이름은 남은주입니다. 이름이 너무 여자 같아서 보통은 그냥 남은이라고 말합니다. 그래서인지 와이프는 벨리댄스 배운다고 터키로 떠나고 딸내미도 머리 굵어지니 맘 떠나고, 진짜 혼자 남은 남자가 돼버렸우…….”

남자가 쓸쓸한 웃음을 짓더니 내게도 이름을 물었다. 역시 자기소개 때 이름을 말한다고 기억하는 경우는 드물었다. 나는 자기소개의 무용함을 새삼 깨달으며 답했다.

“김지혜예요.”

“아 맞아 맞아, 지혜 씨. 미스 와이즈!”

시시한 농담처럼 들렸지만 나에게 그런 별명을 붙여준 사람은 그가 처음이었다. 나는 차라리 세례명이자 지혜라는 뜻의 소피아라고 불러달라고 했지만, 그 후로도 남은 아저씨는 나를 줄기차게 미스 와이즈 혹은 와이즈 씨라고 불렀다.

규옥은 내내 별다른 말이 없었다. 그는 내 옆에 앉아 적당히 추임새를 넣거나 사람들에게 술을 따르고, 그들의 이야기에 질문을 던졌다. 이런저런 이야기들로 자리는 무르익어갔고, 어느 정도 술이 오르지 않으면 입을 열지 않는 나도 어느새 깔깔거리며 농담을 뱉고 있었다. 소파 위에 흩어진 몸을 슬슬 추스르며 이제 그만 몸을 일으켜야겠다고 생각했지만, 이미 알코올은 몸 구석구석으로 뻗어나간 뒤였고 곧 나는 달콤한 잠에 빠져들었다.

*

술자리에서 갑자기 정신이 번쩍 들 때가 있다. 나를 잠에서 깨게 한 단어는 ‘전복’이었다. 그 단어는 이질적이었고 생경했다. 전복. 분명 나는 그 단어를 들었다. 실눈을 뜨고 잠들지 않은 척 몸을 천천히 일으켰다. 규옥이 대화를 주도하고 있었다.

"우리에게 필요한 건 전복입니다. 눈에 보이는 전복 말고 가치의 전복요."

눈에 광채가 어린 채 몸은 마주 앉은 사람들을 향해 앞으로 기울어져 있었다. 모두들 침울하지만 진지한 표정으로 귀를 기울였다.

"아까 했던 얘기로 되돌아가봅시다. 그 시나리오를 제대로 계약하기만 했더라도 무인 씨는 여기서 연예인 뒷담화나 까고 있지는 않았겠죠. 다음 작품을 쓰느라 정신없었을 테니까요. 남은 아저씨도 바쁜 일상 중에 우쿨렐레 같은 걸 배우러 올 시간이 없었을 거구요. 설령 우연히 만났다 해도 이 시간까지 술잔을 기울이면서 버티고 있진 않았을 거예요. 바꿔 말하면요, 우리가 이 시간까지 남아 무언가를 성토하고 있다는 게 무슨 뜻인 줄 아세요? 우리의 삶이 정당한 방식을 거쳐오지 않았다는 겁니다."

내가 잠든 사이에 꽤 많은 얘기가 오갔나보다. 대강 유추를 하며 못 들은 이야기를 따라잡았다. 남은 아저씨는 식당 일을 하다 모종의 억울한 이유로 인해 식당 문을 닫아야 했고, 무인은 자신이 쓴 시나리오를 계약금 몇 푼에 팔았는데, 그게 영화화되었을 때 스토리는 완전히 바뀌어 있었고 무인의 이름은 각본이 아닌 원안으로 표기되어 있었다. 그는 충격으로 몇 개월째 작업을 중단한 상태였다.

"무인 씨가 글을 쓰지 못하고 있는 건 단순한 라이터스 블록 때문이 아닙니다. 시스템에 대한 공포죠."

"라이터스 뭐?"

"백지공포증요. 작가가 글 못쓰고 있는 슬럼프 같은 거죠."

무인은 남은 아저씨의 질문에 가볍게 답한 후 고백하듯 말했다.

"맞습니다. 커서가 깜박이는 빈 컴퓨터 화면을 보면 몸이 얼어붙어요. 뭘 쓰든 간에 내 것이 아닌 게 될 것 같은 생각 때문이죠. 돈을 못 벌어도 글을 쓰면 즐거웠거든요. 비어 있는 여백을 채워나갈수록 나 스스로를 확인하는 것 같은 느낌이었죠. 그런데 그 일 이후엔 몇 달째 한 글자도 못 썼어요. 내가 하고 싶은 일을 하고 있다는 이유 하나로 버틴 것뿐인데, 어쩌다 이렇게 됐을까요."

"힘 있는 소수는 언제나 여유만만하고, 힘없는 다수는 자신들이 무언가를 바꿀 수 있다는 생각을 하지 않으니까요."

규옥이 천천히 말했다.

"그럼 댁이 말하는 전복이란 건 무슨 뜻인데? 가진 놈들을 상대로 싸움이라도 벌여? 맘 맞는 사람이라도 모아서 시위라도 나서? 아니, 난 내가 누굴 상대로 싸워야 되는지도 모르겠어. 설령 뭔갈 한다고 쳐요. 뭐가 바뀝니까. 당신이 말하는 힘 있는 소수가 가진 게 뭔 줄 알아? 결국 돈이야 돈. 우리나라만의 일도 아니고 전 세계가 자본에 놀아나고 있는데 뭘. 그건 신도 못 바꿔."

남은 아저씨의 목소리가 갈라졌다. 규옥은 시선을 들어 남은 아저씨를 똑바로 쳐다보았다.

"그렇게 생각하는 한 세상은 점점 더 나빠질걸요? 억울함에 대해 뒷얘기만 하지 말고 뭐라도 해야죠. 내가 말하는 전복은 그런 겁니다. 내가 세상 전체는 못 바꾸더라도, 작은 부당함 하나에 일침을 놓을 수는 있다고 믿는 것. 그런 가치의 전복이요."

"저기요……."

내가 입을 떼자 주위는 찬물 끼얹듯 조용해졌다.

"규옥 씨같이 열일하시는 분이 그런 말을 하니 참 의외네요. 맘에 안 드는 상사한테 대들기라도 할까요. 그래서 찍히면요? 지능적으로 갈굼 당하면서 손해는 내가 다 볼 텐데요."

나는 남은 맥주를 홀짝였다. 미지근한 데다 김이 빠져 보리차 같은 맛이 났다.

"우리가 우쿨렐레 수업을 듣고 있는 것도 따지고 보면 그 잘나신 김 부장님 덕이거든요. 전복을 말하기 전에 그분부터 균열시켜보시죠. 다 떠나서 사무실에서 그분 트림 소리나 안 들으면 소원이 하나는 줄겠네요."

"아……."

규옥이 피식, 웃음을 흘렸다.

김 부장은 떠올리는 것만으로도 인상이 찌푸려지는 사람이었다. 그와 매일 같은 사무실에 있기 위해선 되도록 멀리 떨어져 있는 게 상책이었다. 같이 식당에 마주 앉아 밥을 먹고 나면 그가 새끼손가락을 입천장에 쑤셔 넣고 잇새에 낀 음식물을 끄집어내어 다시 씹고 있는 걸 보아야 했다. 자신의 몸 안에서 일어나는 모든 생화학적 행위들을 겉으로 표현하는 게 김 부장의 버릇이었다. 이를테면 트림이라든가, 요란한 방귀, 비듬이 얼마나 떨어지든 상관 않고 머리 긁기 따위의.

언젠가 가까이서 대화를 나누다가 그의 트림을 흡입하고 말았을 때, 나는 화장실로 달려가 토악질을 하고 말았다. 그때 내 등을 두드려준 건 유 팀장이었다.

"조금만 참자, 적어도 보는 앞에서 바지 내리고 똥 누진 않잖아."

유 팀장이 진심으로 말한 건지, 부정에서 긍정을 끌어내려 한 건지는 알 수 없었지만 적어도 그녀가 전에 없이 보드라운 음성으로 위로하듯 말한 것만은 사실이었다. 이런 얘기를 사람들에게 털어놓자, 무인과 남은 아저씨는 배를 잡고 킬킬댔다. 남은 아저씨가 눈물을 찔끔거리며 말했다.

"나도 아저씨라 이해는 가지만 좀 심하군. 자존감이 낮아서 생리 현상으로 존재를 확인하려는 건가?"

무인은 실컷 웃은 게 미안했는지 동정론을 펼쳤다.

"웃긴 했는데요, 사실 그런 걸로 누군가를 혐오스러운 인간이라고 판단해버리는 건 좀 그래요. 불쾌하긴 하지만 에티켓 문제일 뿐이잖아요."

"맞아요. 그런데 말이죠, 그분이 배출하는 가스만 독인 게 아니에요. 김 부장님 자체가 시스템의 독이에요." 내가 말했다.

언뜻 생각하기엔 사회생활을 할 때 유 팀장 같은 부류가 가장 최악이라고 느껴질 수도 있다. 핀잔을 주고 얄미운 행동을 하는 직속 상사. 하지만 유 팀장은 적어도 겉과 속이 다르진 않았다. 교활해지기엔 너무 솔직한 유형이랄까. 그래서 속 보이는 말이나 행동을 할 때 밉긴 했지만, 말 그대로 미운 게 전부였다.

진정한 악의 축은 김 부장 같은 사람이다. 조직의 허리에 양반다리를 한 채 떡 버티고 앉아 전체를 주무르는 사람. 김 부장 같은 사람이 조직의 중간자라는 건, 아랫사람들의 의견이 절대 위에 전달될 수 없다는 걸 뜻했고, 그런 사람이 실권을 잡고 있다는 건 그만큼 그 조직이 민주적이지 못하다는 뜻이다.

결정적으로 김 부장은 이 아카데미에 인턴십 제도를 자리 잡게 한 주범이었다. 인턴십 자체를 비난할 생각은 없다. 될성부른 떡잎에 물을 준 뒤, 얼마나 잘 자라는지 지켜보고 정식 직원으로 채용여부를 결정하는 건 기업의 발전을 위해서도, 사원의 사기 고취를 위해서도 적절한 자극이다. 문제는 그것이 악용되고 있다는 점이었다.

원칙적으로는 인턴을 뽑아 삼 개월 후에 근무 성과에 따라 정식 직원으로 '등업'시킬지 말지를 정한다. 하지만 아카데미에선 한 번도 인턴이 정규직으로 채용된 적이 없다. 등업 대신 강퇴만 있을 뿐이었다. 강퇴 후엔 새로운 신입 인턴을 받는 걸로 모자란 인력을 메웠다. 그런 점에서 내 경우가 특별하다고 볼 수도 있다. 일한 지 구 개월이 넘어가고 있었지만 '인턴근무 연장'이라는 요상한 꼬리표를 단 나는 여전히 정식 사원이 아니었다. 인턴은 뭐든 원하는 강좌를 무료로 수강할 수 있다며 혜택인 양 던져놓고 일정 금액을 월급에서 떼가는 것도 김 부장의 아이디어였다. 인턴으로 뽑힌 내가 스스로를 아르바이트생이라고 칭하는 데는 다 이유가 있었다.

"어차피 다들 알면서 지원하는 거라구. 지혜 씨도 그런 거 아냐?"

언젠가 유 팀장이 나를 정식 직원으로 추천하자고 제안했을 때 김 부장은 손톱에 낀 때를 빼내며 그렇게 말했다. 본사에서 날고 기었다는 그의 의식수준은 겨우 그 정도였다.

규옥도 김 부장이 어떤 사람인지는 이미 충분히 알고 있는 듯했다. 그가 김 부장의 일화, 이를테면 청소 아주머니에게 반말을 하며 명령하듯 타박하고 아주머니가 청소 중인데도 조금의 양해나 기다림도 없이 소변을 보는 모습에 대해 얘기하는 동안 나는 사람들 앞에서 말하지 않은 에피소드를 떠올렸다. 이를테면 김 부장이 유 팀장에게 인상을 쓰며 립스틱 색깔을 바꾸라거나 헤어스타일에 대해 핀잔을 주는 것. 그리고 유 팀장이 툴툴대면서도 그 말을 따르는 것도. 유 팀장의 프라이버시를 생각하면 그런 예까지 술자리 안주로 씹고 싶진 않았다. 참다못해 한 번은 유 팀장한테 대든 적이 있다.

"너무한 거 아니에요 사타구니라도 한번 뻥 차주지 팀장님은 왜 가만 있어요."

"지혜 씨, 나 애 둘 놔두고 오는 거다? 때맞춰 퇴근해야 할 일도 많고 애들 감기라도 걸리면 사정 봐달란 말도 가끔은 해야 해. 그러면서 계속 일하려면 내가 어떤 것까지 참아야 하는지 자긴 아직 알 수가 없겠지."

"팀장님, 이건 명백히 잘못된 거예요. 김 부장님이 팀장님 성희롱하고 있다는 생각은 안 해보셨어요?"

"그럼 자기는 왜 김 부장한테 직접 말 안 하고 나한테 말하는 거지?"

유 팀장이 조용히 물었다. 화내지 않는 진지한 눈빛이었다. 그녀는 미소를 짓곤 내 등을 두들기고 자리를 떴다.

말문이 막혔다. 어쩌면, 애 안 낳아본 것들이랑은 말이 안 통한다는 그녀의 입버릇에조차 내가 헤아릴 수 없는 진심이 담겨 있는 건 아닐까. 그녀가 원해서 그렇게 된 게 아니라, 정말로 그렇게 생각하도록 강요하는 시스템이 문제일 수도 있다. 입바른 말 한번 했다가 미운털이 박히고, 궂은일을 맡게 되고 견딜 수 없게 되고 밥줄이 끊긴다…….

"골탕 먹여볼까요."

규옥이 말했다.

"한번 실험해보는 거예요. 부끄러움을 모를 것 같은 사람이 과연 부끄러움을 알게 될지."

그때까지도 정말 농담인 줄 알았다. 혹은 해프닝인 줄만 알았다. 규옥이 말하고 생각한 모든 것들이.

7. 불빛을 보았네

며칠 후 강의 자료를 준비하려고 사무실에 들어갔을 때였다. 다들 커피를 손에 든 채 소란히 수다를 떨고 있는데 유독 김 부장만 자리에 꼼짝 않고 있었다. 자세히 보니 얼굴이 돌처럼 굳어진 채 입을 쩍 벌린 상태였다.

"무슨 일 있어요?"

낌새를 눈치챈 유 팀장이 다가가자 김 부장은 떨리는 손가락으로 뭔가를 가리켰다.

"누가…… 이상한 장난을 쳤네……."

김 부장의 책상 위에 놓인 구깃구깃한 A4용지가 눈에 들어왔다. 일부러 구겼다가 편 것 같은 종이는 콜라주 같은 글자들로 가득했다. 필체를 드러내지 않기 위해 잡지나 전단 등에서 오려붙인 알록달록한 글자들이 삐뚤빼뚤 배열되어 있었다. 초등학생의 장난같이 보였지만 내용은 가히 충격적이었다.

방귀 좀 뀌지 마.

트림할 때 입 좀 다물어.

머리는 화장실 가서 긁어.

이 가엾은 돼지님아!

구석엔 돼지 얼굴이 그려져 있었고 그 위로 달린 말풍선 속에는 이런 단어가 적혀 있었다. '꿀꿀'. 유 팀장이 자기도 모르게 쿡, 소릴 내고는 황급히 손으로 입을 가렸다. 김 부장은 퍼레진 얼굴로 유 팀장을 노려봤다.

"유 팀장 짓이야?"

"아뇨!"

유 팀장은 황당하다는 듯 정색하더니 풀썩 소리가 나도록 자리에 앉았다. 나도 모르게 고개가 규옥에게 향했다. 그는 태연히 천장의 전구를 갈고 있었다.

"무슨 일 있어요?"

내 시선을 느낀 규옥이 우리 쪽을 향해 선량한 목소리로 물었다. 누구도 답하지 않았다.

사무실엔 종일 냉기가 감돌았다. 식사 자리는 엄숙했고 김 부장은 밥을 절반도 먹지 않고 쫓기듯 자리를 떴다. 물론 트림과 방귀, 그리고 손가락으로 입안의 찌꺼기를 빼내 되새김질하는 의식을 모두 생략한 채. 규옥은 입맛이 돋는 듯 평소보다 많은 양의 밥을 차곡차곡 씹어 넘겼다. 이따금씩 눈이 마주칠 때도 표정 변화는 없었다. 그는 큰 소리로 "왜 자꾸 쳐다봐요, 먹고 싶으면 한입 줄까요?"라고 농까지 던졌다.

호시탐탐 기회만 노리던 나는 점심이 끝난 후 사무실에 둘만 남아 있을 때 그에게 다가갔다.

"이건 너무 심하잖아요. 대체 언제 그런 거예요?"

규옥은 으, 소리를 내며 늘어지게 기지개를 켜더니 목을 양옆으로 비틀었다.

"출근하고 다들 자리 비웠을 때요."

"미쳤어요? 사무실에 씨씨티비도 있다구요. 저 위에 안 보여요?"

소곤대는 나와는 달리 규옥은 딱히 목소리를 줄이지도 않았다.

"이런 일로 씨씨티비 확인할 거 같아요? 그게 생각보다 절차도 복잡하고 그래봤자 김 부장이 제일 쪽팔릴 텐데. 그건 그렇고, 보드마커들이 시원찮던데 새로 주문 좀 해주시죠."

규옥이 싱긋 웃었다.

놀랍게도 규옥의 말대로, 범인 색출 시도는 일어나지 않았다. 달라진 거라면 김 부장의 가스 분출을 더는 듣거나 냄새 맡지 않아도 된다는 점이었다. 더불어 사무실 안의 공기도 얼마간은 쾌청해졌다. 사건이 있고 난 뒤 사흘째부터 김 부장은 도시락을 싸 왔고, 말수가 눈에 띄게 줄어들었다. 무언가를 부탁할 때도 늘 짓던 뻔뻔한 표정 대신 어색한 미소를 지었다. 서로를 향한 불신이 공기 중에 떠돌았지만 적어도 근무 환경의 이산화탄소 농도는 낮아졌다.

우리는 여전히 인턴을 가장한 알바생에 불과했다. 낮은 임금을 받고 복사를 하고 잡무를 보는 비정규직. 그러나 김 부장 사건을 기점으로 규옥을 보는 내 시선엔 변화가 생겼다. 직장 내에서 비밀을 공유하고 있다는 건 은밀한 결속감을 느끼게 했다. 규옥을 곁눈질하는 횟수가 잦아졌다.

누구든 눈이 마주칠 때면 규옥은 어김없이 미소를 보냈다. 친절함이 가득 담긴 서글서글하고 공평한 미소. 하지만 옆자리에 앉아 있으면서도 그에 대해 아는 게 없었다. 알아내고 싶다면 부딪치는 수밖에. 어느 한가한 저녁 나는 벼르고 별렀던 질문을 입 밖으로 냈다.

"그때 박창식 교수한테 왜 그랬어요?"

규옥의 표정이 미묘하게 변했다. 나는 용기를 잃을까봐 속도를 냈다.

"광화문 커피숍에서 봤어요. 규옥 씨가 여기 들어오기 전에요."

더듬거리며 그날의 정황을 설명하고 있자니 얼굴이 달아오르는 게 느껴졌다. 내가 잘못한 것도 없는데 양 볼에서 맥이 뛰기 시작하더니 한순간에 목 뒷덜미까지 뜨거워졌다. 긴장할 때면 나타나는 증상인데 지금이 그랬다. 말을 더듬거리고 판단력은 흐려진다.

"김 부장한테 친 장난도 그렇고…… 규옥 씨가 진짜 원하는 게 뭔지 알고 싶어요."

힘겹게 말을 마쳤다. 규옥은 흥미롭다는 듯 나를 빤히 바라보더니, 엉뚱한 질문으로 대답을 대신했다.

"내가 궁금한 거예요, 아님 내가 하려고 하는 일이 궁금한 거예요?"

"뭐, 둘 다라고 해두죠. 분리하기 힘드니까."

규옥이 의외의 말로 받아쳤다.

"서로를 더 알자는 의미에서 술이나 한잔 할까요, 우리?"

눈앞에서 곰돌이가 빙그레 웃고 있다. 우리. 말끝에 그 단어를 달콤하게 걸어놓지만 않았어도 그날 그를 따라가진 않았을 거다.

*

베니 굿맨의 〈Body and soul〉이 흘러나온다. 주인장이 꽂힌 건지 실수로 리피트가 걸린 건지 계속 같은 곡만 반복이다. 이미 테이블에 쌓인 맥주는 여섯 병이 넘었지만 그동안 무슨 얘기를 나눴는지는 흐릿하기만 했다. 우리는 말없이 그 몽롱하게 통통 튀는 음률들이 귀에 들어왔다 빠져나가는 걸 듣고만 있었다. 가끔 그럴 때가 있다. 음악과 술과 마음이 뒤섞여 속수무책이 될 때, 아무런 말도 필요하지 않은 그런 때가.

내 앞에 앉은 건 목 늘어난 라운드 티에 헐렁한 청바지를 입은 흔한 남자다. 엉뚱한 짓이나 일삼고 아카데미에선 전깃줄 위의 먼지나 닦고 있는 비정규직 인턴. 내 시선은 네모나게 각진 그의 어깨선을 따라 올라갔다. 남자치고는 상당히 하얀 얼굴 속에, 소박하지만 조화를 잘 이룬 이목구비가 선하다. 그래도 내가 사귀었거나 이상형으로 삼았던 남자들과 공통점이라곤 우주의 티끌만큼도 없다. 그런데 난 지금 이 사람에게 무슨 감정을 느끼고 있는 거지. 규옥이 나를 골목으로 안내할 때 잠깐 어깨에 얹었던 손의 감촉이 아직도 남아 있는 것 같다. 말도 안 돼. 나도 모르게 세차게 고개를 저었다. 그러면서도 가슴은 콩닥콩닥 뛰고 있다. 매일매일 말끝마다 살갑게 지혜 씨, 지혜 씨, 내 이름을 불러줘서 일까. 생각을 읽기라도 한 건지 규옥이 새삼 묻는다.

"근데 계속 지혜 씨라고 불러도 되죠? 기분 나쁘면 이제라도 선배라고 부를까요?"

"됐어요. 어차피 같은 인턴인데요, 뭐. 나이로 따지면 동갑이기도 하고."

"그러네요. 동갑."

우리가 서로를 바라봤다. 그러고서 이어진 추억담은 이런 식이다.

"94년 기억나요? 그때 유치원생이었는데 너무 더워서 유치원 방학이 엄청 길어졌었어요."

"아뇨. 다들 연도까지 외울 만큼 더웠다고 하는데 난 전혀 기억에 없어요. 초등학교 3학년 때 IMF 터진 건 기억나요. 유학 갔던 삼촌 돌아오고 금모으기 운동 한다고 울 엄마 금반지도 팔았대요. 집에 있던 금을 판다고 나라가 구해지나……."

"그러다 중학교 올라갈 무렵 되니 세기말이었잖아요. 바꿔 바꿔 모든 걸 다 바꿔, 그런 노래가 유행할 때 나는 예비중학생 선행학습으로 근의 공식 외우면서 진짜 지구가 망하길 바랐죠."

"핑클빵 먹으면서 포켓몬 딱지 모으던 그 시절이로군요."

"맞아 맞아. 근데 지구는 참 망한다는 소문만 무성하네요. 우리 어렸을 땐 휴거라고 해서, 하늘로 다 같이 올라간다고 난리 났었나봐요. 2012년에 한 번 더 멸망한다고 요란 떨더니, 역시 멸망 따윈 안 하더군요. 끈질긴 지구 같으니라고."

우리는 킥킥거리며 김연아 선수의 첫 등장, 슈주의 팬이었던 이력, 매일같이 싸이월드 프로필을 바꾸며 남긴 이불킥 중2병의 흔적 등에 대한 이야기를 했다. 〈반올림〉의 유아인과 옥림이와 서태지의 부인이 된

정민이, 그리고 88년생 중 가장 성공한 권지용에 대해서도.

"파란만장하네요. 우리 너무 오래 산 것 같아요."

내 말에 규옥은 심각한 척 손가락을 까닥까닥했다.

"어허, 그 정도 가지고 파란만장이라뇨. 일제치하에 유년기 보내고, 청춘엔 동족상잔 전쟁에 기차 타고 내려와 분단 겪고, 중년 다 지나도록 한강 기적 일궈 오늘날에 이르신 어르신들도 현역이신 마당에. 나 저번에 택시 탔는데 옆 차가 훅 끼어드는 거예요. 그러니까 기사님이 쌍욕을 하며 뭐라게요. 야, 이 개씨발넘아. 너 베트남이었으면 내가 너 엠십육으로 쏴 죽였어! 아우디 운전자는 듣지도 않는데 거기 대고 혼자 목에 핏대 세우면서 외치는 거예요. 보복운전까지 하면서. 이 개쌍놈아, 내가 국가유공자야!"

"살벌했겠네요. 그래서 어떻게 했어요?

내가 물었다.

"칭찬해드렸죠. 아저씨 같은 분들의 희생 덕에 우리나라가 이만큼 살기 좋게 됐다고. 그 말은 거짓말이 아니에요. 어느 면에선 부인할 수 없는 사실이니까요. 어쨌든 그래서 겨우 아저씨 흥분 가라앉히셨어요."

"그랬군요. 그런데 사실 난 가끔 궁금해요. 우리가 욕하고 한심하다고 말하는 많은 사람들 있잖아요. 그런데 똑같은 입장에 놓였을 때 나는 그러지 않는다고 장담할 수 있을까요. 비판하는 건 쉬워요. 인간의 존엄성과 도덕성, 상식을 잣대 삼으면 되거든요. 그런데 인간이 이기심을 가지고 있기 때문에 극단적인 순간에 놓이면 존엄성과 도덕, 상식을 지키는 건 소수의 몫이 돼요. 내가 그런 환경과 역사를 통과했다면 똑같이 되지 않았으리란 보장이 있을까요? 잘 모르겠어요. 그렇다면 결국 뭔가 노력을 해야 하지 않을까, 하는 생각을 해요."

"어떤 노력이요?"

"적어도 내 몫을 위해서만 싸우지는 않겠다고 자꾸자꾸 다짐하는 노력이요. 마음에 기름이 끼면 끝이니까. 정답이 어디에 있는지는 몰라요. 더 나은 어떤 것을 향해 차츰 다가가고 있기만을 바랄 뿐이죠."

정작 가족사나 개인적인 성장통에 관한 얘긴 안 하고 있었다. 끝까지 말을 놓자는 얘기도 둘 다 하지 않았다. 하지만 동시대의 연대감과 어디 가서 쓸데없다고 핀잔 들을 수도 있는 얘기들을 터놓는 게 반가웠다.

갑자기 얼굴이 화끈거려 얼굴을 감추기 위해 연거푸 맥주를 들이켰다. 규옥이 나를 뚫어져라 보고 있는 게 보지 않아도 보인다. 솔직해져도 되는 걸까, 나. 이런 생각을 하는 걸 보면 벌써 취한 게 맞는 것 같다.

"아직 지혜 씨 질문에 답 안 했네요. 박창식 교수와 저는 무슨 관계냐 하면 말이죠."

"무슨 관계인진 거기서 직접 말했잖아요. 책 쓰는 일 도왔다고. 알바비 못 받았다는 얘기도요. 궁금한 건 왜 그런 방식으로 했냐는 거예요. 다들 보고 있는 데서 엄청 크게."

말해놓고 내가 지레 침을 꿀떡 삼켰다. 규옥이 한동안 먼 곳을 봤다.

"잠을 못 잤어요. 진짜 그 책을 거의 내가 썼거든요. 믿어줄 사람도 없지만. 어찌 보면 내 양심 속이고 도운 거예요. 선배한테 알바 소개받아서 문서정리 작업 돕는 걸로 시작했어요. 근데 그런 일을 당하고 나니까 후회가 너무 컸어요. 그리고 그 후회가 화로 번지더군요. 그 사람은 어떻게든 무언가를 잃어야 했어요. 설령 그게 '순간의 자존심'처럼 작은 거더라도 말이에요. 그래야 조금은 공평해지죠. 잘못을 했는데, 대가도 없이 명성을 유지하고 있으니까."

"그럼 벌을 주려고 그랬다는 거예요?"

"벌이라기보다는 약간의 망신 정도죠. 이십 년 전 교수가 그런 사건을 저질렀을 때 모두들 그가 다시는 얼굴을 내밀지 못할 거라고 생각했어요. 하지만 현실은 정반대잖아요. 박 교수는 다른 분야도 아닌 자신이 스캔들을 일으켰던 '성'을 알량한 철학과 결부해 스스로를 상품으로 만들었어요. 그게 맞는 걸까요. 난 그저 그게 옳지 않다는 걸 큰 목소리로 말한 것뿐이에요. 그게 어떤 변화로 이어질지 장담할 수 없었지만요. 그런데 박 교수한테 그렇게 지르고 났는데 막상 할 일이 없었어요. 뭐할까 찾다가, 박 교수가 최근까지 일했던 아카데미 홈피까지 접속하게 됐죠. 거기서 인턴 공고 보고 지원한 거예요. 박 교수 덕에 여기 취업한 거나 마찬가지죠."

규옥이 쓴웃음을 짓더니 손에 쥔 맥주병을 천천히 한 바퀴 돌렸다.

"근데, 참 신기해요. 박 교수한테 그러고 나니까 맘속의 체증이 하나 사라지는 거예요. 그냥 밖으로 크게 소리 한번 지른 건데. 적어도 내가 그 사람에게 내재된 부끄러움을 한 번쯤 되새겨준 건 아닐까, 하는 생각이 들더군요. 그 뒤부터 생각이 많아졌어요. 잘못된 걸 잘못됐다고 말하기만 해도 세상이 조금쯤은 바뀌지 않을까, 하는 생각."

"부럽네요. 그 용기가. 나는 절대 그렇게 못하거든요. 그러니까, 뭔가가 잘못됐다고 생각까지는 하는데, 그게 절대 행동으로 연결되지는 않아요. 못하는 게 아니라 안 하는 거죠. 안 하니까 못하는 거. 그러니까 난요, 박수쳐주는 사람이에요. 주인공이 아니라 관객이고 예술가가 아니라 대중이에요. 나는 그런 사람이에요. 다행이라면 대부분의 사람들이 나와 다르지 않다는 것 정도."

규옥은 내 병에 가볍게 자신의 병을 부딪쳤다.

"관객 없이는 그 누구도 주인공이 되지 못해요. 대중 없이는 예술가도 탄생할 수 없구요. 방 안에서 혼자 쇼 하는 것도 예술이라 생각하는 예술가가 아닌 이상은요."

쿡. 웃고 말았다. 웃고 나서 생각해보니 별로 웃긴 말도 아니었는데.

"바꿔 말하면 관객이고 대중이기 때문에 지혜 씨는 대단한 사람이라는 뜻이에요."

"고맙지만 위로는 안 되네요. 먼지가 모여 우주가 된다고 해서 내가 먼지라는 게 기쁘지는 않으니까."

"그런데, 그런 생각조차 관성일 뿐이에요. 관객이 무대 위에 올라갈 생각을 안 해서 그렇지, 모든 관객은 무대 위로 올라갈 수 있어요. 그리고……."

규옥은 몇 차례 주먹을 쥐었다 폈다 했다.

"그래야만 해요, 이제. 세상은 원래 그래요. 누군가가 행동하지 않으면 아무것도 바뀌지 않죠."

"행동한다고 바뀌나요?"

"글쎄요. 확실한 건, 무언가가 조금도 바뀌지 않았다면 그건 누구도 행동하지 않았다는 거죠."

규옥이 명제의 대우를 쓰며 말했다. 그러더니 갑자기 예상치 못한 말을 던졌다.

"그런데 지혜 씬 진짜로 하고 싶은 게 뭔가요?"

상당히 공격적인 질문이었다. 무례하다고 느껴질 만큼. 진짜로 하고 싶은 것. 그 질문을 받았을 때 고통스럽지 않을 사람이 몇이나 될까. 실은 나도 모른다, 라고 말하는 게 두려워 억지로 그 질문을 피하고 피하다가 여기까지 와버린 건데. 혹은 한때 품었던 꿈이 멀어져간 걸 인정하지 않으려고 더 달려버린 것을……. 그런데 이제 와서 어쩌라고. 나는 천천히 입을 열었다.

"대기업이 주도하는 예술 말고 좀 다른 걸 해보고 싶었어요. 다양한 것, 작아도 가치 있는 기획이요. 비주류라는 이유로 예술성 높다고 딱지 붙여 별책부록처럼 끼워 파는 것 말고, 작더라도 그 자체로 인정받는 문화와 콘텐츠. 소수더라도 사람의 마음을 건드리고 위로하는 예술과 문화를 고민하고 제공하고 싶었죠. 그래서 빚내서 공부하고 작은 기획사도 몇 군데 거쳤어요. 그러다 한계를 느꼈지요."

내가 작게 숨을 토해냈다.

"그때부터 내가 기껏 한 게 뭔지 알아요? 대기업 입사시험에 지원한 것밖에 없어요. 결국 문화산업도 다 대기업이 장악하고 있거든요. 돈이 많으니까 뭘 기획해도 그럴듯한 결과가 나오죠. 자본을 가지고 주무르면 뭐든 일단 때깔도 좋고 먹음직스러워져요. 그러니까 내가 하고 싶은 걸 하려면 일단 내 가치에 반대되는 곳에 들어가야 하죠. 왜? 난 힘이 없고 그들은 힘이 있으니까."

"그래서 결과는요?"

"줄줄이 낙오했죠. 토익 학원비, 커피숍 비용만 줄줄이 깨지면서 떨어지고 떨어지다가, 대기업 산하 아카데미에서 복사를 하면서 지금 이렇게 규옥 씨 앞에 선배랍시고 앉아 있죠. 주류에 끼지 못한 나의 실패담을 이야기하면서요."

침묵이 흘렀다. 규옥은 나를 어떤 눈빛으로 바라보고 있을까. 연민? 동지의식? 맥주잔을 입으로 가져가 한 모금 천천히 흘려 넣었다. 뽀글뽀글한 탄산이 식도 점막을 경쾌하게 간질였다. 어쩌다 이런 얘기까지 쏟아낸 걸까. 누군가에게 질문을 받아본 게 너무 오래됐기 때문인지도 모른다. 어디야. 언제까지 올 건데. 언제까지 끝낼 수 있어. 모르는 거야, 이해력이 딸리는 거야. 그런 것 말고, 나라는 사람에 대한, 내 꿈에 대한 질문.

"고마워요, 그런 얘기 해줘서. 있죠, 나 더 많은 얘길 하고 싶어요, 지혜 씨랑."

고갤 들었다. 규옥은 날 빤히 쳐다보고 있다. 서서히 그의 얼굴에 환한 미소가 걸리기 시작했다. 하지만 나를 향한 미소가 아니었다. 등 뒤에서 걸걸한 목소리가 나를 불렀다.

"여어, 와이즈 씨도 와 계시네."

무인과 남은 아저씨였다. 그러니까, 날 보고 웃은 게 아니라 그들을 향한 환영의 표정이었다. 졸지에 아네모네 마담이 됐다고 생각하니 얼굴이 확 달아올랐다. 남은 아저씨와 무인이 엉덩이를 의자에 붙이며 말했다.

"늦었어. 일이 좀 늦게 끝나서."

"아저씨 만나서 오느라…… 여기 분위기 괜찮네요."

"무슨 얘기하고 있었어? 선남선녀 데이트 방해한 건 아니지?"

은근한 눈길로 우리를 훑어보는 남은 아저씨에게 규옥이 손사래를 쳤다.

"데이트라뇨, 지혜 씨 기분 나쁘게. 그냥 지혜 씨 인생 얘기 듣고 있었어요."

왠지 비밀이 노출되는 기분에 당황스러웠다. 아무렇지도 않게 얘기되어버리니 더욱 시시해지는 느낌. 그래도 규옥의 표정에 악의가 없는 것으로 됐다. 아무튼 다 같이 모인 이유가 궁금했다.

"김 부장한테는 정말 장난 편지를 남겼다면서요?"

"김 부장이랑 내가 직접적인 상관은 없지만, 지혜 씨가 제일 속 시원하겠네."

"적어도 사무실 공기는 좀 맑아진 것 같아요."

억지로 덧붙였는데 예상치 않게 다들 폭소한다.

"그건 작은 시작일 뿐입니다. 지금이야 모든 게 우스꽝스런 장난처럼 보이겠죠. 하지만 무의미하지만은 않을걸요. 우린 어떤 식으로든 변하게 될 테니까요."

규옥이 알 수 없는 말을 뱉고 있었다. 하지만 남은 아저씨와 무인은 진지했다.

"그래. 장난이 될지 해프닝이 될진 모르지만 적어도 무료한 인생 하루하루 사는 것보다는 신나겠지."

남은 아저씨가 답했다. 무인은 버릇인 듯, 입술을 뜯으며 말했다.

"어차피 머리도 복잡하고 할 것도 없어요. 편의점 알바랑 일주일에 두어 번 고등학생 논술 과외 하는 거 빼곤 시간도 남아돌고요. 되는 대로 참여해보겠습니다."

"참여요……?"

나만 의아하게 물었다. 규옥의 굵은 눈썹이 움찔했다.

"놀아보고 싶어요. 세상은 경직돼 있고 모두가 무기력증에 빠져 있죠.

난 반기를 들어보고 싶어요. 치기 어리다고 욕 들어도 좋으니 적어도 반항을 해보고 싶다고요. 역사가 말해줬듯 급진적인 혁명은 실패할 겁니다. 세상은 점점 팍팍하고 딱딱해지고 있어서 겉으로 보이는 움직임은 통제되거나 검열되니까요. 난 통제나 검열이 불가능한 일들을 해보고 싶은 겁니다. 재미있게, 놀이처럼 말이죠."

"놀이라고요?"

김 부장의 책상에 놓여 있었던 장난스러운 편지와 '놀이'라는 단어 사이의 괴리감을 떠올리며 조심스럽게 물었다. 규옥이 말을 이어갔다. 그에 따르면 세상의 변화를 이끌어내기 위해 필요한 건, 장난 혹은 놀이였다. 놀이하듯 부당한 곳에 일침을 가한다. 그러다보면 언젠가는 무언가가 변하거나 확산될 것이다. 그게 그의 주장이었다. 듣고 있노라면 그럴듯하면서도, 곱씹으면 갸우뚱해지는 말들이었다. 그런 생각들을 매듭짓듯 남은 아저씨가 테이블을 쿵 쳤다.

"말이 너무 길다. 뭔지 모르지만 재미있다면 해보는 거지. 안 그래?"

무인도 고개를 끄덕였다.

"뭐라도 굳어버린 뇌에 자극이 되면 좋겠군요."

규옥의 눈이 부드럽게 내게 향했다.

"아직 그걸 안 물었네요. 지혜 씨도 같이 해줄래요?"

모두가 내 대답을 기다리고 있었지만 나는 대답할 수 없었다. 규옥이 덧붙였다.

"실제로 하는 일은 미미하고 우스워 보일지도 몰라요. 다만 그 우스움이 공기에 어떤 진폭을 줄 수는 있겠죠. 그러니까 너무 거창하게 생각하지는 맙시다. 행위 자체가 목적입니다. 우리는 그냥 놀아보면 되는 거예요."

규옥이 맥주를 원샷 해 넘겼다. 그의 목울대가 오르락내리락하는 걸 보고 있는 동안 비트 빠른 댄스곡 일색이던 술집 안의 배경 음악은 올드 재즈로 바뀌었다. 엘라 피츠제럴드가 나른하게 부르는 〈I'm beginning to see the light〉가 귓가에 부드럽게 감겼다. 과연 이 일이 빛을 보게 될지는 미지수였지만, 끝없이 제자리걸음을 걷는 것보다는 어느 방향이든 한번 앞으로 나아가보고 싶었다. 결국 어느 시점에서 나는 중얼거리듯 말해버렸다.

"나도요, 나도 같이 할게요……."

뭘 한다는 건지도 모르면서 같이, 라는 말에 힘이 들어갔다. 규옥의 입꼬리가 씩 올라갔다. 혈중알코올농도가 점점 높아지고 있었다. 공기는 춤을 추고 세상이 빙그르르 돌았다. 경쾌한 음악 안에서 우리의 대화는 점점 더 소리를 높여갔다. 엘라 피츠제럴드가 계속해서 빛을 보았노라고 읊조렸다. 살그머니 눈을 내리감았다. 분명히 눈을 감았는데도, 어디선가 빛이 반짝이는 걸 본 것도 같았다.

8. 잿더미 위에서 춤을

나는 결코 나서는 타입은 아니었다. 오히려 숨거나 피하는 쪽에 속했다. 막 대학에 입학했을 때 전국엔 혁명의 물결이 넘실대고 있었다. 2010년대를 향해 가는 길에 1980년대에나 벌어졌던 일이 재현됐다. 벚꽃이 지고 여름으로 넘어가는 때였다. 전국의 사람들이 거리로 촛불을 들고 나섰다. 모두들 밤을 새고 노래를 하고 물대포를 쏘는 이들을 향해 소리를 높였다. 나도 거리로 나선 이들 중 하나였다.

모처럼 세대를 넘나드는 화합이 만들어낸 들뜬 축제 같은 그 광장에 우리는 매일매일 촛불을 들고 나갔다. 하지만 내 마음은 뭉게구름처럼 이곳저곳으로 흩어져 있었다. 재수를 했음에도 원하던 대학에 가지 못한 패배감과 첫 연애의 실패가 뒤섞여 만들어낸 권태감은 이제 간신히 스무 살을 넘긴 여자아이가 짊어지기엔 너무 버거웠다. 솔직히 나는 내가 무엇을 위해 그 자리에 있는 건지조차 정확히 알지 못했다. 모두와 함께하지 않으면 안 될 것 같았고 무언가를 외쳐야 한다는 대의에 희미하게 동의했을 뿐이다. 그러나 내가 든 촛불은 아무런 힘도 없었고 수도권 근방에 위치한 대학을 상징하는 우리의 깃발은 서울의 유명한 대학들이 자랑스럽게 내건 깃발에 비해 너무도 초라하고 부끄러웠다.

어느 날 나는 대열을 이탈했다. 그 어떤 시끌벅적한 자리에라도 등잔 밑은 있는 법이라, 금세 조용한 곳을 찾을 수 있었다. 광장의 맞은편 주택가 안쪽의 담장에 올라섰다. 조용하고 어두웠다. 멀리서 함성과 노랫소리가 들려왔다. 촛불이 공기를 태우고 난 향긋한 냄새가 그곳까지 바람을 타고 왔다. 그때 나 홀로 결심했었다. 모두가 함께 모여 있을 때 혼자였던 순간을 잊지 않겠다고. 특별히 그 결심에 무슨 이름을 붙여주고 싶진 않다. 집단의 기억이 아니라 온전히 내 가슴에만 새겨진 외롭고 아름다운 그림 조각이다. 거기서 나는 조금 슬픈 예감을 했다. 모두가 오늘을 잊어버리고 말 거라고. 지금의 열기는 곧 사그라질 불꽃같은 거라고 말이다.

결국 아무도 그들이 반대했던 걸 막지 못했다. 모든 게 추억 같은 후일담이 되기까진 참으로 짧은 시간이 소요됐을 뿐이다. 함께했던 사람들은 다 각자의 위치로 돌아가 오로지 자신만을 위해 살았다.

그날 밤, 나는 알딸딸한 정신으로 컴퓨터 앞에 앉아 온 국민이 광장으로 나갔던 그해 여름의 사진들을 검색했다. 광화문 거리가 촛불로 빼곡히 들어차 반짝이는 광경은 언제 보아도 놀랍다. 빛이 하나하나 모여 알고 있던 세상의 모습을 완전히 뒤바꾸어놓는다. 순수하게 아름답다고밖에 표현할 수 없다. 정말 이랬던 적이 있는 걸까. 그리고 저 수많은 불빛 중 어딘가에 내가 있다는 것일까. 감동이 밀려온다. 짧고 휘발성 강한 감동이.

억울하건 화가 나건, 사람들은 세상에 비일비재한 말도 안 되는 일들을 꾸역꾸역 잘도 잊어버렸다. 그래야만 살 수 있기 때문인지도 모른다. 잊지 않으면, 살 수 없다. 아니, 살아지지 않는다.

나도 그중 하나였다. 나는 그저, 모든 다른 사람들과 비슷하게 행동하고 있을 따름이었다. 가장 많은 사람들이 선택하는 것을 선택하고, 많은 사람들이 하지 않는 것을 하지 않고, 통용되는 것들에 대부분 고개를 주억거리거나 자신 없게, 네, 라고 말해버리는…….

그런 내가 규옥의 제안에 동의한 이유는 무엇이었을까. 단순히 규옥에 대한 이끌림 때문만은 아니었다. 한 번쯤은, 단 한 번쯤은 자신 있게 외쳐보고 싶어서였을 거다.

나는 당신들과 다르다고.

*

어둡고 축축한 밤이었다. 첫 번째 놀이의 장소는 홍대 근처의 작은 굴다리 밑이었다. 회색 벽 위에 여러 가지 그라피티가 어지러이 그려져 있었다. 미리 준비해 온 스프레이를 꺼내든 건 무인이었다.

"전에 같이 살던 녀석이 이런 방면에 두각을 좀 나타냈는데 녀석이 이사 가기 전에 남기고 간 것들이에요."

우리는 잠시 벽을 응시했다. 알 수 없는 영어 단어들과 로봇 그림 따위가 펼쳐져 있었다.

"자, 이제 시작하시죠."

규옥이 말했다. 남은 아저씨는 조금 망설이는 것 같았다.

"그런데 우리가 전문가도 아닌데 정말 이래도 되는 거야?"

"전문가가 아니라는 게 포인트예요. 연습인 거죠. 우리 안에 자리 잡은 권위에 대한 복종을 깨는 연습."

"그라피티랑 권위가 무슨 상관인데?"

"그라피티 자체가 권위에 대해 저항하는 의미입니다. 유래 자체가 그래요. 형태 없이 낙서를 한 게 모여 의미를 만들고 새로운 문화가 된 거죠. 하지만 지금 이걸 보세요."

규옥은 벽의 한 지점을 가리켰다. 한 남자의 초상이 그려져 있었다. 언뜻 봐도 공을 들인 것 같은 그림이었고 다른 그림들과는 달리 염료도 고급스럽고 다양했다.

"그림이 문제가 아닙니다. 문제는 이거예요."

모두의 시선이 그림 옆에 붙여놓은 문구로 향했다.

예술가의 혼이 담긴 작품입니다. 많은 분들이 볼 수 있도록 소중히 지켜주세요.

그 아래로는 그림을 그린 사람의 학력이며 개인전 경력이 쭉 나열되어 있었다. 얼핏 이름을 들어본 것 같은 작가였다.

"이 사람이 누군지 알아요? 나름 유명하다는 현대 작가입니다. 재능기부 한답시고 같이 참여한 학생들 시켜서 배경색 칠하고 스케치 시켰다죠. 그래놓고는 정성 들여 그렸다며 손대지 말라고 스스로 경고문까지 써붙였어요. 거리 예술의 본질은 자유입니다. 그런데 거리에조차 권위를 부여하다뇨."

규옥이 말을 맺었다. 나는 조금 다른 의견을 내놓았다.

"하지만 바스키아도 자신의 그라피티에 카피라이트 표시는 넣었어요. 그건 예술가로서 그의 자부심의 표현이기도 했구요."

"그랬죠. 그러나 적어도 자기 그림을 지우지 말라는 말을 직접 써넣진 않았어요. 그리고 이 굴다리는 말이죠, 십수 년 전부터 시민들의 도화지 같은 장소입니다. 여기는 누구나 그림을 그릴 수 있는 곳이에요. 이런 곳에 떡하니 접근금지 팻말을 세워놓고 인터뷰를 하고는 결국 자기 작품 판매와 링크되어 있는 개인 홈페이지에 인터뷰가 담긴 동영상을 올렸죠. 이건 스스로 재능이 없다고 선전하는 거나 다름없습니다. 재능만 없는 게 아니라, 자존심도 없는 거죠. 자유 예술의 영역에 마치 잔디를 밟지 마세요, 라는 표어를 달아놓은 거나 마찬가지라구요."

나는 잠깐 그라피티의 기원에 대해 생각했다. 동굴 벽화에서 유래됐다는 둥 여러 설이 있지만 최초로 그라피티로 유명해진 사람은 타키183이라는 사람이다. 1970년대 초에 뉴욕 여기저기서 taki183이라는 표시가 발견됐다. 알고 보니 타키는 평범한 우편배달부였고 별다른 의미 없이, 그저 흔적을 남기고 싶다는 의미로 낙서를 시작했다. 183은 그가 살고 있는 거리의 주소였다. 그는 아무런 부연도 설명도 없이 자신의 흔적을 남겼다. 그냥 하고 싶어서, 혹은 재미있어서. 그라피티는 그렇게 작품이 아닌 풍경의 조각으로 탄생한 것이다.

그 후에 그라피티는 거리 예술로서, 변방의 예술로서 틀을 잡아갔다. 하지만 시간이 흐르면서 뉴욕 시의 골치 아픈 낙서로 사회문제가 되는 등 예술적 가치는 전락했다. 거기에 다시 예술의 방점을 찍은 이들 중 내가 좋아하는 아티스트는 익명의 아트 테러리스트 뱅크시다.

마스크로 얼굴을 가린 채 초라한 벽을 예술 작품으로 뒤바꾼 후 홀연히 사라진다. 아름답고 강렬한 그림과 촌철살인 같은 글귀로 세상에 대해 일갈하거나 유머를 던진다. 자신의 작품을 지우는 것도, 복제하거나 배포하는 것도 자유라고 공언한다. 처음에는 불만을 표했던 사람들이 오히려 그의 작품을 반기고 경의를 표하고 상품으로 만들고 전시회를 연다. 오히려 뱅크시 자신이 그 과도한 상업주의적 이용에 불만을 가질 정도로. 그래도 마음에 느낌표를 얹는 발언을 한다는 점에서 그는 성공했다. 그런데 나와 마주한 이 근엄한 벽 앞에서 나는 무엇을 해야 하나.

생각에 잠겨 있는데 옆에서 길게 치이익— 하는 소리가 들렸다. 무인이었다. 그가 작가의 그림 위로 스프레이를 길게 분사하고 있었다. 가로로 길게 선을 긋고는 세로로 선 네 개를 그렸다. 다시 위에 삿갓을 얹고, 아래엔 네 개의 점을 찍었다. 드디어 그가 행동을 멈추고 비켜섰다. 벽에는 없던 글자가 생겨 있었다. 없을 무(無) 자였다. 옆에는 사람인(人) 자가 뒤따랐다.

"내가 한자는 까막눈에 가깝지만 저 정도는 읽어. 무인. 설마 이름 한자가 진짜 이거야?"

남은 아저씨가 놀란 듯 물었다.

"아뇨. 호반 무(武)에 어질 인(仁) 써요. 하지만 없는 사람으로 취급 받은 적은 많죠."

우리는 무인이 크게 그려놓은 없을 무 자를 바라봤다.

"없을 무 자, 지금 보니 참 기하학적이네. 없다는 걸 뭐 이리 복잡하게 표현했을까?"

"없을 무의 점 네 개는, 재를 본뜬 거예요. 숲이 다 타고 재만 남았다는 형상이죠."

무인이 답했다.

"철학적이네. 동그라미나 하나 그려 넣으면 됐을걸."

남은 아저씨가 혀를 차더니 스프레이로 작게 동그라미를 그렸다.

"오우, 이거 재밌는데. 와이즈 씨도 해봐."

남은 아저씨가 하트나 별 따위의 단순한 도형들을 그리는 동안 나는 손에 든 스프레이를 흔들었다. 그가 벽에 대고 손가락으로 노즐 캡을 꾹 눌렀다. 칙— 강하게 발사되는 기체의 떨림이 손끝에서 느껴졌다. 짜릿했다. 뭘 써야 할지는 알 수 없었다. 해서, 벽면을 채운 글자와 그림 위로, 계속 선을 그었다. 굵은 입자가 배경을 찬찬히 덮어갔다. 내 인생에서 나는 누구도 덮거나 지우지 못하는 존재였다. 그걸 손에 든 스프레이가 대신하는 건 꽤나 설레는 일이었다. 어떤 의미로는 서글프기도 했지만.

슬쩍 규옥을 보았다. 신이 나서 스프레이를 분사해대는 남은 아저씨와 달리 규옥은 한참 벽을 마주 보고 서 있더니 갑자기 작가의 엄숙한 초상에 콧수염을 그려 넣었다. 가장 진지한 태도를 보인 건 무인이었다. 무언가에 매달리던 그가 짜잔, 하며 몸을 돌려 자신의 작품을 선보였다. 조금 전 그가 썼던 없을 무(無)가 춤출 무(舞)로 바뀌어 있었다.

"舞人이면, 춤추는 사람?"

무인이 고개를 끄덕이곤 점이 있던 자리에 쓰여 있는 글자를 가리켰다.

"이게 무슨 뜻인지 알아요? 천(舛)인데 어지럽힌다는 뜻의 천이에요. 그러니까 다 타고 남은 재가 다시 어지럽게 휘날리는 게 바로 춤인 거죠. 그런 의미에서 난 춤출 거예요."

그가 몸을 제멋대로 움직이기 시작했다. 멀리 어느 주점에서 옛 가요가 들려왔다. 남은 아저씨도 몸을 좌우로 뒤뚱거리며 오뚝이처럼 춤을 추기 시작했다. 규옥이 내게 정중히 손을 내밀며, 소피아 양도 한 곡 추실래요, 라고 물었고 나는 사뿐히 눈인사를 하곤 그의 손을 맞잡았다. 우리의 어설픈 몸짓이 점점 흥을 더해가는 동안 한 줄기 바람이 불어왔다. 굴다리 위를 지나가는 자동차의 불빛이 순간적으로 흘러들어 그림자를 만들어냈다. 내 마음도 기체처럼 점점 가볍게 하늘 위로 떠오르고 있었다.

일주일 후 일부러 시간을 내서 그 굴다리 밑을 걸었다. 우리의 흔적들은 이미 다른 그라피티들로 뒤덮여 있었다. 내가 그린 선들도 자취를 감춘 지 오래였다. 하지만 무인이 남긴 舞 자는 살아남았다. 그 위에는 칭찬이라도 하듯 별이 하나 큼지막하게 그려져 있었고 양옆으론 새로운 그림들이 채워져 있었다. 그러니까 적어도 한 가지 발자국은 남은 셈이었다. 춤출 무. 그조차 곧 지워질 테지만, 그것으로 족했다. 나는 휴대폰으로 사진을 찍어 모두에게 사진을 전송했다. 무인은 무척 기뻐하며 의외의 답장을 보내왔다.

—저 지금 책상 앞에 앉아 있습니다. 다시 다잡고 써보려고요. 글을 써야 글쟁이죠.

9. 어떤 엄마, 어떤 아빠

"캬, 백만 년 만이다 진짜."

거품이 뽀얀 맥주잔을 번쩍 든 다빈이가 눈물이 그렁그렁해 중얼거렸다. 하지만 한 모금 마시려는 순간 알바생이 달려와 곤란한 표정으로 신분증 제시를 요구한다. 다빈이는 귀찮다는 표정을 짓더니 까짓 거, 하는 표정으로 신분증을 보였다. 알바생은 잠깐 깜짝 놀란 듯 서 있더니 얼굴이 붉어진 채 돌아갔다. 키 157센티에 42킬로. 단발머리에 작고 동그란 얼굴. 완벽한 베이비페이스. 누가 보면 고등학생 정도가 아니라 중3으로까지 보이는 다빈이는 어울려 지내던 다섯 명의 대학 친구 중 하나다. 우리 다섯은 꽤 친했다. 수업을 같이 듣고 남자친구를 가장 먼저 소개하고 졸업 후에도 생일모임을 꼬박꼬박 가졌다.

속도와 수준이 맞지 않게 된 건 이십 대 중반이 넘어가면서부터였다.

조금씩 위태위태해지던 다섯의 결속력은 첫 결혼 테이프를 끊은 지원이의 혼사로 파투가 났다. 집이 잘살아서 애초에 취업전선에도 뛰어들지 않은 지원이가 설렁설렁 놀다가 어느 날 결혼을 발표하면서부터, 단톡방엔 스드메 가격이니, 이불 사진이니, 까막눈인 우리가 보기엔 죄 똑같은 다이아 반지의 등급별 사진이 올라오기 시작했다. 지원이의 인스타에서도 이미 눈이 아프도록 본 사진들이었다. 문제는 지원이와 비슷한 시기에 결혼을 앞둔 다빈이의 억하심정 때문이었다.

빡세게 공부해 부모님 손 한번 안 벌리고 학비를 다 감당한 다빈이는 집값 반반 예물 생략을 외치는 실용주의자였다. 그런데 지원이가 자꾸 다빈이에게 손해 보는 결혼이라는 둥, 남자가 우습게 알아서 아무것도 안 해주는 거라는 둥의 자극적인 말을 건네기 시작했다.

지원이가 불편하긴 나머지 넷도 마찬가지라, 우리는 따로 네 명의 단톡방을 열었고 지원이는 대답이 점점 뜸해지는 방에 신혼집 인테리어로 정점을 찍은 결혼의 등급을 전시했다. 그러다 넷이 만든 별도의 톡방이 있다는 비밀을 알게 된 지원이는 길길이 뛰었다. 말꼬리 잡기에서 시작된 싸움은 욕설과 인신공격으로 번져갔고 트위터엔 누군가를 겨냥하는 독기 어린 말들이 유치하게 매일 매일 올라왔다. 지원이의 결혼식이 끝난 뒤 나머지 멤버였던 유리와 혜나랑은 자연스럽게 연락이 끊겼다. 내가 아직까지 다빈이와 살갑게 지내는 이유는 내 가치관이 스드메 등급을 비교하며 누군가를 멸시하는 지원이보단 담백한 다빈이 쪽과 더 가까워서였을 거다.

호주에 워킹홀리데이를 가서 농장에서 죽도록 고생한 건 다빈이의 영원한 무용담이다. 근데 지금은 그 무용담이 바뀐 것 같다. 육아와 가사로. 사실 다빈이가 결혼한다고 했을 때 모두들 적잖이 놀랐다. 결혼을 안 하거나 제일 늦게 할 줄 알았기 때문이다. 다빈이는 그나마 젊기 때문에 택할 수 있는 선택지라고 말했다. 그 점에선 자신도 지원이와 다를 바가 없다는 말을 덧붙이면서.

다빈이는 호주에서 상상을 초월하는 최하계층 노동자의 대우를 받았다고 했다. 종일 땡볕 아래서 기계가 된 듯한 경쟁적인 육체노동, 중간관리자들의 착취, 아쉬울 게 없는 농장 주인의 뻔뻔함. 말만 들으면 농노나 노비가 따로 없다.

젊음을 너무 지치도록 써버려서였을까, 무언가를 진정으로 시작해보기도 전에 다빈이는 결혼을 조르는 남자친구가 나타나자 두말없이 그 길을 택했다. 그 결과 그녀는 유치원에 다니는 아들을 둔 엄마가 되어 있었고 여행사에서 근근이 이어가던 경력은 일단 끊겼다. 그리고 지금 다빈이가 내 눈앞에서 제 얼굴보다 더 큰 맥주잔을 번쩍 들어 올리고 있는 이유는 '나 홀로 육아'의 스트레스와 남편과의 소통부재로 인한 갈등 때문. 어쩐지 참으로 흔해빠진 전개인 것 같지만 다빈이는 '그게 현실'이라는 만고불변의 경구를 읊었다. 내내 굳은 얼굴이던 다빈이는 알코올이 적당히 퍼지자 충전이 다 됐다는 듯 신나게 얘길 털어놓기 시작했다.

"세 돌 되기 전엔 살아있는 악몽이었어. 한 시간 걸려 잠든 거 확인하고 녹초가 된 몸을 살금살금 일으키는데 내 등뼈 두둑거리는 소리에 으앙, 하면서 깨는 거지. 그런 일들이 스물네 시간 지속이야. 텔레비전 소리만 들어도 애 우는 소리로 들리고 귀에선 쇳소린지 파도 소린지 모를 이상한 소리가 났어. 간신히 몇 년 걸려 똥오줌 가리고 스스로 제 옷 입는 인간 만들어놨더니 겨우 다섯 살 넘은 주제에 열다섯처럼 군다? 땡깡에 자존심에 참견은 노노를 어찌나 외치는지…… 미안해. 나 아줌마들이 애 낳고 힘들단 뻔한 소리 하는 거 정말 듣기 싫었거든. 근데 그 힘듦의 본질을 깨달았어. 그냥 육체가 힘들고 잠을 못 자서가 아니야. 내 맘대로 할 수 있는 게 없어. 화장실 가는 그 몇 초. 밥 한 숟갈 목구멍 넘기는 그 순간. 냉장고 문 열고 물 한 번 마시는 그 잠깐. 그런 순간조차 좌절돼. 그런 사소한 행동이 하나하나 저지당하고 울음과 떼쓰는 소리로 멈춰지고 그런 게 반복되잖아? 사람이 미친다. 농장에선 그냥 내 노동력의 속도와 숙련도를 높이면 됐거든. 그냥 힘들어도 꾹 참고 더 많이 하면 되는데, 이건 아니야. 고도의 심리적 고문이지. 진짜 왜 옛날 아줌마들이 애 들쳐업고 밭에 나갔는지 알 거 같다니까. 차라리 밭 나가서 애 휙 던져놓고 일하는 게 나을걸. 거기다 남편이란 새끼는……."

갑자기 입을 꾹 닫더니 그녀는 맥주를 원샷 했다.

"말해 뭐하냐. 너무 진부해서 하기도 싫다."

그러곤 제풀에 무너지듯 까르르 웃었다. 다빈이는 재밌는 얘기를 하고 싶다며 워홀 얘기며 대학 때의 변태 알바생 얘기, 아무 생각 없이 초창기 오디션 프로에 나갔다가 1라운드 생방송까지 간 얘기를 깔깔대며 회상했다. 그때 다빈이의 머리는 무지개색이었다. 꼽아보면 몇 년 안 됐는데 전혀 다른 시대의 얘길 하는 것 같았다.

"그래도 너 똑같다. 신분증 검사도 받잖아. 누가 널 애 엄마로 보겠냐."

내가 그녀의 눈 밑에 걸린 진한 그늘을 애써 모른 척하며 말했다. 다빈이가 고개를 절레절레 저었다.

"나 그때랑 완전히 다른 사람이야. 물론 아이 있고 가정 꾸려서 행복하지, 뿌듯하고. 근데 어떻게 달라졌냐 하면 일단 사람이 엄청 보수화됐어. 아이 안전이 최우선이고, 내 가족 살길이 최선이고. 별거 아닌 걸로 구청에 민원 넣고 경찰서에 신고전화 걸고 그런다니까. 뭐, 애 재워야 되는데 밖에서 고등학생들이 고성방가로 노래 부른다는 이유 같은 걸로. 그게 불과 몇 년 전 정확히 내가 하던 짓인데 말이야…… 너 사람이 언제 어떻게 보수화되는지 알아? 명백한 자기 재산이 생길 때야. 절대 빼앗기거나 침해될 수 없는 것, 집이나 돈이나 그럴듯한 밥그릇이 생길 때. 근데 나한텐 그게 애야. 그런 게 생기면 있지, 이 세상이 갑자기 되게 위험해 보인다? 코웃음 치며 부렸던 객기는 다 증발하고, 교통사고, 전쟁, 사이코패스, 환경호르몬, 미세먼지, 그런 것만 생각하게 돼. 그리고 나는 집 밖의 몹쓸 것들로부터 가족과 재산을 지켜야 하는 투사가 되는 거야. 그러다 보면 점점 보수화되지. 나와 다른 세계에 있는 사람을 이해하기 힘들어지거든. 기본적으로 팔짱 탁 끼고, 걸려봐, 된통 쏘아줄 테니까, 이 마인드야. 왜 이렇게 된 거지…… 나도 참 젊은 나이인데. 워홀 갔다가 웜홀에 빠진 줄 알았는데 이젠 블랙홀이다."

몸을 가눌 수 없을 것 같던 다빈이가 별안간 벌떡 몸을 일으켰다.

"적당히 놀았으니까 나 간다."

"벌써? 밤이라도 샐 줄 알았더니."

"빨리 가서 자야지. 영유 준비 때문에 바빠."

"영유가 뭐야?"

"영어유치원. 레벨테스트 있어서 공부시켜야 돼."

"공부라고? 그게 다섯 살짜리한테 어울리는 단어 같니?"

"반편성 하려면 레벨테스트 받아야 돼. 그거 통과 못하면 열반에 든다. 부처님 열반 말고 우반 열반의 그 열반!"

내가 아는 다빈이는 기성제도에 반대했고 아이는 절대 학원에 보내지 않겠다고 했었으며 한국의 사회문화정치이념적 분위기에 강한 반감을 가진 대표적인 이십 대였다. 스드메고 예물이고 다 안 했던 다빈이다. 허영이라고 식도 안 올리겠다던 걸 부모님이 반대하신다며 얼굴 찌푸리던 다빈이가 웬 영유에 레벨테스트란 말인가.

"말했잖아, 보수화된다고. 그리고 학원 돌리는 거 아니면 답 없어. 그게 꼭 공부 때문이 아니라, 엄마가 쉬려면 애들은 학원을 다녀야 되는 거더라구. 나한테 유일한 소통창구가 지역 엄마 커뮤니티인데 거기 드나들면서 나만 독야청청하기 생각보다 쉽지 않다. 혼자 튀면 엄마들 사이에서 특이하다고 따 당할 준비해야 돼. 엄마들 따가 얼마나 교묘하고 은밀하고 무서운지 모르지? 그게 나만 당하면 상관없는데 애의 교우관계, 나아가서 유치원, 학교생활까지 영향 미친다. 너 이게 그냥 빈말 같고 다큐에서나 나오는 별난 얘기 같지. 제삼자가 들으면 우리나라 미쳤다고 하는데, 그냥 그 안에서 직접 하루하루 겪으면 그렇게 드라마틱한 일도 아니더라."

할 말이 없었다. 나는 아직 모르는 세계다. 별로 알고 싶지 않지만 나라고 안 그런다는 법이 있을까. 장담할 수 없었다.

"천사백 들여 워홀 갔어. 왜? 영어 때문에. 근데 있잖아. 영유 다니는 동네 꼬맹이들 앞에서 말 한마디 안 나오더라. 우리 애만큼은 진짜, 적어도 영어 때문에 고생시키고 싶진 않아. 아무리 드론이니 미래사회니

알파고니 뭐니 떠들어대도, 모르는 거잖아. 내가 할 수 있는 게 뭐 있겠니. 눈앞에 잡히는 영유라도 보내야지."

다빈이가 내 눈빛을 느꼈는지 잠깐 멈추고 이렇게 말했다.

"너는 시간 많아서 좋겠다. 너만 생각할 시간."

좋겠다, 같은 말은 함부로 하는 게 아니다. 너는 애도 있고 집도 있고 돈 벌어다주는 남편도 있잖아. 나만 생각하는 시간이 얼마나 고통스러운지, 그래서 더 외롭고 무서운지 알기나 해? 라고 말할 순 없다. 해봤자 무의미하기 때문이다. 친구 사이에 공통화제의 간극이 생기고 그게 점점 멀어지면 평행선을 달린다. 언젠간 다빈이와도 그렇게 될 수 있겠구나 생각하니 마음이 가볍지는 않았다. 그저 그 시간이 되도록 천천히 와주길 바라는 수밖에 없었다.

사라지기 전 다빈이가 한마디를 남겼다.

"이 말 안 하려고 했는데 돌아왔다더라, 현오."

그날 밤 여러 가지 생각에 늦도록 뒤척였다. 잊으려고 해도 안 잊혀지는 두 음절이 머릿속을 맴돌았다. 현오. 그 이름을 지워 내리며 새벽녘이 돼서야 간신히 선잠에 들었다.

*

남은 아저씨의 집은 아카데미에서 멀지 않은 골목에 있었다. 방석집이 즐비한 골목 귀퉁이를 지나자 야트막한 다세대 주택이 나왔다. 진한 화장을 한 채 껌을 씹고 있는 여자들과 취객들이 자주 눈에 띄었다. 아이가 살기에 좋아 보이는 환경은 아니었다.

벨을 누르자 아저씨가 러닝 차림으로 나와 반겨주었다. 집은 작았고 가재도구는 변변찮았다. 벽과 바닥의 색깔은 반쯤 탄 누룽지를 연상시켰다. 하지만 칙칙한 외관과는 달리 비좁은 거실에는 고소한 음식 냄새가 진동했다. 거실에는 정갈한 월남쌈과 고기 안주가 펼쳐져 있었다. 나는 벽장 가득한 책을 보며 자리에 앉았다. 대부분 사춘기 아이 다루는 법에 관한 조언서였다.

"음식 솜씨가 보통이 아니신데요?"

벌써 자리를 잡은 무인이 우적거리며 말했다.

"환경 호르몬이 판치는 세상에서 아이 키우려면 어쩔 수 없어. 게다가 이틀이 멀다 하고, 음식 갖고 장난쳤다는 둥, 쓰레기로 만들었다는 둥 기사가 뜨니 안심할 수가 있어야지. 딴 건 몰라도 애 밥만큼은 내가 만들어. 그러다 보니 이렇게 내 몸도 비대해져버렸지만."

남은 아저씨가 통통한 배를 수줍은 듯 어루만졌다. 현재 그는 이벤트 업체에서 일하고 있었다. 크리스마스 때면 산타도 되고 아이들 생일잔치에 피에로 분장을 하고 찾아가기도 하고 어린이집이나 유치원에 레크리에이션 활동을 하러 가기도 한단다. 언뜻 험상궂은 인상으로 보여도, 아이들에겐 꽤 인기가 좋다고 했다.

"혼자만 간직하긴 너무 아까운 재능인데요. 따님만 맛보게 하지 마시고 요리 블로그라도 해보세요. 신박한 메뉴에 사진만 제대로 찍으면 나중에 레시피 모아서 책 낼 수도 있을걸요."

규옥이 국수를 후루룩거리며 칭찬했다.

"귀찮아. 블로그 하려면 글재주도 있어야 하고 사진도 일일이 찍어야 되잖아."

남은 아저씨는 툴툴거리며 젓가락으로 국수를 조심스럽게 깨작댔다. 그가 조용히 덧붙였다.

“솔직히 말하면, 뭔가 하는 게 있긴 한데, 그게 좀 밝히기 껄적지근한 거라서…….”

그 뒤로 한동안 그 ‘껄적지근한 것’의 정체를 알아내기 위한 실랑이가 오갔지만 아저씨는 비밀의 누설을 완강히 거부했다. 모두의 몸에 적정량의 알코올이 퍼지고, 모두가 그 ‘껄적지근한 것’에 대해 잊고 있을 때쯤 남은 아저씨가 얘기하고 싶어 못 견디겠다는 표정으로 물었다.

“아직도 궁금해?”

그는 이미 시들해진 반응에도 아랑곳 않고 우리를 컴퓨터 앞에 모여 앉게 했다.

“뭐, 너무 나쁘게 보진 말구. 이것도 하나의 직업생활이니까. 어우, 같이는 못 보겠다. 난 뒤로 빠져 있을게. 주연배우가 스크린에서 자기 얼굴 보는 게 이런 기분이려나…….”

우리는 먹이 앞에 모여든 병아리 떼처럼 화면 앞으로 얼굴을 디밀었다. 모니터 안에서 요상한 일이 펼쳐지고 있었다. 남은 아저씨가 스파게티를 먹고 있다. 후루룩후루룩 한 접시를 다 먹고는, 옆의 코카콜라 1.5리터짜리를 단숨에 들이켰다. 그러곤 옆에 놓인 통닭을 뜯기 시작한다. 모든 것은 한마디의 말도 없이 진행됐다.

“이게…… 뭐죠?”

남은 아저씨가 머리를 긁적댔다. 그건, 말로만 듣던 온라인 먹방이었다. 실시간으로 중계되고, 보는 사람들이 내키면 사이버머니나 별풍선을 쏴주는 먹방. 아저씨는 수많은 먹방 중 자신의 인기는 중상급이라며 자랑 아닌 자랑을 했다.

"대체 이런 걸 왜 하는 거예요?"

아연실색해져 물었다.

"외로워서."

남은 아저씨가 예상한 질문이란 듯 오히려 당당히 말했다.

"내가 누구랑 같이 밥 먹을 기회가 많진 않잖아. 이거라도 하면 누군가가 나를 보고 있다는 생각도 들고 또 옆에서 대화창으로 실시간 댓글도 올라와. 가끔 살 좀 빼라는 욕도 섞여 있긴 하지만 응원하는 글들도 많거든. 열심히 사는 모습을 보여줘서 고맙다고…… 그런 말들이 힘이 된다구."

남은 아저씨는 그중에서도 가장 인기가 있었던 편을 보여주겠다며 한참 폴더를 뒤졌다. 겨우 찾은 영상을 틀자 그가 직접 요리를 하는 광경이 재생돼 나왔다.

"아이 어렸을 때 떠올리면서 시도해본 거야. 사실 이때가 전성기였지."

그는 이유식을 만들고 있었다. 브로콜리, 시금치, 등을 넣고 다진 안심 소고기를 넣어 끓인 이유식. 그걸 대용량으로 먹는다. 머리엔 아기용 모자까지 쓰고 리본을 달고 뺨엔 발갛게 칠까지 하고, 한마디로 아기분장을 하고선 말이다. 그 상태로 그는 먹고, 먹고, 또 먹었다.

"어우, 씨발…… 이건 진짜 못 봐주겠다."

무인이 감탄사에 가까운 욕을 뱉더니, 미안하다고 황급히 사과했다. 남은 아저씨는 민망한지 얼른 화면을 껐다.

"아기 아빠라고 하면 사람들이 좀 불쌍해하거든."

"진짜 맛있어서 먹는 거예요?"

"아니, 말했잖아. 외로워서라고."

남은 아저씨의 말투가 기어들어가듯 작아졌다.

"마누라가 있었으면 안 했을 거야. 마누라랑 영상통화하면서 시작한 거거든. 시차 땜에 결국 뜸해졌지만, 처음엔 같이 밥 먹는 기분이 들도록 끼니때마다 영상통화를 했지. 근데 마누라가 시큰둥하더라고. 말은 또 그럴듯하게 해. 내가 뭘 쳐먹든 똥만 잘 싸면 자긴 상관없다고 하대. 화장을 하는 것보다 지우는 게 더 중요한 것처럼, 먹는 것보다 똥 잘 싸는 게 더 중요하다나. 제길, 반박할 수가 없잖아? 그런데 어쩌다 인터넷에 올리니까 인기가 있는 거야. 맛있겠다는 말도 하고. 또 올려달라는 말도 하고. 게다가 가끔은 사이버머니도 생기니까 용돈도 벌고……."

한동안 생각에 잠겼던 남은 아저씨가 침울하게 운을 뗐다.

"여러 가지 이유가 있겠지만 탓이 있다면 그놈 탓이 크지."

그의 목소리가 낮아졌다.

"요리를 했었어. 종목은 떡볶이. 지금은 떡볶이가 체인도 다양하고 뷔페식 떡볶이점까지 등장했지만 떡볶이가 노점에서 체인으로 바뀐 지는 십 년도 안 돼. 난 장맛을 만드느라 꼬박 일 년을 떡하고 고추장만 먹었어. 그리고 드디어 정말 내가 만족할 만한 그 맛을 완성했지. 어느 날 어떤 남자가 찾아오더군. 자기랑 동업해볼 생각이 없느냐면서 말야. 가게를 가지고 있대. 그래서 동업을 했고 초반엔 재미가 좋았어. 난생처음 돈을 실컷 만져봤지. 근데 장맛을 쏙 빼가선 다른 데다 체인을 내더군. 그가 누군지 알아? 바로 이 사람이야."

아저씨는 낡은 잡지를 한 권 빼들더니 툭 던졌다. 십 년쯤 전의 요리 잡지였다. 표지엔 지금보다 날씬한 아저씨가 미소 띤 얼굴로 누군가와 어깨동무를 하고 있었다.

"이건…… 한영철이잖아요."

무인이 외쳤다.

한영철을 모를 사람이 있을까. 90년대 청춘드라마 출신의 미남 배우. 요식업계의 전설. 요리 프로그램에 나와 이런저런 요리 비법을 전수한 뒤, 부모에게 물려받은 막대한 자본금으로 골목 상권을 장악한 트렌드 장사꾼. 그가 떡볶이집 홍보전단에 남은 아저씨와 실려 있다.

"정말이지, 꼬박 일 년 걸렸어. 그 장맛 만드느라고. 혀가 얼얼해지고 살이 떡처럼 불어날 때까지 매일 떡볶이만 먹었지. 그렇게 해서 만든 맛이었어."

남은 아저씨가 반복해 말했다. 아저씨의 말에 따르면, 한영철은 동업이라는 이름으로 그에게 사기를 쳤다. 동업이었지만 모든 명의를 한영철로 한 게 문제였다. 결국 아저씨는 자신이 만든 장맛에 대해 로열티를 지불해야 하는 신세가 됐다. 방송에 제보도 하고 일인시위도 해봤지만 소용없었다. 결국 그는 사업에서 손을 뗐고 후에 한영철이 독자적으로 낸 C떡볶이가 탄생했다. 어디서도 그의 존재와 노력을 인정받을 방법은 없었다.

남은 아저씨의 모놀로그가 끝났다. 그의 눈엔 눈물이 고여 있었다. 정말 연기 잘하는 사람이 아니라면 좀처럼 연기해내기 힘든 진정성 있는 눈물이. 마루를 찍어 누른 아저씨의 손끝이 하얘져 있었다. 규옥이 낮게 물었다.

"그런데 왜 가만 계세요?"

그의 목소리에 밀린 공기가 몸 끝에 전해져 왔다.

"왜 가만히 있냐고? 모르면서 함부로 얘기하지 마. 방송에 제보도 하고 일인시위도 하고 변호사도 찾아갔지. 그런데 아무것도 달라지지 않았어. 할 만큼 했다고!"

남은 아저씨의 목소리가 커졌다.

한영철은 지난 총선 때 보수당인 A당의 국회의원으로 정치에 입문했다. 한영철 외에도 연예인 출신의 얼굴마담 국회의원들이 쇄신이라는 이름으로 몇 자리를 차지하고 있었다.

"밤마다 잠을 못 잤어. 면전에 대고 개새끼야, 라고 외쳐주지 못한 게 분해서. 그 한마디 욕만 했더라도 지금만큼 억울하고 후회가 남진 않았을 거야. 한순간도 잊은 적이 없다구. 자포자기했을 뿐이지."

"그럼 이제라도 외쳐주면 되죠."

아무렇지도 않게 규옥이 말했다.

"자포자기는 바꿔 말하면, 자자, 포기입니다. 우린 그러지 말아야죠. 한영철이 단지 아저씨에게만 그러진 않았을 거거든요. 한영철은 먹거리로 사람들을 현혹하고 방송에 출연해서 한국인의 입맛을 주도했죠. 그렇게 해서 사람들이 더 행복하고 배불러졌을까요? 아뇨, 그가 한 건 자기가 얻은 명성으로 정치판에 간 것밖에 없어요. 골목상권을 죽이고 남들의 노고를 자본력으로 사버리고, 그 대가로 국회에 앉아 국가가 주는 월급을 받으며 꾸벅꾸벅 졸고 있단 말입니다. 개인적인 분풀이를 하자는 게 아니에요. 가장 적절한 방법으로 적절한 때에, 그 인간이 받아야 할 적절한 심리적 압박을 주자는 겁니다. 물론, 법망의 줄타기 위에서요. 우리의 행동은 한영철 같은 부류의 인간에게 보내는 경고이자 일벌백계의 의미를 담게 되는 거죠. 한영철도 자랑스러워해야 할걸요. 수많은 떨거지 중에서……."

거기까지 말하고 규옥은 앞에 놓인 콘칩 봉지 안에 손을 넣었다. 그러곤 손을 휘휘 젓더니 한 개를 꺼냈다.

"운 좋게 뽑힌 한 명이 된 셈이니까요."

그 말을 끝으로 규옥은 남은 콘칩을 입안에 다 털어넣고 우적거리기 시작했다. 무언가를 상징하기라도 하듯, 그의 저작 행위로 인해 산산조각 나는 과자의 효과음이 유독 크게 공기를 깨뜨렸다.

며칠 뒤 남은 아저씨의 먹방을 다시 돌려 보았다. 그걸 보기 위해서는 좀 귀찮은 절차를 거쳐야 했다. 카페에 회원 가입을 하고 저도 혼자 먹는 걸 좋아해요, 따위의 가입 인사를 쓰고도 가입 승인이 나기까지 이틀을 기다렸다. 간신히 가입이 된 후 둘러본 카페의 전경은 다채롭고 또 한편으로는 황폐하기 그지없었다. 남은 아저씨의 카페 아이디를 몰랐기 때문에 나는 무작정 올라온 영상들을 훑기 시작했다. 각양각색의 사람들이 먹고 또 먹었다. 교복을 입은 남학생도 있었고 백 킬로는 넘어 보이는 여자가 자긴 채식주의자라며 콩 몇 쪽에 아스파라거스와 바나나만 먹는 영상도 있었다. 헬스트레이너라고 스스로를 소개한 남자의 '모범답안에 가까운 근육 만들기 식단' 먹방들과, 짜장면이니 식빵이니 생크림 케이크 따위를 한 가지만 골라 끝없이 먹는 원푸드 영상들…… 그것들을 보고 있노라니 이상하게 가슴 한쪽이 빈곤해져가는 것 같았다. 그만둘까 싶던 찰나, 남은 아저씨의 영상을 찾아냈다. 그의 닉네임은 단순하면서도 어딘가 심금을 울렸다. 디어 대디.

벌써부터 짠해지려는 마음을 부여잡고 그가 올린 일련의 영상들을 묵묵히 바라보았다. 그는 다양한 음식을 먹었다. 굳이 종류를 나열할 필요도 없는, 우리가 익히 알고 있는 음식들. 그저 누군가가 자기를 지켜봐주길 바라듯 이따금씩 카메라를 응시하며, 때로는 노래를 부르거나 실시간 댓글 낭독을 곁들인 진행을 하며 남은 아저씨는, 먹었다.

해본 적 없는 의문들이 하나둘 꼬리를 물며 떠올랐다. 먹는 모습을 찍어서 알지도 못하는 사람들에게 보여줄 생각은 누구의 머릿속에서 처음 나온 걸까. 내가 밥을 먹고 있다는 행위조차, 누군가에게 확인을 받아야 비로소 의미가 생기는 걸까. 똥 누는 모습은 감추면서 먹는 행위는 왜 그토록 보여주고 싶어 하는 걸까. 그걸 보고 있는 사람들은 또 무슨 심리일까. 먹고살기 위해서, 라는 말은 왜들 그렇게 입에 달고들 사는 걸까. 먹기 위해 사는 걸까, 살기 위해 먹는 걸까…… 뺨 위로 뜨거운 게 흘러내린 걸 깨달은 후에야 나는 당황해서 창을 껐다. 이런 건 맘에 들지 않는다. 남에게 무언가를 해줄 수도 없으면서 흘려지는 눈물. 상기된 볼을 두드리며 휴지로 물기를 찍어냈다.

한영철의 홈페이지에 들어갔다. 말 그대로, '흔한 국회의원 홈페이지'였다. 자신이 잘났다는걸 과시하는 이력과 수많은 행적들. 그리고 소탈한 사람인 양 이른바 '서민'들과 함께 찍은 다양한 행사 사진들. 하지만 그는 그럴듯한 표정 뒤로 남의 노고를 가로채고도 온갖 특권을 다 누리고 있었다. 모니터 안에서 환하게 웃으며 오뎅을 먹고 있는 얼굴을 보자 갑자기 슬퍼졌다. 그러나 나는 곧 감정을 다잡았다. 슬퍼해야 할 일과 화가 나야 할 일은 제대로 구분해야 한다. 한 가지는 분명했다. 이건 슬퍼해야 할 일이 아니라 분노해야 할 일이었다.

10. 첫 번째 반격

며칠 후 우리는 한영철의 지역구 재래시장 식당에서 뜨거운 국수를 먹고 있었다. 한때는 사람들로 북적거리던 명소였다는데 건너편에 대형 마트가 생기면서 시장은 급속도로 위축되어갔다. 한영철이 국회의원이 될 수 있었던 건, 요식업자 출신의 이력을 바탕으로 이 지역의 재래시장을 살리겠다는 공약 덕분이었다. 하지만 변한 건 아무것도 없었다. 썰렁한 골목에 몇몇 맛집들만 겨우 명맥을 지키는 모습이 쓸쓸하다.

우리가 선택한 건 칼국수였다. 멸치 국물과 먹음직스런 고명을 얹은 푸짐한 국수, 살짝 덜 익혀 시간이 지나도 불지 않는 쫄깃한 면발이 포인트다. 심드렁한 아주머니가 그릇을 탁탁 던지듯 주어도 기분 나쁘지 않은 이유는 푸짐한 인심 덕. 일인분을 먹었다고 생각했는데 고작 절반이 사라졌다. 한숨 돌리려 고개를 들자 앞에서 껄껄대는 웃음소리가 들려왔다.

“나도 가끔 안경을 껴서 이해하긴 하지만, 정말 아라레 같군요. 〈닥터 슬럼프〉에 나오는.”

규옥이 뭐가 그리 우스운지 팔짱을 낀 채 웃었다. 나는 대답 대신 다시 국수로 얼굴을 파묻었다. 내가 세상에서 할 수 없는 단 한 가지가 있다면 그건 바로 국수를 먹으면서 텔레비전을 보는 거다. 안경을 끼면 김이 서리고, 안경을 벗으면 화면이 뭉개진다. 콘택트렌즈나 라섹 수술을 통하지 않고서는 풀 수 없는 모순이다.

국수를 다 먹자마자 우리는 일사불란하게 계획과 지침을 복습했다. 홈페이지에서 확인한 일정에 따르면 오후 네 시경 한 의원이 시장을 돌 것이다. 정기적인 지역구 관리 차원의 나들이다. 시장 상인들한테 그는 별로 인기 있는 의원은 아니었다. 상권을 살린다는 공약은 말뿐이었고 시장 바로 맞은편의 대형마트만 점점 배를 불리고 있었다. 하지만 상인들의 날 선 시선쯤은 그에겐 그리 신경 쓰이는 일도 아닐 거다. 시장을 한 바퀴 돌며 상인들과 찍은 민생행보 사진을 홍보 자료에 넣으면 그만일 테니까.

입수한 정보에 따르면 한영철은 수행원을 예닐곱 명쯤 거느리고 시장을 쭉 직진해 들어와서 전경이 가장 그럴듯하게 나오는 전통 한과점 앞에서 포즈를 취할 것이다. 미리 보좌관이 들러서 가게 아주머니에게 부탁을 해뒀다니 정확한 정보다. 계획은 이랬다. 한영철이 가게 앞에 도착하면 내가 그에게 접근해 말을 건다. 그가 몸을 돌리는 순간, 남은과 무인이 계란을 투척할 것이며 그와 동시에 규옥이 기념사진을 찍을 거다.

최대한 '정상적이고 무결한' 여자로 보이기 위해 나는 나름의 변장을 했다. 그래봤자 약간의 화장을 해 평범한 직장인처럼 꾸미는 게 전부지만, 내 얼굴에 익숙한 사람이라도 쉽게 알아차리진 못할 거다. 얼굴 위로 분주히 팩트를 두드리는 동안 무인이 남은 아저씨와 실랑이를 벌이기 시작했다. 아저씨가 갑자기 못하겠다고 말을 바꾼 거다.

"아니, 이제 와서 그러시면 어떡해요, 난 오늘 이거 때문에 집필도 포기하고 왔다구요. 이제 막 슬럼프에서 벗어난 작가의 하루치 작업량을 날린 게 얼마만큼의 손해를 끼치는지 모르세요?"

무인이 항변했지만 풀이 팍 죽은 듯한 남은 아저씨의 목소리가 뒤따랐다.

"아무리 생각해도, 자신이 없어. 내가 잡혀가고 지율이까지 곤란해지면 어떡해. 난 '명백한 원한관계'가 있어서 중형에 처해질지도 몰라. 나 없으면 지율인 고아나 다름없다구."

"한영철도 국회의원이라는 자기 명예가 있어서 그깟 일로 사람 고소하고 그러진 못할걸요."

무인과 남은의 의미 없는 실랑이가 계속되는 동안 규옥은 침묵을 지키고 있었다. 식당 아주머니는 나갈 생각도 않고 카페 손님마냥 죽치고 있는 우리에게 눈총을 보내기 시작했다. 마침내 규옥이 입을 열었다.

"못하시겠으면 그만두시죠."

냉정한 말투와는 달리 그는 어딘가 측은한 듯한 미소를 짓고 있었다. 차가운 어조에 따뜻한 표정이 더해지니 전체적으로 쿨한 분위기가 되었다.

"오늘 일이 어떤 결과로 이어질지는 아무도 몰라요. 확실한 게 하나 있다면, 그 결과는 고스란히 아저씨가 가져가게 된다는 거겠죠. 계속 똑같은 삶을 살면서 누가 봐주는지도 모르는 먹방으로 사이버머니 버는 생활에 만족한다면 우린 지금 다 집으로 돌아가면 됩니다. 가끔 억울한 마음이 들어도, 불만은 속에서 외치면 되죠 뭐."

다소 격한 말을 뱉고 있는 규옥에게 그 누구도 대꾸하지 못했다. 다시 결론을 내린 건 아저씨였다.

"할 거야. 그래, 그게 맞는 것 같아."

그는 마지막 만찬의 값을 치르겠다는 듯 만 원짜리 두 장을 카운터에 호기롭게 탁 소리가 나도록 내려놓더니 먼저 문을 나섰다.

우리는 한과점 근처의 귀퉁이에 각자 숨어 주인공을 기다렸다. 멀리서 웅성거리는 소리와 함께 한 의원과 그의 측근들이 나타났다. 한영철이 주변 상인들과 일일이 악수를 하고 있다. 내 손안에 땀이 고이는 동안 그는 일정한 속도로 곧 시작될 사건 쪽으로 걸어오고 있었다. 약간의 변수는 시장 아주머니 중 한 명이 한영철이 내민 손에 화답하지 않고 약속한 재래시장 활성화는 도대체 어떻게 할 거냐고 쏘아붙이는 통에 그의 발걸음이 지체됐다는 것 정도였다. 애먼 보좌진들이 아주머니를 간신히 수습하고, 한영철이 일그러진 얼굴을 억지로 펴며 원래 예정됐던 순례길을 향한 발걸음을 다시 옮기기 시작했다. 마침내 한과점 앞에 그가 섰다.

가까이서 보니 한영철은 키가 작고 얼굴엔 기름이 번질거렸다. 꼿꼿하게 걸으려 노력하고 있었지만 등은 안으로 적당히 말려 있었고 얼굴엔 검버섯이 막 피어나기 시작한, 흔히 볼 수 있는 육십 대 초반의 남자일 뿐이었다. 그럴듯해 보이는 양복과 그 위에 달린 금배지만 아니었더라면 그에게서 특별함을 찾아내기란 어려웠다. 주변 공기를 누르는 아우라라고는 눈곱만큼도 없는 사람이었다.

그가 한과점 앞에 멈춰서 주인 아주머니에게 인사와 덕담을 건넸다. 지금이다. 규옥이 내 등을 가만히 밀었다. 무게가 실린 손이었다. 그 무게를 동력으로 나는 순식간에 인파를 파고들어 한 의원 옆에 섰다.

"의원님 팬입니다. 꼭 드리고 싶었어요. 이왕이면 한입 드셔주세요."

최대한 작게 말한 후, 웃으며 엿을 휙 건넸다. 이래봬도 고가의 소품이다. 한과점에서 미리 공수한 최고급 수제 엿. 의원이 당황한 듯 웃으며 어쩔 수 없이 엿을 한 조각 베어 문 순간, 누군가가 소리를 질렀다.

"의원님, 보기 좋은데 사진 한 장 찍으셔야죠, 이쪽입니다."

규옥의 목소리였다. 그 틈을 타 나는 행렬에서 쏙 빠져나왔다. 내 임무는 이것으로 끝. 의원이 규옥을 향해 몸을 돌리며 크게 웃음을 보였다. 그때, 그의 머리 위로 계란이 명중됐다. 한 개, 두 개, 세 개. 봄날의 개나리처럼 노란 액체가 머리칼을 타고 흘러내렸고 사태 파악을 못한 한영철은 여전히 엿을 입에 문 채 환한 미소를 짓고 있었다.

"축하합니다. 엿 드셨네요! 계란은 서비습니다."

무인의 목소리다. 이어서, 찰칵찰칵찰칵찰칵. 번개 치듯 신속하게 셔터가 기관총을 쏘듯 소리를 뿜어냈고, 멀리서 남은 아저씨의 단말마와도 같은 비명이 뒤따랐다.

"남의 레시피나 빼가는 너 같은 사기꾼한테는 계란도 아깝다. 이 울릉도 호박엿만도 못한 놈아!"

*

“유정란이었어. 마트에 그것밖에 안 남아 있었거든. 병아리로 태어났을 수도 있는 것들이 한영철 옷 버릴 용도로 쓰인 게 마음에 걸리네.”

남은 아저씨가 애잔하게 말했다.

“괜찮아요, 닭으로 태어났어도 A4용지만 한 닭장에서 살다가 도살당했을 테니까요. 그러곤 이렇게 됐겠죠.”

무인이 위로인지 자조인지 모를 말들을 뱉으며 손에 든 닭다리를 베어 물었다. 네 개의 맥주캔이 허공에서 둔탁한 소리를 내며 여러 번 맞부딪혔다.

자축 장소는 무인의 집이었다. 작가 지망생의 집답게 영화와 소설 관련 서적이 책장 가득 포개져 있었다. 남은 아저씨는 손에 든 휴대폰을 삼십 초에 한 번씩 확인하며 킬킬대고 있었다. 화면을 채운 건 머리부터 가슴까지 노랗게 물든 채 엿을 깨물고 있는 한영철의 사진이었다. 해맑게 웃고 있는 데다 우연히도 매우 편안하고 행복한 표정이었고 오후 시간대의 햇살이 만들어낸 명암대비로 인해 수준 높은 코미디 영화의 포스터 같아 보이기도 했다. 그 사진을 공개하거나 어디에 올릴 생각은 없었다. 그건 말 그대로 우리가 한 행동에 대한 기념사진일 뿐이었다.

“그놈 나쁘다고 나만 생각한 게 아니었나봐. 그때 시장 상인아주머니한 말 들었지. 더 던져라, 라고 외쳤다구.”

“잘 맞히시던데요. 난 세 개 던져서 하나도 못 맞혔는데 아저씨 혼자 다 맞히셨네.”

무인의 칭찬에 남은 아저씨가 짐짓 거드름을 폈다.

"이래봬도 어릴 적 꿈이 야구선수였다구. '국민학교' 시절에 말야."

남은 아저씨는 자신의 무용담을 몇 번이고 과시했고 어느새 듣도 보도 못한 일들이 조금씩 추가되고 있었다.

"어련하시겠어요, 진짜 멋졌습니다!"

무인이 그라피티에서 얻은 영광의 바통을 아저씨에게 넘기겠다는 듯 한껏 추켜세웠다.

"고마워, 자네들 아니었으면 못했을 거야……."

남은 아저씨는 이마에 난 땀을 살포시 찍어 눌렀다. 그의 딸은 모르겠지만 오늘만큼은 그는 슈퍼맨이 된 아빠였다. 그렇게 칭찬해주고 싶었다.

"근데 나 정말 잡혀가는 건 아니지?"

남은 아저씨가 엄살을 떨었다. 그 말만 벌써 스무 번도 넘게 한 것 같다.

"아니긴요. 수갑 찰 준비 하셔야죠."

규옥이 헤헤거리며 말했다.

아닌 게 아니라 〈8시 뉴스〉가 시작될 무렵 다들 꽤나 초조해져 있었다. 나도 겉으론 태연한 척했지만 내 뒤꼭지가 사진에 찍혀 보도된 건 아닐까 걱정 반 불안 반으로 가슴이 울렁거렸다. 하지만 바쁜 세상사 속에 재래시장에서의 소동 같은 건 뉴스거리가 되기엔 너무 미미했다. 뉴스에는 더 흉악하고 잔혹하고 끔찍한 일들이 보도됐다. 한동안 뉴스채널을 뒤진 후에도 무사하다는 걸 깨닫자 우리는 환호성을 질렀고 무인의 작은 자취방은 웃음소리와 건배 소리로 꽉꽉 찼다. 딱 하나, 인터넷에서 누군가가 우리를 봤다는 글이 누군가의 트위터에 올라왔다.

대박! 시장에서 어떤 아저씨가 한영철한테 계란 던졌다. 뉴스에 나오려나?'

첨부된 사진 같은 건 없었다. 팔로워가 별로 없는 사람인지 리트윗조차 되지 않았다. 하지만 그걸로 족했다. 남은 아저씨는 치킨집에 전화를 걸어 닭 한 마리와 생맥주를 추가로 주문했다.

며칠 동안은 긴장을 유지했지만 한 의원은 애초에 우리를 찾아낼 생각이 없는 듯했다. 그러기엔 우리가 한 건 경미한 장난 수준이었으니까. 남은 아저씨는 규옥이 찍은 사진을 휴대폰 배경사진으로 깔았다.

"혼자서 보긴 아깝지만, 다른 사람한테 못 보여줄 거라면 자주 보는 수밖에 없지. 어쨌든 다른 사람 엿 먹고 있는 사진 보는 것도 재미 쏠쏠하네. 앞으로 당분간 먹방은 쉬어야겠는걸."

다행스러우면서도 아슬아슬했다. 그리고 재미있었다. 그때까지는 그랬다. 내 마음에 다른 생각이 들어차기 전이었으니까.

11. 정반대의 명제들

“요즘 뭐하고 지내, 누나?”

지환이가 커다란 짐가방을 들고 우리 집으로 온 첫날 밤, 저녁밥을 먹다 말고 물었다.

“뭐하긴. 밥 먹고 일하고, 더 괜찮은 직장 구하려고 용쓰면서 지내지. 엄마 아빠한테 나 반지하방 산다고 절대 말하지 마라?”

사납게 눈꼬리를 올리며 지레 주의를 줬다.

“알았어. 난 또 공부라도 다시 하나 해서 물은 거야. 아님 됐고.”

지환이는 입을 우물거리며 마루에 아무렇게나 쌓인 책 몇 권을 가리켰다. 아카데미에서 빌려온 인문학 서적들이었다.

“강의 자료 준비할 때 필요한 거야. 그리고 뭐든 하려면 인문학을 알아야 하기도 하고.”

"그렇겠지."

지환이가 밥을 우걱거리며 조소로 일갈했다. 썩은 표정 좀 거두라고 한마디하려다 말았다. 어차피 이 주만 버티면 되는 터라 초장부터 싸움을 일으키고 싶진 않았다. 갑자기 지환이가 숟가락을 된장찌개에 푹 꽂아 넣었다.

"누난 아직도 나 무식하다고 생각해? 인문학이니 뭐니, 아주 재수 없어."

"나 그런 말 한 적 없는데."

내가 조용히 말했다. 지환은 아주 괜찮은 애였다. 이럴 때만 빼면.

지환이는 대학을 가지 않았다. 자발적인 선택이었고 누구도 말리지 않았다. 공고를 졸업하고 전공을 살려 자동차 정비소에서 일하다 영업사원으로 돌아섰다. 실적도 훌륭해 벌이도 좋았고 인생 설계도 뚜렷했다. 돈을 모아야 한다며 서울 생활을 접고 원주로 내려간 것도 그런 이유에서였다. 지환인 여러모로 나에 비해서 빠릿빠릿했고 이미 나보다 훨씬 '성공한' 인생을 살고 있었다. 내가 보기에 지환은 머리가 좋고 자신이 원하는 걸 분명히 알고 있는 몇 안 되는 청춘 중 하나였다. 그럼에도 그 애는 아무도 자극한 적 없는 스스로의 열등감을 이따금씩 폭발시켰다. 지금 같은 상황이 그랬다.

"난 사실 인문학이 무슨 뜻인지도 몰라. 요새 좀 유행하는 단어 같긴 한데, 잘난 척하면서 사람 기죽이고 싶을 때 들이밀면 되는 말 같더라? 근데 그거 알아? 인문계 나온 사람들 팔십 프로가 논대. 한마디로 사회에 전혀 쓸모없는 사람들이 되는 거지. 누나처럼 말야."

"야!"

주먹이 절로 쥐어졌다.

"아, 미안 미안. 그래도 우리 인정할 건 인정하자구. 서울 올라오는 버스에서 책이나 볼까 싶어서 터미널 서점에 들렀더니 인문학 책이 널렸드라? 심심해서 한번 펼쳤는데, 도통 알아들을 수가 있어야지. 누나 일하는 데에도 인문학 강좌 많지?"

"그래, 내가 하는 일에 관심 가져줘서 고맙다."

"난 그게 다 겉멋으로 보여. 티비나 문화강좌에서는 핫해 보여도 현실에서는 인문대생은 아무도 환영 안 해주잖아. 허구한 날 뉴스에 나오는 거 못 봤어? 대학생들 비싼 등록금 내고 도서관에선 책도 안 빌려간다며. 다들 스펙인지 뭔지 쌓느라고 수험서나 파고 있다며. 근데 현실에선 왜 그렇게 인문학 운운하는 거지?"

지환의 말은 틀리는 법이 별로 없었다. 거기 깔린 삐딱한 열폭의 정서만 뺀다면 괜찮을 텐데. 나는 부드럽게 응하려고 애썼다.

"그러니까 시간 내서 인문학 강좌라도 들으려는 게 아닐까."

"아니."

지환이 자신 있게 말했다.

"내가 보기엔 다 허영이야. 그나마 최소한의 돈과 여유라도 있어야 하는 허영. 죽어라 자격증 따고 영어 점수 올려도, 막상 회사 들어가면 일이란 사람과 사람이 하는 거거든. 하다못해 좌판에서 물건을 팔아도 판을 어떻게 짜서 어떤 물건을 배열하고, 누구한테 어떤 물건을 팔아야 잘되는가를 알아야 해. 사람을 알아야 한다고. 사람을 알고 세상을 볼 줄 알아야 되지. 근데 자기계발서 나부랭이는 없어 보이고, 뭔가 난놈처럼 보이려고 이것저것 찾다보면 결국 사람에 관한 학문이 인문학인 거야. 난 그게 스티브 잡스가 우리에게 준 폐해라고 생각해. 잡스는 기계에 영혼을 담으려고 노력했고 실제로 어느 정도 성공했지. 근데 대한민국에서 그게 과연 가능할까? 그런데도 다들 뭔가 유행하면 우르르 덤벼드는 재주는 좋아서 현실에선 환영 못 받는 인문학인지 나부랭이가 책이니 문화강좌에서 유행하고 있는 거 아냐?"

"일리 있는 말이다."

저 뒤에 숨긴 말까지 듣고 싶지 않으면 일단 뒤로 물러서야 한다. 하지만 지환은 기어이 '본론'을 결론인 양 꺼내버리고 말았다.

"내가 하고 싶은 말은 이거야. 엄마 아빠 대신 하는 거니까 끝까지 들어. 누나가 어떤 목표를 갖고 있는지 모르겠지만 적당히 콧대 낮추고 현실을 바라보려고 해봐. 그게, 성공한 영업사원으로서 내가 할 수 있는 조언이야. 어때? 인문학의 인 자도 모르지만 이 정도면 쓸 만하지 않아?"

지환이 꽂았던 숟가락으로 두부를 건졌다. 반박하고 싶었으나 어디서부터 말을 꺼내야 할지 알 수가 없었다. 몸을 옥죄듯 답답함이 밀려왔지만 그 이유가 뭔지조차 헷갈렸다. 지환이 내 눈치를 살피더니 적당히 말을 돌렸다.

"비타민 씨 있어? 수술 전부터 미리미리 먹어두면 좋다더라."

나는 어딘가에 있는 비타민을 찾기 위해 신경질적으로 서랍을 여닫았다. 지환이 서울에 온 건 라섹 수술 때문이었다.

"누나도 할 생각 있으면 해. 공동구매로 해서 엄청 싸."

"라섹도 공동구매가 있어?"

"강아지도 상자에 구멍 뚫어 택배로 보내는 마당에 라섹 공동구매가 없겠냐? 우리나라 우습게 보네. 법으론 금지됐어도 실제론 택배로 반품까지 된다더라. 어쨌든 라섹도 공동구매 돼. 공동으로 죽는 것도 사업으로 하면 될 나라니까."

"그럼 그 공동구매한 사람들이랑 같이 만나서 수술실로 들어가는 거야?"

지환은 나를 한심한 듯 바라보았다.

"아니. 그냥 브로커한테 돈 넣어주면 알아서 머릿수 채워줘. 그래서 싸게 먹히는 거지. 난 내가 누구한테 수술 받는지도 몰라. 수술실에 들어가면 코디네이터랑 상담하고, 검사도 코디가 다 해줘. 그런 뒤에 의사가 들어와서 수술하고 나가는 거지. 성형 공구도 있는데 그것도 비슷할걸."

"아무리 그래도 눈인데 괜찮겠어?"

"다들 그렇게 생각하지. 근데 다들 하고 대부분 괜찮잖아. 남들 하는 대로 하면 아무 문제 없어. 그리고 그렇게라도 아껴야 돼."

거기까지 듣자 몸을 옥죄는 답답함의 정체를 알 것 같았다.

"그렇게 아껴서 뭐할 건데?"

지환이 벙 찐 듯 나를 바라봤다.

"뭐하긴. 부자 돼서 잘살아야지. 예전엔 돈 모아서 집 사고 차 사고, 결혼해서 애 낳고 살아야지, 했는데 거기서 결혼이랑 애 낳는 건 빼라고. 돈 모아서 차 사고 집 사고, 여행 다니고 취미생활 하면서 살 거야. 엄청 부자 돼서."

나는 간신히 찾아낸 비타민제를 지환 앞에 던지듯 내려놓고 방 안으로 들어왔다. 유통기한이 지났다는 볼멘소리가 등 뒤에서 들려와, 방문을 쾅 닫는 것으로 지환의 말허리를 잘랐다. 저놈의 자식을 어쩌자고 이 주나 거둔다고 했을까. 과연. 오랜만에 만난 가족은 타인보다 더 낯설고 힘겹다. 성인이 될 때까지 한 지붕에서 비비고 살았다는 게 도무지 믿기지 않았다.

조금 후 건성으로 노크하는 소리가 들리더니 대답도 하기 전에 지환이 문을 열고 들어왔다. 그러더니 다짜고짜 화장대 위에 놓인 왁스 뚜껑을 연다. 뭐하는 거냐고 묻자 라섹 공동구매 게시판에서 알게 된 여자와 번개를 하러 나간단다. 우린 어쩜 이렇게 다를까. 거울 안에 비친 지환을 물끄러미 바라봤다. 엘비스 프레슬리라도 된 듯 눈을 치켜뜨곤 두 손을 쫙 편 채 머리를 쓸어올린다. 마음을 읽기라도 한 듯 지환이 머리에 힘을 주며 말했다.

“우리 원래 하나도 안 닮았었어. 그런 데다 시간이 갈수록 점점 더 달라지고 있지. 단적인 예를 들어줄까. 난 요새 여자를 보면 말야, 그 여자 차가 뭔지 궁금해. 전엔 브라자 속에 뽕이 들었는지 안 들었는지가 궁금했는데, 이것도 철이 든 걸까.”

“좀 맞아라.”

베개를 던졌다. 피할 수 있었음에도 지환은 웃으며 기꺼이 내 베개에 맞았다.

“난 잘살고 싶어, 누나. 왠 줄 알아? 그래야 편하거든. 나뿐 아니라 모두를 위해서야. 아빠 엄마 누나도 그렇고 운이 진짜 좋으면 내 마누라가 될지도 모르는 미래의 애인도 포함해서 말야.”

“내 생각은 됐고 돈 버는 것도 좋은데, 미래의 애인 내지 마누라는 너랑 시간 같이 보내는 걸 더 좋아할 것 같다.”

"누나가 돈 맛을 못 봐서 그래. 철 좀 들어라."

이번엔 지환이 베개를 던졌고 나는 가까스로 몸을 피했다. 아버지를 닮아 녀석은 워커홀릭 기를 보이고 있었다. 아버지가 특별히 일이 좋아 일만 한 건 아니었다. 인생의 절반 이상을 택시 운전석에서 보낸 아빠는 남편은 밖에 나가 일을 하고 가정은 아내에게 맡겼던 시대의 평범한 가장이었을 뿐이다. 빠듯한 형편에 가족에게 할 수 있는 최선의 사랑은 따박따박 월급을 가져다주는 거라고 생각한 아빠는 가족과 시간을 보내는 게 어떤 건지 모르는 상태로 젊음을 흘려보냈다.

그래도 아빠는 운이 좋은 편이다. 그렇게 모은 돈으로 아빠는 입이 닳도록 말한 작은 딸기농장을 정말로 사들여 엄마에게 짜잔, 하고 선보였다. 지금 생각해보면 택시를 몰아 번 돈으로 딸기농장을 샀다는 사실이 동화 속 꿈 얘기처럼 느껴진다. 이제 더 이상 가능하지 않은 얘기니까.

언젠가 그런 얘기를 아빠한테 했더니 무거운 표정으로 겪어보지 않고 쉽게 말하지 말라는 무뚝뚝한 답이 돌아왔다. 아빠 세대와 우리 세대가 서로를 이해하고 바라보는 방식은 그런 건지도 모른다. 각자의 세대가 더 힘들다고 주장하고 그에 비해 상대의 세대를 쉽게 얘기하며 평행선을 달린다. 그런 걸 보면 삶을 관통하는 각박함과 고단함만큼은 예나 지금이나 공통적인가보다. 어쨌든 고질적인 무릎통증과, 대화 부족으로 인한 서먹한 자식들이 아쉬움이긴 하지만 이제 원주로 내려가 엄마와 종일 지지고 볶으며 나름 전원생활을 만끽하고 있으니 그만하면 성공한 노후라고 할 수 있으려나.

고등학교를 갓 졸업했을 무렵이던가. 지환은 갑작스런 이별을 통보한 여자 친구의 집 앞에 기타를 들고 찾아갔다. 그러곤 바닥에 주저앉아 귀 따가운 불협화음을 내면서 골목이 울리도록 사랑 노래를 불러젖혔다. 그러고도 반응이 없자 지치지도 않고 고성방가를 질러대기 시작했다. 네가 아니면 죽어버릴 거야. 너 아니면 안 돼! 민망한 순정의 대사가 골목골목 울려 퍼졌다. 그날 밤 파출소엔 부모님 대신 내가 갔다. 벌건 얼굴로 내 어깨에 기대 울던 지환의 옆얼굴이 선하다. 무슨 오기에 선지 울먹이면서도 지환은 고집스럽게 우겼다. 누나, 난 사랑을 믿어. 사랑만이 인생에서 가장 고귀한 거라고. 알아? 우린 사랑을 하려고 태어났다구. 난 앞으로도 사랑을 믿을 거야. 사랑으로 구원받을 거야……. 무슨 소린지 당최 알고 하는 소린지 모르고 하는 소린지, 나는 가만히 지환이의 머리만 쓰다듬었었다. 그랬던 지환이를, 내 동생을, 어느 틈에 이토록 현실적으로 만들어버린 세상이, 조금은 야속했다.

지환은 무사히 수술을 받고 열흘가량 회복을 한 뒤 내려갔다. 공동구매 게시판에서 만난 여자와는 며칠 잘돼가는가 싶더니 눈이 잘 보이고 난 뒤 시들해졌단다. 안경을 쓸 땐 몰랐는데 시력이 좋아지고 보니 모공 속까지 다 들여다보여서 환상이 깨졌다나 뭐라나. 막상 지환이 떠날 때가 되자 아쉬움이 밀려왔다. 가족은 원래 그렇다. 같이 있을 땐 으르렁거리다가 헤어질 때쯤에서야 비로소 짠해진다. 역까지 바래다주겠다고 했지만 지환은 끝내 거절했다.

"깔끔하게 헤어집시다."

그 애는 현관문 안으로 나를 밀어 넣고는 문을 닫았다. 무겁지도 가볍지도 않은 발걸음 소리가 빠르게 멀어져갔다. 지환이 대신 버려달라며 놓고 간 안경을 잘 닦아 책장 위에 올려두었다. 이제 녀석은 세상을 더 명확하게 볼 수 있으려나. 이삼만 개쯤 되는 픽셀 수준의 눈을 가진 잠자리가 보는 세상은 우리가 보는 세상과 너무도 다를 거다. 그렇잖아도 사리에 밝은 지환이 세상의 모공 속까지 들여다볼 미래가 별로 반갑진 않았다.

*

수요일 저녁 우쿨렐레 모임이 끝나면 무인과 남은 아저씨, 규옥과 나는 약속한 듯 술자리를 가졌고 새로운 일들을 공모했다. 처음부터 인터넷이나 SNS는 우리의 공략 대상이 아니었다. 인터넷을 통한 선동은 너무 흔한 데다 너무 쉽게 꼬리가 잡혔고 너무 실패가 많았으며 너무 빨리 사그라졌다. 특별한 방식으로 티 나지 않게 끈질기게 행동하는 것, 그것이 우리가 선택한 방법이었다.

우리는 배금주의와 세습적 행정으로 악명 높은 목사가 있는 교회에 가서 그 목사가 복도를 지나칠 때 목탁을 두들기며 나무아미타불을 외치기도 했고, 장애인이라고 손님을 쫓아낸 힙한 레스토랑에 넝마 같은 옷을 입고 가 신용카드를 내밀었다. 근로자들에게 임금을 체불한 대형마트에서 지점장이 나타나기를 기다렸다가 '지불하라'라고 쓰여 있는 마스크를 뒤집어쓰고 춤을 추며 짧은 노래를 부른 뒤 일 분 만에 사라지기도 했다.

부당한 권위를 이용해 세상을 빳빳하게 만드는 사람들이 대상들이었으며, 그들을 곤란하게 하고 면박을 주고 불편하게 만드는 것이 우리의 목적이었다. 우리에 대한 반응은 한결같았다. 물을 뿌려도 젖지 않을 거라고 생각했던 것처럼 그들은 늘 깜짝 놀라면서 황당해했다. 그들의 마음속에 담긴 단어들은 이런 것들인 것 같았다.

누가, 감히, 나에게.

그래봤자, 너희들이, 어떻게.

경범죄로 보기엔 약하고 명예훼손이라 칭하기엔 너무 짧고 애매한 장난스런 반격이 매주 벌어졌다. 우리는 그 경계선 위를 아슬아슬하게 걷는 사람들이었다. 한영철 사건처럼, 충분히 고발할 수 있었으나 심리적으로 그러지 못할 것 같은 상황을 이용하기도 했다. 아이디어를 짜는 것도, 실천에 옮기는 것도 짜릿했다. 살아있는 기분이 들었고 우리가 열쇠를 쥔 것 같은 느낌이었다. 우리는 매주 소박한 축배를 들어 비밀스런 긍지를 자축했다.

SNS나 소규모 무크지에 목격자들의 반응이 올라오기도 했다. 그들은 통쾌해했고 우리의 정체를 궁금해했다. 정치적인 퍼포먼스이자 독창적인 행위예술이라 칭하는 사람들도 있었다. 인터넷에 목격담이 올라오면서 드물게는 우리의 행동을 변주해 따라하는 사람들도 생겨났다.

종합적으로는 우리가 공략한 대상들이 저지른 온당치 못한 지점들이 잠깐 다시 화제가 되기는 했다. 그러나 우리가 너무 크게 이슈가 되는 건 위험했기 때문에 대상은 언제나 조심스럽게 골라졌고 행위는 짧고 은유적이었다.

그러나 통쾌함과는 별개로, 대상과 행위가 모두 적정선을 유지하고 있다는 사실이 마음에 걸리기도 했다. 정곡을 찌르지 못하고 변방만 빙

빙 도는 느낌. 하지만 나는 결코 그런 생각을 입 밖으로 내지는 않았다. 내게 그들과의 만남은 세상과 소통하는 최소한의 사교클럽이었다. 그러므로 나는 안전해야 했다. 내 모든 것을 바쳐서 세상을 바꿀 용기도 꿈도 없었다. 그랬기 때문에 나는 부유하고 있었다. 규옥에 대한 개인적인 관심과는 별도로, 그들과 내가 한 부류라고 생각한 적은 없다. 잠시 머물다 가는 곳이고, 곧 스쳐지나 잊혀지게 될 사람들이라고, 아주 깊은 마음속에서는 치사하게도 그렇게 생각했다. 할 수만 있다면 위로 가고 싶었다. 말은 안 해도 다들 그럴 거라는 생각이 죄책감을 면해주었다. 그들과의 만남에서 나는 언제나 동질감과 위로를 느꼈지만 실은 그 동질감이야말로, 내가 가장 벗어나고 싶은 것이었다.

얼마 전 나는 몸이 안 좋다며 월차를 냈다. 아카데미 대신 내가 향한 곳은 어느 중견 기업의 문화사업부였다. 기획팀 신입을 모집하고 있었고 나는 서류전형에 통과해 최종면접까지 올라갔다. 큰 기대 없이 낸 서류였는데 면접자가 나를 포함해 단 두 명인 걸 알고는 기대감이 커지기 시작했다.

회사는 최근 몇 편의 영화투자에서 짭짤한 수익을 거두었고 전망이 좋아 보였다. 세련되게 차려입은 면접관들의 질문에 답하는 동안 머릿속에는 그곳에서 일하게 될 내 모습이 그려졌다. 엘리베이터 앞에서 사원증의 바코드를 찍는 나. 스타벅스에서 노트북을 열고 연장 근무를 하고 평일 낮에는 시사회나 전시회에 다니거나, 새로 나온 도서에서 건질 만한 기획거리가 없는지 대형서점으로 외근을 나가는 나. 때로는 일이 고되다고 투덜대겠지만 얼마나 사치스러운가. 영혼 없는 복사와 강사들의 잔심부름이나 하는 지금과는 비교할 수 없는 호사다.

최대한 나를 어필했다. DM 산하 아카데미에서 기획과 프로그램 전반에 관여하고 있다고 적당히 뻥도 쳐가며 스스로를 세련된 인간으로 포장했다. 바쁠 때 주말 출근이나 야근이 가능하냐는 질문에는 온 힘을 다해 고개를 끄덕이며 그럼요, 라고 말하고 있었다. 그렇게 해서라도 이 세상에 한자리를 제대로 차지하고 싶은 것, 그게 나였다.

지환과 규옥이 던진 정반대의 명제들은 계속 나를 괴롭혔다. 지환은 현실을 영리하게 따르라고 강조했고 규옥은 현실에 균열을 일으킬 용기를 가져보자고 했다. 정반대에 놓인 두 개념에 공통점이 있다면, 어느 쪽이든 마주하긴 괴롭다는 거였다.

12. 늙은 시민

합격자에겐 개별 통보가 있을 거라고 했다. 면접을 본 지 벌써 나흘째였다. 내 전화기는 울리지 않았다. 호의적으로 미소 짓던 면접관들의 표정이 아른거렸다. 나 말고 다른 면접자가 하나 더 있었다. 그녀는 머리를 푹 숙인 채 쭈뼛거렸고 기어들어가는 목소리로 확신 없는 답만 웅얼거렸다. 그 경쟁에선 내가 승자여야만 했다. 무언가 착오가 있을 거라는 확신이 들었다. 이를테면 최종결정권자가 감기에 걸려 발표일이 늦어졌다든지, 전산오류로 내 전화번호가 사라져 모두들 난감해하고 있을 거라든지 하는 따위의.

점심이 가까워질 무렵 복도로 나가 용기를 내서 전화를 걸었다. ARS의 복잡한 내선번호를 뚫고 나서야 간신히 담당자와 연결이 됐다. 상냥한 목소리였다. 며칠 전에 본 면접 개별통보가 끝났느냐고 물었다. 네,

끝났습니다. 최종면접자 중 합격자가 있는 건가요. 그렇습니다. 네, 알겠습니다. 익숙한 대답이 절로 튀어나왔다. 아무런 감정이 담겨 있지 않은, 아니 오히려 개운한 듯한 내 목소리가.

다시 자리로 돌아왔다. 유 팀장이 자신이 사겠다며 사무실 사람들에게 초밥집에 가자고 했다. 도저히 지금은 초밥을 먹으며 아무렇지 않은 척할 자신이 없었다. 버릇처럼 둘러대는 말이 튀어나왔다.

"정진 씨가 와 있어요."

단지 안의 공원을 걸었다. 운동하는 사람들이 눈에 띄었다. 철봉으로 근육을 단련시키고 숨이 차도록, 피부가 그을리도록 원형 트랙 안을 달린다. 열심히들 사는구나…… 가슴이 따끔따끔했다. 나는 결국 내일로 나아가지 못할 것이다. 언제나 벗어나고 싶은 오늘에 묶여 있을 뿐이다. 영원히 같은 트랙 안에서 빙빙 돌다가 끝날 거다…….

생각 없이 걷다가 예기치 않은 타박을 들었다. 왜 거꾸로 돌고 그래, 부딪히잖아. 운동복을 빼입은 할머니가 눈을 흘긴 채 파워 워킹을 하며 사라진다. 정신을 차려보니 나만 반대 방향으로 걷고 있다. 이 작은 공원에도 돌아야 하는 방향이 있다. 그 방향을 어긋나면 사람들에게 피해를 주는 생각 없는 사람이 되는 거다.

벤치에 앉아 고개를 떨구고 다리 양옆으로 손을 뻗었다. 손끝으로 오래된 나뭇결의 까칠한 감촉을 쓰다듬었다. 눈물이 고이려는 순간, 갑자기 커다란 그림자가 내 얼굴을 가린다.

"가짜죠?"

고갤 들자 규옥이 서 있다. 미소를 짓고 있는데 어째 맘에 들지 않는 미소다.

“나 따라온 거예요?”

“그렇다면 그런 거고, 그냥 얼굴이나 한번 보려고 왔죠. 한 번은 바람 맞은 줄 알았고 두 번째는 투명인간인가 했는데, 세 번째 보니까, 그냥 가짜야, 이 정진 씨란 사람은.”

말문이 막히고 얼굴이 달아올랐다. 이런 걸 들키다니, 아니, 이런 걸 알아내다니 부끄러운 만큼 규옥이 미웠다. 간신히 주장하듯 말했다.

“마음속에선 진짜예요. 나한테 꼭 필요한 사람이기도 하고요.”

“어떨 때 필요한데요?

“왜 다들…….”

내 목소리는 점점 날카로워지고 있었다. 짜증이 일었다.

“왜 이렇게 다들 이기적이죠. 누구나 혼자 있고 싶을 때가 있잖아요. 그러면서 왜 다른 사람도 혼자 있고 싶다는 걸 그렇게들 못 견뎌 하죠? 오죽하면 투명인간을 만들어냈겠냐고요.”

소리치듯 말했다. 규옥은 잠깐 침묵했다.

“혼자 있고 싶은 사람과 함께 있는 것. 정말 정진 씨 아니면 할 수 없는 일이겠네요. 그럼 혼자 있어요, 방해할 생각은 없으니까.”

그대로 가는 줄 알았는데 규옥은 내 옆에 털썩 앉더니 휴대폰에 연결된 이어폰을 내 귀에 꽂았다. 띵띵거리는 피아노의 불협화음이 몇 차례 들리는가 싶더니 가벼운 비음이 섞인 달콤한 남자의 음성이 흘러나온다. 이 목소리는 해리코닉 주니어다. 떨군 시선 끝에 액정에 뜬 곡 제목이 보인다. 〈Don't get around much anymore〉. 나직하지만 꽉 찬 선율이 귀를 메우기 시작한다. 날아가는 새도, 트랙 안을 돌고 있는 사람들도 그 순간만큼은 나를 위해 존재하는 세트나 엑스트라처럼 보였다.

바람이 부드럽게 얼굴을 쓰다듬더니 바닥에 꽃잎을 몇 조각 흩뿌렸다. 하늘은 파랗고 땅은 온통 핑크빛이다. 벚꽃이 핀 기억도 없는데 어느새 바람결에 꽃잎이 하늘하늘 떨어지고 있었다. 인식도 못했는데 벌써 사월 중순이었다. 첫박이 아닌 뒷박에 강세가 실리는 느린 스윙의 템포에 내 심장박동도 천천히 가라앉아갔다.

음악이 끝나고 규옥이 일어섰다. 몇 걸음을 옮기던 그가 뒤돌아 물었다.

"그런데, 이름이 왜 정진이죠? 헤어진 옛 애인 이름쯤 되시나?"

나는 어깨를 으쓱하는 걸로 답을 대신했고 규옥은 알겠다는 듯 손을 한 번 들고는 다시 돌아섰다. 천천히 작아져가는 그의 뒷모습을 보며 정체 모를 안도감이 몸을 휩쌌다. 작은 따스함이 손끝에서 피어나 몸으로 천천히 번져갔다. 갑작스런 온기에 고여 있던 한기가 달아나듯 부르르 몸이 떨렸다.

어쩌면 정진 씨를 만날 때마다 바랐었는지도 모른다. 정진 씨 같은 건 없다고 말해줄 사람이 있기를. 혼자 있지 말라고, 밥을 같이 먹자고 말해줄 사람이 있기를. 혼자 있지 말고 함께하자는 손길을 내밀어줄 누군가가 있기를…….

봄학기는 막바지로 들어서고 있었다. 우쿨렐레 수업도 얼마 후면 끝이었다. 남매와 그 엄마가 사라진 걸 빼면 이탈 인원은 없었고 강좌는 여름 학기에도 그대로 이어져 중급 과정으로 진행될 예정이었다.

우울한 엄마의 아들이 꽤나 발군의 실력을 보이는 가운데, 강사는 그 아이를 가르치는 걸로 보람을 느끼고 있었다. 강사는 제임스 시마부쿠

로를 비롯해 하와이의 천재 우쿨렐레 소녀의 동영상을 보여주며 아이에게 특별한 지도를 했고 자연히 그럭저럭 따라가는 우리에 대한 열의는 좀 저조했다. 그 애의 엄마는 미안해하며 때때로 자신이 직접 구워 온 쿠키나 빵 등을 가져와 우리에게 주었는데 그 뻔하고도 강력한 '먹을 걸로 위안하기' 수법에, 무인과 남은 아저씨는 별말 없이 내내 혼자 악기를 딩딩거리곤 했다. 나로서는 그런 강사의 수업 태도가 불만이었지만 아카데미 내부자라는 직책 때문에 군말을 하기도 뭐해서, 열심히 혼자 현을 튕기는 수밖에 없었다.

강의실 안에서 우리는 서로 잡담을 나누거나 눈빛을 주고받지 않았다. 여름인데도 어딘가에서 냉기가 흘러들어오는 그 강의실 안에서만큼은 약속한 것처럼 모두들 악기와 독대할 뿐이었다. 각자 악기를 들고, 서로의 음과 싸우면서. 그러고 있노라면, 혼자서 네 줄짜리 현을 튕겨 부드럽고 둔탁한 음을 내는 그 의미 없는 행위가 바로 인생이 아닌가 하는 밑도 끝도 없는 생각이 머릿속을 스치기도 했다.

*

김 부장의 문자를 받은 건 어느 금요일 아침이었다. 아무에게도 말하지 말고 점심시간에 근처 카페에서 보자는 내용이었다. 문자를 보는 순간 몸이 굳어졌다. 김 부장은 요새 부쩍 말이 줄어들었다. 쪽지 사건 이후 완전히 다른 사람이 된 것처럼 사무실 안에서 겉돌았다. 게다가 그는 갑자기 휴가를 내고 이틀 전부터 출근도 하지 않고 있었다. 그런데 나를 왜 보자는 걸까.

카페 앞에서 기웃거리고 있는데 그가 눈앞에 불쑥 나타났다. 머리는 공시생처럼 덥수룩해져 있었고 빰을 가득 채운 모공은 아래로 축 처져 있었다.

김 부장과 독대해 얘기를 나누는 건 처음이었다. 가까이서 보니 생각보다 나이가 꽤 들어 보였다. 막연히 오십 대일 거라고 생각했는데 갑자기 늙어버린 건지 육십 대 초반까지도 볼 수 있을 것 같았다. 가장자리부터 허옇게 센 머리는 윤기가 없었고 기름이 흐르는 정수리엔 굵은 비듬이 빼곡히 들어차 있다. 커피를 마시는 동안에도 그가 반복적으로 머리를 긁적였기 때문에 나는 티가 나지 않게 조금씩 뒤로 물러앉고 있었다. 날씨니 뭐니 속 보이는 운을 떼던 그가 불쑥 본론을 꺼냈다.

"지혜 씨한테 제일 먼저 말하네. 나 다음 주부터 안 나와. 그동안 수고 많았어."

갑작스런 말에 입이 벌어졌다. 김 부장이 그만둔다고? 그건 충격적인 것 이상의 사건이었다. 권위적인 태도와 곤란한 습관들이 있긴 했지만 김 부장이 아카데미의 중심이라는 데엔 이견이 없었다. 아카데미가 자리를 잡도록 강좌를 기획하고 인기 강사들을 끌어들여 고정적인 회원층을 확보한 것도 대부분 그의 업적이었다.

"아직 사무실 사람들은 몰라. 윗선엔 사표수리가 됐지. 주말에 짐 싸러 올 거야. 아무도 없을 때."

김 부장이 긴 한숨을 쉬었다. 나도 모르게 몸이 떨렸다.

"혹시 그 쪽지 때문인가요?"

김 부장은 옅게 웃었다.

"아니. 그거랑은 상관없어. 물론 그걸 받고 난 후의 나는 전혀 다른 사람이 되었지만."

다행이라 생각하면서도 안심이 되지 않았다. 그러나 그에게선 예상 밖의 이야기가 나왔다.

"말은 사표인데, 사실 잘린 거야. 사표를 내달라는 부탁을 받고 낸 사표니까. 그냥 수명이 다한 거야. 어차피 인공호흡기 달린 시한부 인생 같은 거였어."

얼핏 그의 과거를 들은 기억이 난다. 꽤 오랫동안 본사에서 잘나갔다가 아카데미로 옮겨왔다고 했다. 그때까지만 해도 거기에 또 다른 사연이 있는지는 몰랐다. 그 사연을 오늘 그의 입을 통해 직접 듣게 되다니.

김 부장은 본사 식품마케팅부에서 꽤 잘나갔다. 한데 신제품 출시를 앞두고 일이 터졌다. 다른 회사에서 출시될 제품과 성분부터 콘셉트까지 비슷했다. 믿었던 후배의 짓이라는 둥 상대 회사에서 정보를 캐갔다는 둥의 여러 설이 돌았지만 그의 책임이었다. 그가 책임자였으니까.

"회사에 갔더니 내 책상이 복도에 나와 있더라. 그래도 난 꾸역꾸역 나가서 종일 그 책상에 앉아 일을 했어. 한 달이나 말이야. 그리고 매일 동기를 찾아가 사정사정했지. 들어올 땐 동기였지만 그때는 내가 무릎을 꿇었어. 그래서 간신히 여기 온 거야."

김 부장의 목소리가 잦아들었다.

"딴엔 열심히 했어. 절대 지면 안 된다는 생각으로 머리도 굴리고 용도 썼지. 더럽고 치졸한 게임이었어. 이기려고 하면 할수록 지고, 용쓰면 쓸수록 빠져드는. 하지만 나름 선방했어."

"그런데 왜요……?"

내가 몽롱하게 물었다.

"인사평가가 안 좋았어. 웃긴 게, 잘하는 거랑 남들 눈에 잘 드는 거랑은 또 별개거든. 그게 바로 센스라는 건데 나는 센스가 없는 인간이었던 거지. 그 쪽지를 누가 썼는지는 모르겠지만 그런 일이 있었다는 건 유팀장이 본사에 언질을 줬을거야. 내 인사 평가에 반영됐겠지. 더 웃긴 건 뭔 줄 알아? 그걸 누가 썼는지는 중요하지도 않고 알고 싶지도 않다는 거야……."

김 부장이 쓸쓸하게 말을 맺었다. 나는 비밀스럽게 손톱을 쥐어뜯었다. 이제 뭐하실 거냐는 물음에 그는 먼 곳으로 시선을 돌렸다.

"회사 잘린 사람이 할 수 있는 거라곤 자영업밖에 없어. 스타트업이니 사업이니 용쓰다 대부분은 결국 그 루트로 빠지더라구. 이제 재취업 박람회도 다녀보고 살길 찾아야지. 언젠간 우리 치킨집에서 만날지도 모르겠네. 그땐 내가 서비스 빵빵하게 줄게."

그가 재미없는 농담을 하며 쓸쓸히 웃었다.

"아무튼 고마웠어. 지혜 씨가 순수하고 성실하게 일한 건 누구도 부인할 수 없을 거야. 그래서 내가 추천했어. 새로 뽑는 것보단 있는 사람을 쓰라고. 지혜 씨는 아직 열정이 있잖아."

열정, 이라는 단어에 가슴이 콱 막혔다.

"나가면서 착한 일 하나쯤 하고 싶더라. 내가 만든 업보를 청산하고 싶은 걸 수도 있고. 그래서 나가는 마당이지만 직접 얘기해주고 싶어서 불렀어. 축하해, 지혜 씨. 이제 정직원 될 거야."

얼떨떨해서 말이 나오지 않았다. 기뻐하기엔 너무 찜찜했기 때문이다. 김 부장은 내 눈빛을 읽은 것 같았다.

"그런 표정으로 볼 거 없어. 나도 처음부터 이랬던 건 아니거든. 난 말야, 지혜 씨 태어날 때쯤 거리에 나갔던 사람 중 하나였어. 세상은 잘못 돌아가고 있으니까 바꾸라고, 직접 대통령 뽑을 수 있게 투표권 내놓으라고, 탁 하고 쳤더니 억 하고 죽더라는 같잖은 말 하지 말라고…… 그렇게 외치려고 거리에 나가 맨바닥에 드러눕고 목이 터져라 노래했어. 나 같은 것쯤은 어떻게 되든 상관없었어, 그땐. 세상이 바뀌는 게 더 중요했으니까."

김 부장의 입가가 떨렸다. 그 떨리는 입술 양옆으로 팔자주름이 괄호처럼 길게 쳐져 있었다.

점심시간이 끝나가고 있었다. 김 부장이 정신을 차린 듯 자리에서 일어섰다. 나는 점점 작아져가는 그의 뒷모습을 오래도록 바라보았다. 광장을 메웠을 패기 어린 젊은이가 그 어딘가에 숨어 있다고 상상해봤다. 그러나 둥글게 허물어진 어깨 안에서 그 청년은 보이지 않았다. 그저 늙어버린 시민이 멀어져가고 있을 뿐이었다.

그리고 그렇게 나는 인턴생활 열 달 만에, 아카데미의 정규직 사원이 되었다.

13. 자기계발의 시대

아끼는 친구에게 취직 턱으로 맛있는 밥을 사주는 기쁨은 취직해보지 않은 자는 모른다. 알량하지만 그게 그날의 명언이었다. 다빈이는 진심으로 기뻐해주었다. 몇 초에 한 번씩 축하해, 잘됐다, 라고 말하면서 울 것처럼 눈까지 촉촉한 걸 보니 얼마 전 나 혼자 속으로 느꼈던 괴리감이 부끄러워졌다.

"나는 네가 끝까지 갔으면 좋겠어."

다빈이의 말에 나도 코끝이 시큰해지고 말았다.

나는 다빈이가 왜 해외를 돌며 방랑하고 방황하다가 때 이른 결혼 제도 안으로 쏙 들어가버렸는지 안다. 그토록 진취적이었으면서 왜 식을 올리라는 부모님 말씀을 끝내 거역하지 못한 건지도.

다빈이에겐 쌍둥이 동생이 있었다. 항상 손을 꽉 붙잡고 다니던 똑같이 생긴 동생이. 지방에서 서울 구경을 온 다빈이의 부모님은 친척이 머물고 있는 아파트에서 사흘을 묵었다. 돌아가기 전날 그들 가족은 근처 백화점에 들렀다. 난생처음 경험해보는 세련된 반짝임으로 가득한 곳이었다. 그리고 그날 그 백화점이 무너졌다. 부모님과 다빈이는 살았다. 그런데 동생은 그렇지 못했다. 쌍둥이 자매는 회색 벽 사이로 고사리 같은 손을 필사적으로 뻗었다. 하지만 구급대원에 의해 먼저 건져진 건 다빈이였다. 다빈이의 몸이 빠져나오던 그 순간 동생 위로 벽이 무너져 내렸다. 벽 틈으로 빠져나온 동생의 작은 손만이 여전히 다빈이를 향해 있었다.

다빈인 말하자면 동생에게서 벗어나고 싶으면서도 영원히 그 장면을 잊지 못하는 아이였다. 그게 살아남은 자에게 남겨진 짐이었다. 모두들 자신을 향해 눈빛으로 이렇게 말한다. 넌 구해졌잖아. 그 죄로 살아남은 자는 앞으로 나아갈 수가 없다. 살아남았다는 죄로 방황하고 구해졌다는 죄로 자기가 하고 싶은 걸 고지식하게 밀어붙이지도 못한다. 그게 다빈이가 적도 너머의 땡볕 아래 값싼 노동력을 제공하다 결국 제 나라로 돌아와 대한민국에 인구를 한 명 보탠 이유다.

그런 생각을 하고 있는 사이에 다빈이가 또 현오 얘길 꺼냈다. 다빈이의 남편은 현오의 친구였다. 그게 다빈이가 현오의 소식을 간간히 알고 있는 이유였다. 현오가 영국에서 돌아왔다는 건 나도 알고 있었다.

"연락 안 해볼 거야?"

다빈이가 괜한 떡밥을 던졌다. 나는 고개를 저었다. 사실 저번에 다빈이가 언질을 준 후에 현오를 이미 만났다는 것까지는 말할 수 없었다.

*

벌집 핏자. 연인을 연인으로 만드는 계기는 다양하다. 우리의 경우 그 계기는 벌집 핏자였다. 학교 가는 길. 지하철역. 적당히 떨어져 앉은 남녀. 양옆에 놓인 두 봉지의 벌집 핏자. 내 봉지가 아닌 다른 봉지로 들어간 손. 엇, 죄송합니다. 아니에요, 계속 드세요. 벌집 핏자 좋아하시나봐요. 보시다시피. 전철 왔어요. 다음에 타죠 뭐, 이왕 드신 거 다 드실 때까지.

벌집 핏자는 우리 사이에서 운명적인 마스코트 과자로 통했다. 운명적인 사랑의 상징, 벌집 핏자.

오 년의 연애. 유통기한이 한참 지난 호르몬. 시소처럼 기울어진 운명. 입사시험에서 줄줄이 미끄러지는 한쪽과 고속발령으로 해외파견 나가는 한쪽. 잦아지는 싸움. 때마침 나타난 그럴듯한 구실. 장거리 연애. 싸움. 화해. 싸움. 화해. 페이드아웃. 이메일로 완전한 결별 통보.

지나고 보니 참 흔하다. 그땐 세상에서 유일하고 남에게 설명할 수 없을 것 같은 사랑인 줄 알았는데. 어쨌든 많이 아팠다. 현오와의 이별은 뭔가를 상징했다. 내 인생의 한 부분이 통째로 떨어져나간 듯한 느낌이었다. 그와의 연애는 내 인생에서 가장 예쁘고 찬란했던 시절의 은유였기 때문이다. 그 시절이 막을 내림에 나는 울었다. 운명은 끝났고 남는 건 김빠지는 후일담이다.

에필로그. 현오가 앉아 있다. 내 눈앞에. 비슷하면서도 얼핏 내가 모르는 취향들이 꺼끌하게 눈에 걸린다. 혐오하던 더블 컷. 관심 없다던 롱코트. 남자가 무슨 향수냐더니 이 냄새는 뭐지. 그래, 삼 년이면 변하고도 남는다. 현오는 말없이 내 앞으로 땅콩그릇을 밀어주었다. 손끝을 보자 손톱모양이 기억난다. 끝이 둥글던 손톱. 나만 알고 있던 버릇들. 더 이상 담을 수 없는 것이 되었지만 은밀한 추억들이 되살아난다.

그런데 무언가가 근본적으로 달라졌다. 현오가 내게 청첩장을 내밀었다든가, 씻을 수 없는 진상 짓을 한 건 아니다. 굳이 이유가 있다면 우리 둘 다 벌집 핏자를 더 이상 먹지 않기 때문일 거다.

작별을 고했다. 안녕. 가볍게 말했을 뿐이지만 마음 깊은 곳에 꾹 잠겨 있던 문을 열고 그를 내보내주었다. 에필로그를 너무 늦게 썼다. 슬픔보다 후련함과 담대함이 더 큰 것만 봐도 이건 완전한 결말이다. 이제야 진짜로 끝이 났다.

*

정직원이 된 뒤 달라진 건 별로 없었다. 규옥은 나의 정직원 승격을 별로 신경 쓰지 않는 눈치였다. 진심으로 축하해주었고 불안해하거나 질시하는 기색은 전혀 없었다. 최소한의 벌이만 있으면 상관없다고 생각하는 것 같았다. 다만 내게서 김 부장의 얘기를 전해 들은 규옥은 생각에 잠긴 채 말이 없어졌다.

"이제 규옥 씨도 조금만 있으면 정직원 될걸요."

그런 말을 건네봤지만 그는 조용히 이렇게 말했을 뿐이다.

"아니요. 나는 그런 목적으로 여기 온 게 아니에요."

하지만 나는 그의 속내를 들을 기회를 놓쳐버렸고 규옥이 남긴 한마디는 그렇게 마음속에서 희미해졌다.

어쨌든 학기 막바지에 김 부장이 빠져나가니 할 일은 더 늘었고 규옥과 함께 하는 자료 준비 및 강의실 정리, 그리고 끝없는 복사도 여전했다. 김 부장의 퇴장으로 가장 분주해진 건 유 팀장이었다. 그녀는 이렇게 작은 조직에서 부장 소리를 듣고 싶지 않다며 한사코 팀장이라는 직책명을 고집하면서도, 비로소 실질적인 일들을 펼쳐나갈 수 있다는 흥분을 감추지 않았다. 원래 하던 일들을 하면서 유 팀장과 단둘이 앉아 새로운 프로그램까지 짜려니 진이 빠질 지경이었다. 유 팀장은 가을학기쯤 아르바이트생을 새로 뽑겠다며 그때까지만 기다리라고 했지만, 실은 김 부장이 빠져나가 남게 된 예산을 스타 강사 초빙료나 수당으로 돌려쓰려는 꿍꿍이가 있었다.

유 팀장은 실용적인 사람이었다. 유월에 시작될 여름학기에 새로운 강좌를 꾸리는 게 그녀의 첫 번째 임무였다. 유 팀장은 아카데미 강좌의 대부분을 차지하고 있는 인문학 강좌의 판도를 싹 바꾸어야 한다고 주장했다.

"이젠 강좌를 통해서도 세상 살아가는 법을 배워야 해."

"세상 살아가는 법이요?"

유 팀장은 엄숙히 고개를 끄덕였다.

"자기계발 말야. 요새는 자기계발의 시대라고. 아니, 자기계발서와 자기계발 강의의 시대라고 해도 과언이 아니지. 돈을 냈으면, 돈이 아깝지 않은 무언가와 교환을 해주는 게 마땅한 거잖아. 쓸모도 없이 금방 까먹을 인문학보다 자기계발이 낫지. 이제는 그게 트렌드야."

회의 끝에 우리는 아예 자기계발 섹션을 따로 마련하기로 했다. 왠지 아카데미가 백화점 문화센터를 닮아가고 있다는 생각이 들었지만 유 팀장의 의욕을 막을 방법은 없었다.

김 부장의 사직은 내게 커다란 혼란이었다. 세상에 대한 분노는 내가 아니라 김 부장이 느껴야 마땅했다. 그의 인사평가에 그 쪽지가 보탬이 되지 않았으리라는 보장도 없었다. 모르긴 해도 규옥조차 그런 생각을 하고 있는 것 같았다. 하지만 나는 아무런 말도 입 밖으로 내뱉을 수 없었다. 그 이면에는, 그 반동으로 이익을 누린 사람이 나라는 죄책감이 숨어 있었다. 다시는 그를 볼 일이 없을 거라는 사실만이 그 죄책감의 면죄부였다.

대개의 인간관계가 그렇게 시간 속에 희석된다. 그러나 드물게는 영영 볼 수 없으리라고 생각했던 누군가를 만나는 경우도 있다. 내가 그랬다. 그 존재가 갑자기 나타나 과거의 수치심을 복기시켰다. 내게 분노와 절망을 가르쳐준, 희미해진 기억 속의 아픈 존재가.

*

유 팀장은 주부, 직장인, 은퇴자로 소구 대상을 나눠 자기계발계에서 유명한 강사들을 추천했고 그들을 섭외하느라 바빴다. 처음엔 무슨 욕심에선지 혼자 다 일을 끌어안으려더니 막상 부딪히자 힘에 부쳤는지 며칠 만에 내게 그중 한 명을 섭외해오라고 지령을 내렸다.

"이 여자를 섭외하면 수강생 넘쳐나는 건 시간문제야. 어쩌면 박 교수 때처럼 정원을 늘려야 될지도 몰라."

"누군데요?"

"공윤. 모르면 찾아봐. 연구해서 강의 기획서도 한번 써보고."

유 팀장이 눈을 찡긋했다.

공윤이라면 나도 들어본 적 있는 이름이었다. 최근에 토크쇼 따위에도 심심찮게 얼굴을 드러내는 지적이면서도 도시적인 이미지의 여자였다. 그날 밤 돌아오는 길에 나는 공윤이라는 여자가 쓴 책을 사 단숨에 읽었다.

한 시간 반 만에 후루룩 책을 읽고 나니 만 육천 원이나 하는 책값이 좀 아쉬워졌다. 내용은 단순했다. 잘나가는 무역 회사에서 멋진 커리어를 쌓아나가던 공윤은, 어느 날 이렇게 계속 사는 것에 의문을 품고 회사를 그만둔다. 그러곤 그동안 결혼 자금을 위해 모았던 돈과 살고 있던 집의 보증금을 탈탈 털어 돈이 다 떨어질 때까지 여행을 계속하기로 한다. 일 년간 그녀는 유럽, 남미, 아프리카 곳곳을 여행하고 다시 인천공항으로 돌아온다. 주머니 속엔 달랑 만 원짜리 한 장이 전부이고 그녀는 이제 갈 곳이 없다. 그녀 앞에는 새로운 시작이 있을 뿐이다…….

책 속엔 그녀가 세계 각지의 친구들과 함께 찍은 사진들이 삽화처럼 들어 있었다. 아프리카 부족의 춤을 배우고 브라질의 커피콩을 따는 사진들을 비롯해서 투스카니의 태양 아래에서 찍은 스스로의 그림자 사진 따위. 책의 마지막 챕터는 방황하는 이 시대의 여성들을 위한 조언 섹션으로 꾸며져 있었다. 자신만의 소망노트 만들기, 목표를 이미지화해서 방에 붙여놓기, 매일 스스로를 칭찬하기 등, 긍정론을 담은 여타의 자기계발서들과 큰 차이는 없어 보였다. 마지막 장엔 그녀가 힘들 때마다 하루에 한 번씩 외웠다는 스스로 만든 주문도 적혀 있었다.

모든 것은 내가 정한 대로 되리라.
우주의 별처럼 반짝이는 나는
세상에서 가장 특별한 존재다.

언뜻 그럴듯해 보였다. 하지만 누군가가 지향점으로 삼기에 이 책에서 제시하는 바는 너무나 부실하고 흔하기 짝이 없었다. 새해 첫날 스타벅스에서 녹차 프라푸치노를 마시며 읽은 뒤 중고 장터에 내놓으면 딱 좋을 책이었다. 책날개에 달린 그녀의 사진을 가만히 뜯어봤다. 몸의 실루엣을 드러내는 아쿠아 마린색 투피스. 짧게 층진 단발. 과하지 않게 포인트만 준 메이크업. 그녀가 무엇을 잘하는지는 어렴풋이 짐작이 갔다. 남들의 눈에 그녀가 멋있어 보인다면 그 이유는, 그녀가 자신의 인생을 드라마로 만들 줄 알기 때문이었다. 그녀는 스스로를 연출하는 법을 알고 있었다.

공윤이 어필할 수 있는 연령층은 후하게 쳐도 삼십 대 중반 이하의 여성이었다. 이미 인생의 궤도에 오른 사람들에게, 직장을 그만두고 꿈을 좇으라며 여행담이나 나열하는 식의 자기계발은 먹힐 리가 없었다. 그녀가 멋져 보이는 데엔 젊음이 가진 일말의 가능성, 그리고 도시적인 허영심이 작용했다.

갑자기 좋은 생각이 떠올라 나는 그 자리에서 기획서를 쓰기 시작했다. 이미 유명세를 얻은 공윤이었기 때문에 어느 정도 이름값으론 어필을 할 테지만, 그럴듯한 타이틀이 필요했다. 스스로의 모습을 돌아보고, 떠날 수 있는 마지막 기회. 내가 생각해낸 강의 제목은 '거울을 보는 여자'였다.

성찰, 반성, 그리고 전혀 다른 새로운 출발. 그것은 거울을 보는 행위로부터 시작된다……. 이런 문장들이 흰 화면 위로 달려 나가고 있었다. 나는 순식간에 작성한 기획서를 유 팀장에게 보냈다.

"괜찮던데?"

다음 날 유 팀장이 나를 보자마자 말했다. 그 정도면 칭찬이다. 유 팀장은 나에게 두 번째 손가락을 총 쏘듯 겨누며 이렇게 말했다.

"섭외!"

기획서를 조금 다듬은 후 이메일에 첨부했다. 글로 섭외를 하는 게 더 효과적일 것 같아, 본문에는 최대한 공손하면서 겸손한 말투로 아카데미 소개를 하고 강좌 의뢰를 했다. 별것도 없는 내용을 수없이 고친 건, 이게 내 책임하에 진행되는 첫 번째 일이라는 부담 때문이었을 거다. 계속된 토씨 수정에 눈꺼풀이 내려앉기 시작할 때쯤, 의도인지 실수인지 구분이 잘 안 되게 전송 버튼을 눌러버렸다.

그 뒤부터는 내내 심장이 뛰어 견딜 수가 없었다. 수시로 수신확인을 클릭했지만 상대가 수신확인 여부를 비공개로 한다면 무의미한 행동이었다. 초조했지만 이상하게 예감이 좋았다. 그녀가 내게 보낼 답신이, 나의 새로운 커리어의 시작일 것만 같은 예감. 저녁을 먹을 때쯤, 예의 바른 답장이 다소곳이 고개를 내밀고 있었다. 나는 연인에게서 온 메시지를 곱씹듯 그 두 문장을 읽고 또 읽었다.

강의는 가능할 것 같습니다.

일단 한번 뵙고 얘기할까요?^^

전화보다 메일이 편하다는 공윤의 말에 따라 나는 편하신 곳으로 가겠다는 답을 보냈고, 몇 차례의 메일이 오간 후에, 합정 근처의 북카페에서 보자는 약속이 정해졌다.

낮인데도 카페는 사람으로 가득했다. 적당한 음악과 소음이 은은한 커피향과 어우러진 가운데 많은 사람들이 책을 보거나 노트북을 펼쳐놓고 무언가를 열심히들 하고 있었다.

나는 구석에 자리를 잡아 앉고는 도착해 있노라는 문자를 공윤에게 보냈다. 잡지를 하나 집어 드는 순간 전화가 울렸다. 여보세요, 라고 말하자마자 저 멀리 앉아 있는 여자와 눈이 마주쳤다. 책날개에서 봤던 얼굴과 같다. 나는 멀리서부터 미소를 지으며 그녀에게 다가갔다.

공윤은 몸에 딱 달라붙는 보라색 원피스를 입고 다리를 꼰 채 소파에 몸을 기대 앉아 있었다. 다가가자 손가락마다 산뜻한 패턴으로 꾸며진 화려한 글리터 젤네일이 눈에 자극을 주었다. 반가움을 가장한 어색한 미소. 일로 처음 만나는 사람들 사이에 흐르는 표정이 오갔다.

"반가워요, 공윤이에요."

그녀가 손을 내밀었다. 첫 만남에서 여자가 먼저 악수를 청하는 것, 그것도 여자가 여자에게 먼저 손을 내미는 경우는 보기 쉬운 인사법은 아니었다. 맞잡은 그녀의 손은 소스라칠 만큼 차가웠다. 차갑지만 어딘가 끈적한 느낌의 손이었다. 그녀가 내 손을 꾹 쥐곤 가볍게 힘을 뺐다. 뱀 한 마리가 손에 단단히 엉켰다가 순식간에 빠져나가는 것 같았다.

"전화통화도 해본 적이 없어서, 번개라도 하는 것 같네요. 반갑습니다. 김지혜입니다."

별것 아닌 말을 하고 있는데 공윤의 눈이 점점 커지기 시작했다. 영문을 몰라 나도 어깨를 으쓱했다. 부릅뜨듯 커지던 그녀의 눈이 무언가를 회상하듯 한순간에 얇아졌다. 갑자기 불안한 감정이 엎지르기라도 한 듯 번져갔다. 아주 오래됐지만 익숙한 불안함. 다 지워진 줄 알았는데 순식간에 의식 저 깊은 곳에서 수면 위로 낚여 올라온 날카롭고 고통스런 감정. 그것의 정체를 깨닫는 순간 그녀가 입을 열었다.

"나 누군지 모르겠어?"

그래, 저 미소. 결코 잊을 수 없는 미소였다. 처음 내게 이름을 묻던 그날. 그날도 그녀는 그렇게 웃으며 말했었다. 나 지혜야. 너랑 이름이 같아. 우리 친하게 지내자.

그리고 내 앞의 그녀가 나를 향해 십삼 년 만에 똑같은 미소를 띤 채 말을 걸고 있다.

"나 지혜야."

마치 이 세상에 지혜라는 이름을 가진 사람은 하나밖에 없다는 듯한 확신 있는 말투. 얼음이 굴러가듯 낭랑한 목소리와 오른쪽이 더 휘어져 올라간 입술. 심장이 차갑게 얼어붙었다. 내 앞에 서 있는 건, 지혜였다.

지혜는 단 한 번도 자신을, "나도 지혜야"라고 말한 적이 없었다. 지혜는, 그냥 지혜였다. 내가 백사장에 깔린 모래알 중 하나에 불과하다면 그 애는 고유명사였고 굵은 대문자로 써진 이름이었으며 오로지 그녀 그 자체였다.

우리는 한 반이었다. 출석부상으로 그녀는 김지혜A였고 나는 김지혜

B였다. 그리고 그 애는 절대로 나를 지혜라고 부르지 않았다. 내 호칭은 처음부터 끝까지, '삐'였다.

14. 삐

"우린 친구잖아."

잊을 만하면 그녀는 그렇게 말했다. 그 말은 그녀가 즐겨 쓰는 회유이자 달콤한 고문이었다. 고등학교 1학년 때 우리는 같은 반이었다. 새 학기 첫날 짝이 된 게 계기였다. 지혜는 학기가 시작되기 직전 전학을 와서 학교에 아는 친구도 없고 동네 지리도 잘 모른다고 했다. 도와줄게. 내가 아무렇지 않게 말을 던졌다. 그러자 그녀는 나와 함께 집에 가자고 청해왔다.

"내가 낯을 좀 가려서, 너랑 둘이만 가면 안 될까……."

거절하기 힘든 말투였다. 그녀는 내가 본디 친했던 다른 무리들과 떨어져 자신을 안내할 것을 원했다. 전학을 왔으니까 며칠만이라고 친구들에게 둘러댔지만, 그걸로 그 애들과의 결속은 저절로 흐트러졌다. 왜

나였는지는 모르겠다. 그냥, 그녀의 눈에 가장 먼저 띈 게 나였을 거다. 나는 그녀와 밥을 먹고 함께 집에 가고 고민을 들어주었다.

베프, 고마워. 베프, 잘 자. 베프, 사랑해! 그녀는 자주 문자나 쪽지를 보내왔다. 하지만 단짝 친구라고 부를 만한 관계는 오래가지 않았다. 어디서나 눈에 띄는 또렷한 외모와 독특한 아우라. 그것만으로도 그녀는 사람을 끄는 매력이 있었고 하나둘 그녀의 '격에 맞는' 친구가 나타났다. 그녀가 내게 기댈 필요가 없어지는 데엔 많은 시간이 필요치 않았다.

우리는 더 이상 함께 집에 가지도, 속 얘기를 터놓지도 않았다. 그러나 변함없는 게 하나 있긴 했다. 내게 하는 부탁들. 그때마다 애교 섞인 웃음을 보이며 그녀는 이렇게 말했다. 우린 친구잖아. 하지만 지혜의 부탁이 언젠가부터 차가운 명령조로 변해갈 때쯤, 우리는 이미 친구가 아니었다. 말만 하면 다 들어주는 아이, 비서, 잔심부름꾼, 어쩌면 시녀나 몸종. 그게 지혜가 생각하는 나, 삐의 역할이었다.

내 임무는 잡다했다. 매점에서 간식 심부름은 기본이었고 변덕스런 취향에 따라 점심시간에 몰래 교문 밖을 나서 그 애가 원하는 브랜드의 생리대를 사다주어야 했다. 대리인처럼 그 애의 말을 대신해서 다른 아이에게 전해주기도 했고 수업 준비물도 알아서 준비해놓는 일상이 이어졌다.

지혜는 내게 돈을 갈취하거나 폭력을 행사하지는 않았다. 돈 계산은 언제나 깔끔했고 가끔은 내게 호의를 베풀듯 선물을 했다. 생일 때면 꾹꾹 눌러쓴 카드를 백화점에서 파는 립글로스와 함께 내 가방에 몰래 숨겨두기도 했다. 나는 늘 헷갈리는 기분으로 그녀의 말을 따르는 수밖에 없었다. 아이들은 내가 물질적인 대가를 받고 그러는 거라고 수군댔지만 내게 변명할 기회 같은 건 주어지지 않았다. 나는 그 애의 심복이었고, 초라하지만 버리기엔 유용한 도구였으며, 우린 친구잖아, 라는 말 한마디에 쉽게 설득되는 손쉬운 먹잇감이었다. 친구는 이런 게 아니잖아. 먼저 그렇게 말할 용기가 내게는 없었다.

사건은 어느 날, 담임이 아끼던 코끼리 장식물이 없어지면서 시작됐다. 미술 교사였던 담임은 교실을 꾸미는 것에도 관심이 많아서 각종 그림이며 장식물들을 교실에 두곤 했다. 광적인 수집벽이 문제가 되어 이혼을 했다는 소문도 있었지만 그는 개의치 않았다. 어느 날 담임은 멜론 크기만 한 유리 코끼리를 가져왔다. 유명한 대만 유리공예 작가의 작품으로 아주 비싼 거라는 설명을 덧붙이는 것도 잊지 않았다. 하지만 수업이 끝난 후, 그는 그것을 교무실로 가져가는 것을 잊었고, 몇 시간동안 아이들은 우스꽝스럽게 생긴 코끼리 조형물을 보며 헤죽거렸다. 그날 체육 시간이 지난 후 교실로 돌아왔을 때 코끼리는 사라져 있었다.

범인이 쉽게 잡힐 리가 없었다. 담임은 한 학기 내내 범인이 누구인지 밝히려는 노력을 그만두지 않았다. 그의 방법은 끈질긴 구석이 있었다. 종례가 끝나고 다른 반 아이들이 모두 하교하는 동안 우리 반 아이들은 매일같이 삼십 분씩 더 남아 있어야 했다. 학원 수업이니 집에 일이 있다느니 핑계를 대도 어지간해서는 먹히지 않았다. 우리는 모두 눈을 감고 담임이 교실 앞을 왕복해 걸으며, 늦지 않았으니 조용히 손을 들라고 하는 히스테릭한 궤변을 매일매일 삼십 분간 참아내야 했다. 그 의식은 한 학기 내내 지속됐고 담임은 학년이 끝날 때까지 범인 색출 작업을 계속할 거라며 고집을 부렸다.

그 무렵 나는 지혜의 심부름꾼 노릇을 하는 것에 회의가 깊어가고 있었다. 내가 사라져가는 느낌이었고 관계는 점점 수직적인 명령처럼 행해지고 있었다.

"야, 삐!"

하루에도 수차례씩 지혜는 나를 향해 소리쳤다. 내 이름은 더 이상 지혜가 아니었다. 반 아이들도 나를 삐라고 불렀다. 그때가 내 인생을 통틀어 내가 가장 독특한 이름으로 불렸던 때였다. 지혜는 다른 아이들과 어울렸고, 나와 원래 같이 다녔던 아이들은 제들끼리 단단한 화젯거리가 생겨 그 틈에 내가 다시 낄 수도 없었다. 아무도 나를 괴롭히지 않았지만 그렇다고 내게 먼저 손을 내미는 사람도 없었다. 나는 이미 외톨이였다. 혼자 밥을 먹고 혼자 집에 갔고, 그 와중에 지혜가 시키는 잡다한 일들은 점점 늘어갔다. 이제는 그만두어야 했다.

우리는 배스킨 라빈스에 마주 앉아 있었다. 우리 사이에는 아이스크림 세 종류가 놓여 있었다. 지혜가 산 아이스크림이었다.

"내가 살게. 너한테 언제나 고맙게 생각하고 있거든. 그건 그렇고, 중요하게 할 말이 있다는 게 뭐야?"

지혜가 아이스크림을 핥아먹으며 물었다. 나는 그 애가 내게 무슨 아이스크림이 먹고 싶은지 묻지조차 않은 걸 떠올렸다. 나는 잔뜩 힘이 들어간 어깨와 더듬거리는 말투로, 앞으로는 나에게 뭔가를 시키지 말았으면 좋겠다고 말했다. 잠깐의 침묵이 흘렀고 지혜가 아이스크림 스푼을 탁 소리가 나게 내려놓았다. 그러더니 턱을 괴고 나를 길게 바라봤다.

"그거 알아? 난 우리가 친구라고 생각했어. 아주 친한 친구."

나도 한때 그렇게 생각했지만 지금은 아니라고 말했다. 내가 잘못한 것처럼 들리는 내 목소리가 맘에 들지 않았다. 지혜는 톤을 높여 구슬이 굴러가듯 또르르 웃더니 비밀스럽게 속삭였다.

"우리 집에 놀러 올래? 아직 아무도 우리 집에 놀러 온 친구 없어. 그게 너라면 어떨 것 같아?"

그러고 나서 지혜는 나의 손을 잡았다.

지혜가 나를 데리고 간 곳은 학교 뒤편의 쓰러져가는 재개발 지구였다. 골목을 돌고 돌아 우리의 발길이 멈춘 곳은 폐가처럼 보이는 어두운 집이었다. 삐걱대는 문을 열고 성큼 집 안으로 발을 옮기며 지혜가 발랄하게 물었다.

"이게 내 현실이야. 놀랐어?"

나는 아니라고 말했지만 어조가 높아져서 스스로 듣기에도 변명하는 것처럼 느껴졌다. 서둘러 그 애를 따라 들어갔다. 집은 빛바랜 고동색이었고 무척 어두웠다. 공기는 탁했고 퀴퀴한 냄새가 코를 찔렀다. 안쪽에서 누군가가 쿨럭이는 기침 소리가 들려왔다.

"우리 할머니야. 볼래?"

고개를 저었지만 지혜는 이미 내 손을 잡아끌고 있었다. 문이 열리자 섬뜩한 풍경이 펼쳐졌다. 머리가 짧게 잘린 백발의 노파가 입을 헤 벌린 채 천장을 쏘아보고 있었다. 짧게 분절된 기침 소리가 메트로놈처럼 규칙적으로 공기를 울렸다.

"할머니, 나 왔어요. 여기, 내 친구."

지혜는 그렇게 말하더니 바닥에 앉아 노파의 얼굴을 쓰다듬었다. 깊은 주름이 팬 더러운 얼굴이었다. 주변으로는 쓰레기가 어지럽게 흩어져 있었다. 노파는 물기가 어린 눈으로 천천히 얼굴을 돌려 나를 바라보았다. 나는 갑자기 마주하게 된 현실이 너무 당황스러워 시선을 바닥에 떨어뜨렸다.

"편하게 얘기해. 이 할머닌 아무것도 듣지 못해. 확실하진 않지만 관찰해본 결과 그런 것 같아. 모르지, 적어도 생각은 할지도."

애완동물에 대해 설명하듯 지혜가 아무렇지 않게 말하고 있었다. 잔인한 말과 대비되게 그 애는 여전히 정성껏 노파의 더러운 머리칼을 쓰다듬고 있었다.

"네 할머니가 아니라는 거야?"

"응."

지혜가 다소 도전적으로 답했다.

"하지만 내가 찾아냈어. 아무도 찾지 않는 사람을 말야. 그러니까 우리 할머니라고 할 수 있지 않아?"

그 말 뒤에, 아무도 원하지 않는 너를 친구로 삼고 있는 것처럼, 이라는 말이 숨어 있는 것 같아 두려워졌다.

그 집은 지혜와 아무 상관이 없었다. 지혜는 폐가를 돌아다니다가 그 집을 우연히 찾아내고는 가끔씩 들어가 말동무를 해주고 있는 거였다.

지혜는 몸을 벌떡 일으켜 벽에 걸린 흐릿한 거울을 들여다보며 머리를 매만졌다.

"좀 뒤져보니까 나름 교육받은 할머니더라. 그 시대에 고등교육도 받고 학교 선생님까지 했더라구. 아들도 둘이나 있어. 그런데 인생의 마지막에 이런 그림이 있을 거라고 누가 상상이나 했겠니. 너도 나도 미래를 모른다는 점에선 똑같다고 생각해."

그 순간 노파가 몸을 뒤척였다. 그리고 그때 나는 무언가 낯익은 것을 보고 말았다. 내 표정을 눈치챈 지혜가 이불로 그것을 가리려 했으나 내가 한발 빨랐다.

"이거……."

거기까지 말하고 나는 더 이상 말을 잇지 못했다. 그건 담임의 유리코끼리였다. 신전을 지키듯 그건 숨을 쌕쌕이고 있는 노파의 품속에 다소곳이 놓여 있었다. 지혜는 가볍게 한숨을 쉬었다.

"할머니한테 도움이 될 거야. 코끼리는 다복함과 장수의 상징이니까."

"하지만, 이건 담임 거잖아."

"그래, 그랬었지. 하지만 지금은 아니야."

지혜가 타이르듯 부드럽게 말했다. 나는 뭐라고 답해야 할지 몰라 시선을 내렸다. 그러자 내 가슴이 빠르게 오르내리는 게 보였고 좁은 실내에 비해 너무 큰 내 숨소리가 원망스러웠다.

"나한테 실망했니?"

지혜의 눈이 번들거렸다. 친절하게 묻고 있었지만 그 애가 화가 났다는 것쯤은 알 수 있었다. 나는 황급히 부인했다.

"아니."

"나도 내가 잘했다고는 생각하지 않아. 분명 잘못한 거야. 그런데 기회가 없었을 뿐이야. 제자리에 갖다놓을 기회 말이야."

몇 달간이나 하루 일과가 끝나면 삼십 분씩 눈을 감고 있는 교실의 정경이, 담임의 화난 얼굴이 떠올랐다. 도대체 누가 범인이길래 이런 고생을 하냐고 너도 불평했었잖아. 그 말을 내뱉지 못한 내 얼굴이 붉어지고 있었다. 지혜가 눈을 동그랗게 뜬 채 내 얼굴 가까이 다가왔다.

"실망한 거 맞나보네. 저런, 볼까지 빨개졌잖아."

"아냐……."

"아니, 넌 나한테 실망했어. 난 단지 불쌍한 할머니에게 좋은 일을 한 것뿐인데도 내 말은 들으려고도 안 하고 있지. 난 항상 널 특별하게 생각했어. 그런데도 너는 일방적으로 우리 관계를 끝내려 하고 그것도 모자라서 우정 전체를 의심하고 있지."

지혜가 할머니의 짧은 머리칼을 쓰다듬으며 말했다.

"정말로…… 서운하네."

견디기가 힘들었다. 머릿속엔 이곳에서 어서 빨리 나가고 싶다는 생각뿐이었다. 어느새 내 입에선 나도 모르게 이런 말이 흘러나오고 있었다.

"널 믿게 하려면 어떻게 해야 되는데?"

지혜가 동작을 멈추고 나를 흡족하게 바라보았다. 이제야 말을 알아들어서 반갑다는 얼굴이었다.

"네 우정을 보여줘. 네가 제자리에 돌려놔. 날 대신해서. 친구를 대신해서 그 정도는 할 수 있잖아."

나는 할머니가 꽉 그러안고 있는 코끼리를 바라보았다. 그것은 시종일관 아무 말이 없었다.

체육시간이다. 아이들이 모두 옷을 갈아입고 운동장으로 나간다. 햇살은 뜨겁고 바람은 꽃가루라도 실어나르는지 계속 볼이 따갑고 가렵다. 두 명씩 나가 배드민턴을 친다. 몰래 대열을 이탈해 교실로 들어온다. 가방 안에 들어 있는 코끼리를 꽉 쥔다. 너무 커서 한 손으론 잘 잡히지 않는다. 심장이 뛰고 얼굴이 화끈거린다. 손에 쥔 코끼리를 교탁 구석에 가만히 놓는다. 성공이다. 이제 다시 운동장으로 나가면 된다. 몸을 돌린다. 누군가와 눈이 마주친다. 엎드려 자고 있던 아이가 나를 빤히 바라보고 있다. 당황한 나머지 몸이 교탁을 친다. 코끼리가 오뚝이처럼 좌우로 흔들거린다. 결국 그것은 바닥으로 낙하하고 만다. 코끼리의 형체가 분해되며 날카로운 파편들이 뛰쳐나가듯 사방으로 튄다. 아이들이 몰려오기 시작한다. 두 명, 아니 세 명이다. 아이들의 입이 벌어지고 나는 멍하니 손을 떨며 서 있다.

그날 종례시간에 담임은 모두가 있는 앞에서 나를 일으켜 세웠다. 어떤 경위로 훔쳤느냐고 다그쳐 묻는데 나는 시종일관 입을 앙다물고 있다. 담임이 출석부로 머리를 몇 차례 친다. 몇십 개의 눈동자가 내게 욕과 비난을 퍼붓는다. 나는 구원을 바라는 눈길로 지혜를 바라본다. 그 애는 이어폰을 끼고, 책을 보고 있다. 음악에 취한 듯 규칙적으로 머리를 부드럽게 끄덕인다. 태연한 얼굴, 자신과는 전혀 상관없다는 표정이다.

그 후 다시는 지혜와 말을 나눌 기회가 없었다. 2학년 초 그녀는 군인이었던 부모님을 따라 다시 전학을 갔고 나머지는 모두 내 몫이었다. 남아 있는 학창 시절 내내 나는 파렴치한 도둑년이었다. 교정을 걷고 있노라면 장문의 협박 편지가 머리 위에서 날아들기도 했다. 다행히 그런 일들은 오래가지 않았다. 결정적으로 누군가가 내게 돌을 던지며 욕을 했을 때, 내가 소리를 지르며 스스로의 머리를 쥐어뜯은 적이 있다. 그때의 기세가 꽤나 대단했던지 아이들은 더는 나를 괴롭히지 않았다. 그때의 트라우마로 나는 대인기피증이 생겼고 고개를 숙이고 다니는 버릇이 생겼다. 사람의 얼굴을 똑바로 잘 바라보지 못하는 것도 모두 그때의 경험이 만들어낸 후유증이다.

지혜가 떠난 후 딱 한 번 그 폐가 근처를 서성인 적이 있다. 그 자리는 완전한 공터가 되어 있었고 그 위로 빠르게 아파트가 올라갔다. 기괴한 노파의 어두운 방 같은 건 내 마음속에만 있던 신기루였던 양, 어디서도 그것들이 진짜로 존재했다는 증거를 찾을 수 없었다.

어른이 되고 나서도 그 기억은 악몽처럼 나를 쫓아다니며 괴롭혔다. 꿈은 늘 내가 바닥에 쏟은 코끼리의 잔해를 주워 담으며 내가 한 게 아니라고 외치는 데서부터 시작한다. 내 목소리는 큰데 아무도 듣고 있지 않다. 나는 힘을 다해 소리치지만 앞에 서 있는 사람들의 귀엔 아무것도 들리지 않는다. 나는 점점 크게 악을 쓰다가 마침내 주저앉아 운다. 갑자기 머리 위로 누군가의 따스한 손길이 느껴진다. 얼굴을 들면 지혜가 서 있다. 나풀거리는 하얀색 긴 잠옷을 입고 나를 내려다보며 위로한다. 괜찮아. 다른 사람은 몰라도 나는 알고 있어. 네가 잘못한 건 아무것도 없다는 걸. 나는 그녀에게 안겨 울기 시작한다. 문득, 맞잡은 그녀의 손이 너무 앙상해 고개를 든다. 흉측한 얼굴이 나를 보고 웃고 있다. 검게 주름이 진 노파의 얼굴이다. 나는 몸을 떨며 잠에서 깬다…….

15. 도망

샤워기에서 물줄기가 쏟아졌다. 머리 위로 떨어지는 뜨거운 물이 발끝에 닿을 즈음엔 이미 차갑게 식어 있었다. 아직도 몸이 떨렸다. 그녀의 법적 이름은 이제 김지혜가 아니라 김공윤이다. 작명소에서 나름 비싸게 받은 이름으로 개명신청을 한 지도 오랜 일이었고 활동명은 공윤이라고 했다. 그녀가 차갑게 웃었다.

"지혜는 솔직히 너무 흔하잖아."

공윤과 나 사이에 많은 말이 오가지는 않았다. 우리는 아무렇지 않게 강좌 계획에 대해 얘기를 나눴고 나는 내내 떨리는 손을 무릎 아래로 숨긴 채 그녀에게 지급될 보수와 강의 시간을 얘기했다. 헤어지기 직전 그녀가 말했다.

"가끔 네 생각을 하긴 했었어. 혹시 네가 날 원망하고 있는 건 아닌가

하고 말야. 그치만 다 어렸을 때 일이니까."

그러곤 싱긋 웃었다. 한쪽 입꼬리가 비틀려 올라가며 작은 보조개가 패는 웃음. 그 웃음 앞에서 나는 언제나 지고 만다. 십삼 년 만인데도 나는 그런 그녀에게 희미한 미소를 되돌려주었다. 진한 열패감이 나를 휩쌌다. 나는 욕실 바닥에 몸을 둥글게 말고 앉아 퍼붓는 소나기 같은 물을 맞았다. 여전히 한 치도 자라지 못한 느낌이었다.

내심 그녀의 강좌가 취소되기를 바랐다. 그러나 헛된 바람이라는 걸 증명이라도 하듯 수강 신청은 며칠 만에 조기마감 됐다. 상큼한 표정을 지으려 애쓰며 그녀를 강의실로 안내한 후, 창문을 통해 강의 모습을 훔쳐봤다. 첫 강의에도 그녀는 자기소개 따위로 시간을 때우는 짓은 하지 않았다. 연신 손으로 커다란 제스처를 쓰며 똑 부러지게 말하는 그녀에게서 자신감이 잔뜩 묻어난다. 그녀의 얼굴은 많이 바뀌었다. 본바탕도 예쁜 편이었지만 눈매와 코를 손보고 나니 전의 모습은 찾기 힘들다. 그녀가 내게 먼저 알은체를 하지 않았더라면 나는 그녀를 알아보지 못했을 것이다. 차라리 그편이 나았을 거다.

"무슨 일 있어요?"

어느새 다가온 규옥이 어깨를 툭 쳤다. 대답 대신 나는 힘없이 웃고 말았다. 어차피 내가 어떻게 할 수 있는 게 아니라면 굳이 화제로 올리기에도 구차한 얘기다.

울적할 때면 규옥과 무인, 남은 아저씨와의 모임에 꼈다. 한동안 특별한 활동이라고 할 만한 것을 벌이지 않았지만 그들과의 대화는 언제나 유쾌했다. 하지만 그때뿐이었다. 그들과 헤어져 집으로 돌아올 때면 더 낙오자가 된 것 같은 기분이었다. 여전히 나는 초라한 집으로 지친 발걸음을 옮기고 있었고, 그건 결국 내가 변화시킨 게 아무것도 없다는 걸 의미했다. 내 앞가림도 못하면서 세상에 잣대를 매기는 게 온당치 못한 허영심처럼 무겁게 마음을 짓눌렀다.

공윤을 아카데미 안에서 마주치는 건 곤욕스러운 일이었다. 내 삶은 그녀의 강의가 있는 수요일을 기점으로 일주일 단위로 재편성됐다. 평화는 강의가 끝난 수요일 저녁부터 금요일 밤까지밖에 이어지지 않았다. 토요일 아침이 되면 벌써부터 스멀스멀 불편한 기운이 감지됐고 주말을 지나는 동안 그건 물리적인 것으로 뒤바뀌어서 기침을 동반한 열이 나고 몸에는 두드러기가 돋아났다. 멀리서 공윤의 발소리만 들려도 온몸이 그녀의 등장을 감지했다.

반면 규옥은 공윤과 꽤 친해졌는지 이런저런 농담을 주고받는 사이로까지 발전한 모양이었다. 관심은 주로 공윤 쪽에서 보였다. 어쩌다 규옥이 보이면 꼭 다가가 먼저 말을 걸고 때로는 그에게 음료를 건네기도 했다. 복도 너머로 규옥과 공윤의 웃음소리가 들려올 때마다 나는 작아져만 갔다. 괜히 규옥에게도 차갑게 대했고 속에서는 아카데미를 그만두겠다는 생각만 몸집을 부풀려나가고 있었다. 그 생각에 기름을 부은 건 강의가 중반으로 향해 가던 어느 금요일 회식 자리에서였다.

*

아카데미 직원들만 참석하는 회식인 줄 알았다. 뒤늦게 얼굴을 들이

미니 강사 몇몇이 참석해 있었고 웬일로 규옥도 자리를 차지하고 있었다. 얼마 후 그 자리에 공윤이 왔다. 오자마자 그녀는 좌중을 휘어잡았고 나는 규옥과 웃으며 얘기하는 공윤의 모습을 보지 않기 위해 맥주만 들이켰다. 어느 정도 얼굴이 벌게졌을 때쯤, 우연히 그녀와 눈이 마주쳤다. 그녀는 과장된 표정을 지으며 내게 건배를 제안했다. 말없이 잔을 들었고 그녀의 잔이 충돌하듯 내 잔을 밀쳤다. 쨍, 소리가 나는 순간 그녀가 모두를 향해 낭랑하게 외쳤다.

"그거 알아요? 지혜랑 나, 고등학교 동창인 거?"

"정말요?"

유 팀장이 되묻자 공윤은 의외라는 듯 나를 쳐다봤다.

"말 안 했어?"

"응…… 그냥 뭐, 여기선 하는 일도 다르고 하니까."

내가 얼버무렸다.

"그렇구나. 우리 친했어요. 밥도 같이 먹고 집에도 같이 가고. 내가 신세 많이 졌죠."

"무슨 신세요?"

규옥이 끼어들었다.

"글쎄요. 빚진 우정이랄까."

공윤이 의미심장한 말투로 말했다. 무슨 빚이냐고 여기저기서 묻는 목소리가 들렸다.

"네가 말해볼래?"

공윤이 나를 떠보듯 물었다. 대답 대신 전화기를 집어 들었다. 여보세요. 응, 응. 구석으로 몸을 옮기며 아무 말이나 지껄인 후 전화를 끊고 돌아왔다.

"저 먼저 가봐야 할 것 같아요. 친구가 계속 기다리고 있다고 해서요."

"누군데? 애인이야?"

공윤의 새된 목소리가 시끄러운 호프집 내부의 소음을 뚫고 모두의 귀에 안착했다.

"아마 그럴걸요. 우리도 본 적 없는데, 애인인 거 같기도 하고…… 애인 맞지?"

유 팀장이 거들었다.

"네, 애인 맞아요."

이미 출입구로 향하고 있는 몸을 돌리면서 나는 그렇게 중얼거렸다.

외로웠다. 돌아오는 발걸음 내내. 정진 씨와 함께 술을 마셔보는 건 처음이었다. 항상 밥이나 차를 마셨지 술을 핑계 댄 건 처음이었으니까. 그건 나 혼자 술집에서 술을 마셔보는 것도 처음이라는 뜻이었다. 일전에 모두와 함께 왔던 엘피 바였다. 사람은 적었고 나는 벽을 등지고 앉아서 맥주병을 높이 추켜올렸다. 이미 술이 꽤 올라 있어서였는지 목 안으로 비릿한 액체가 흘러들어가는 게 남의 몸인 양 둔감하게 느껴졌다. 그만둘 거다. 나는 그렇게 결정했다. 내일 당장 가서 그만둔다고 말할 것이다. 술을 한 모금 더 털어 넣으며 스스로를 다독였다. 이 상황에서 빠져나가는 방법은 그것 말곤 없다.

"그것 참, 말 되게 안 듣네. 정진 씨 좀 그만 만나라니까요."

누군가가 앞에 앉아 있었다. 규옥이었다.

"여긴 또 왜 왔어요?"

내가 꼬부라진 혀로 물었다.

"왜냐고요? 상황 봐서 지혜 씨한테 고백하려고 했는데 애인 만난다길래 경쟁자 얼굴이나 보려고 왔죠."

규옥이 가볍게 웃었다.

"농담할 기분 아닌데요, 나."

침묵이 흘렀고 다시 그 침묵을 깬 건 나였다.

"그만두려고요, 나."

"왜요?"

"그럴 상황이 생겼어요……."

규옥이 흐음, 하고 숨을 내쉬며 재미있다는 듯 손가락으로 테이블을 두드렸다.

"이제 막 기회를 얻었는데 그런 말이 쉽게 나와요? 인생 쉽게 살았나 보네."

"쉽게 산 적 없어요."

내가 규옥을 노려봤다.

"그래서 이젠 편안해지고 싶은 것뿐이에요. 꿈 같은 거, 하고 싶은 거 따위 생각할 필요 없이 남한테 치이지나 말고 하루하루 편안하게 살아 보고 싶어요. 내가 제일 지긋지긋하다고 생각하는 말이 뭔 줄 알아요? 치열하다는 말. 치열하게 살라는 말. 치열한 거 지겨워요. 치열하게 살았어요, 나름. 그런데도 이렇다구요. 치열했는데도 이 나이가 되도록 이래요. 그러면 이제 좀 그만 치열해도 되잖아요."

마치 규옥에게 모든 비난을 퍼붓기라도 하듯 언성이 높아지고 있었다. 숨을 가다듬기 위해 손부채질을 했다. 규옥은 강냉이를 한 움큼 입

안에 털어 넣더니 부스럭 소리가 나게 그것들을 다 먹어치운 후 입을 뗐다.

"지혜 씨한테 전부터 궁금한 게 있었는데 이 기회를 통해 물어봐도 될까요?"

"맘대로 해요. 이미 묻고 있잖아요."

"스스로가 계속 전진하고 있다고 생각하는 거 같은데 그게 사실은 도망치는 거라는 걸 알면서 모르는 척하는 거예요, 아니면 정말로 진짜라고 생각하는 거예요?"

꼬인 말의 타래를 풀기 위해 잠깐 머리를 굴렸다. 이 와중에 저렇게 배배 꼬아 말하는 규옥이 얄미웠다. 내가 답하기도 전에 규옥이 내 말을 가로챘다.

"생각해본 적 없다면, 한번 생각해봐요."

그가 테이블 앞으로 훅 몸을 기울여 속삭이듯 중얼거렸다.

"그리고 정진 씨는 이제 그만 만나요. 영양가 없는 친구라고!"

비틀대는 걸음으로 집으로 돌아왔다. 간신히 문을 열고 신발을 팽개치듯 벗은 후 화장실로 들어가 헛구역질을 몇 차례 했다. 나오는 게 아무것도 없었다. 토하고 싶은데 게워내는 것조차 마음대로 되지 않는다니, 세상은 대체 왜 이 모양인 걸까. 이런 사소한 일까지 내 의지대로 행해지지 않는다는 게 갑자기 무척이나 서러워져 나는 엉엉 소리를 내서 울부짖었다. 너무 취해서인지 눈물도 별로 나오지 않았다. 세면대를 양손으로 부여잡고 고개를 들어 거울을 마주 봤다. 서른 살의, 젊다면 젊은 낙오자가 서 있었다. 아니 성공한 적이 없기 때문에 낙오한 적도 없다. 잘나갔던 적도 없기 때문에 슬럼프라는 말도 사치다. 그저 하루하루

살았을 뿐이다. 내 깜냥만큼, 내 능력만큼. 내 성격이 받쳐주는 딱 그만큼. 그게 나였다.

돌이켜보면 그랬다. 생각대로 행해진 건 없었다. 결정적인 순간에 나는 내가 결심한 것을 늘 보류했다. 나는 영원히 정진 씨와 헤어지지도, 맘먹은 대로 사직서를 내지도 못할 거다. 도망친다는 규옥의 말은 그런 뜻인지도 몰랐다.

16. 존재의 확인

공윤은 성실과는 거리가 멀었다. 총 열두 번의 강의 중 그녀가 펑크 낸 것만 벌써 두 번째였다. 그때마다 우리는 규정대로 수강생들에게 공지를 하고 환불을 해주어야 했다. 유 팀장이 강사료에서 그만큼을 제해야 할 것 같다는 규정을 점잖게 언급하자 공윤은 눈도 깜짝 않고 고갤 끄덕였다. 그 정도 돈은 얼마 되지도 않는다는 듯한 표정이었다. 그럼에도 불구하고 강의 때만큼은 집중했기 때문에 수강생들에게서 볼멘소리가 나오지는 않았다. 그것도 능력이라면 능력이었지만 관리자 입장에서는 상당히 신경이 쓰였다. 그녀는 강의시간에 언제나 아슬아슬하게 도착했고 도착하기 전까진 전화도 받지 않았다. 일정이 바쁘고 운전 중에 사오기가 어렵다며 그녀가 사무실에 특별히 부탁한 건 '커피'였다.

공윤은 커피를 좋아했다. '그 커피'가 아니면 정신이 안 들어 도저히 강의를 할 수가 없다고 했다. 그녀가 좋아하는 커피숍은 아카데미에서 길을 건너 칠 분 정도 걸어야 있었다. 우리나라에 들어온 지 얼마 되지 않아 아직 매장이 드문 축에 속하는 곳이었다. 성가시다고 느껴지기엔 충분한 거리였다. 그녀가 원하는 커피는 샷이 세 개 들어간 뜨거운 아메리카노였다. 반드시 그녀의 전용 텀블러에 넣어서 와야 했다.

처음부터 공윤이 내게 커피를 부탁했다면 어떻게든 피했을 거다. 문제는 유 팀장이 그걸 내게 지시했다는 거였다.

"그러니까 앞으로 공윤 선생님 강의 전에 지혜 씨가 준비해놔."

공윤의 은빛 텀블러를 내 앞에 떡하니 내밀며 유 팀장이 말했다.

"이런 것까지 해줄 필욘 없잖아요. 센터 직원이 잔심부름꾼도 아니고."

그러나 내 속을 알 턱이 없는 유 팀장은 내 말을 하극상으로 받아들였다.

"많이 컸구나, 지혜 씨. 정직원 되니까 바로 관행 바꿀 특권이라도 생긴 것 같지? 언제나 납득할 수 있는 일만 하는 직장인이 몇이나 된다고 생각해? 다들 그게 말이 안 되는 걸 몰라서 하나? 그래야 뭔가가 굴러가니까 하는 거거든. 이리 줘, 지혜 씨가 하기 싫으면 내가 할게."

더 이상 오해를 불러일으키고 싶지도, 싸우고 싶지도 않았다. 나는 아니라고 말을 정정하고 그 일을 떠맡았다.

그날 공윤은 두 시간짜리 강의 중 한 시간이 지났을 때 강의실 밖으로 나섰다. 예정에 없던 일이었고 미리 귀띔을 주지도 않았다. 수강생들도 그날은 조금 황당하다는 듯한 반응이었다. 공윤은 새로 나온 책의 팬 사인회에 가야 하니 양해를 구한다며 미소를 지었다. 잊어버리고 일정을 미리 말하지 못했단다.

"이런 식은 곤란해. 미리 말해줄 수도 있었잖아. 벌써 세 번째인 데다 이러면 욕 듣는 건 우리야."

그 정도 말은 할 수 있다. 나는 성인이고, 이건 업무적인 관계니까. 하지만 내 마음을 짓누른 건 그녀가 아무렇지 않게 뱉은 말들이었다.

"그러니까, 네가 사무실에 잘 좀 말해줘. 집안에 급한 일 생겨서 그렇다고. 친구끼리 너무 그러지 말자."

"아니, 핑계를 댈 순 없어. 사인회라면 행사 사진이나 기사가 뜰지도 모르잖아. 어차피 알게 될 일을 굳이 핑계 댈 필요가 있을까. 그리고 이건 핑곗거리를 생각하기 이전에 네가 정중하게 사과했어야 하는 일 같은데. 잊어버리고 못했다면 지금이라도 사무실 가서 말해야 하는 게 당연하고."

내가 떨리는 목소리로 말했다.

"그래? 내가 지금 그럴 시간까진 없어서. 그런데, 너 굉장히 빡빡하게 말하네."

"이건 일이니까."

공윤의 눈썹이 사정없이 위로 솟았다. 그녀는 팔짱을 끼더니 콧김을 한 번 내뿜었다.

"그래, 일. 좋아, 그럼 일에 관해 한마디 해볼게요, 김지혜 씨. 아까 제 커피 잘못 사오셨더군요. 제가 분명히 처음부터 말씀드렸을 텐데요. 전 텀블러에 든 커피 아니면 안 먹는다고요. 근데 일회용 컵에 당당히 받아 오셔선 책상 위에 턱 올려놓으시더군요. 그 바람에 책상 위로 커피

넘쳐서 흥건히 고이는 거 뻔히 보면서 아무 말씀도 없이 나가시던데요. 사실 이번 한 번만도 아니죠. 저번엔 잔뜩 식어빠진 걸 사오셔서 한입 먹고는 아이스커피인 줄 알았어요. 이게 단순한 커피 심부름 같죠? 그래서 짜증이 나시나요? 근데 저한텐 그게 강의에 꼭 필요한 강의 준비물인데 어떡하나요. 처음부터 그렇게 분명히 말했는데 강사를 이렇게 성의 없이 대해서야 어디, 일할 맛이 나겠어요? 부탁인데 앞으로 신경 좀 써주시고요, 사무실에다가는 오늘 일, 내키는 대로 말씀해주세요. 어차피 지혜 씨가 무슨 힘을 가진 것도 아니고 난 그냥 위에서 하라는 대로 하면 되니까."

그 말을 남기고 그녀는 사라졌다.

머릿속을 몽땅 긁어 딜리트 버튼을 누른 듯 눈앞이 하얘졌다. 다리에 힘이 풀려 풀썩 주저앉았다. 강의실엔 빈 의자들이 난삽하게 뒤엉켜 있었다. 맨 앞엔 공윤이 앉는 앤티크 의자가 삐딱하게 반쯤 돌아간 채 출입구를 바라보고 있었다.

규옥의 말이 떠올랐다. 그 수많은 의자들 중 내 자리는 없었다. 때가 되면 들어와서 한구석을 서성이다가 나가는 게 내 임무일 뿐이었다.

"무슨 생각해요?"

규옥이 내 눈앞에 서 있었다.

"언제까지 이렇게 살아야 하는 건지 생각하고 있었어요."

규옥은 입을 다물고 가만히 주변을 둘러봤다. 내가 말하지 않은 것을 추리하느라 애쓰는 것 같았다.

"'이렇게'가 어떤 거죠?"

"하고 싶은 말을 꾹꾹 담아놓은 채 화살을 내 스스로에게 던지는 거요. 이렇게 돼버린 지 참 오래됐어요. 나 스스로도 변화시키지 못하는 주제에 세상이 어쩌고저쩌고 하는 게 참 우습네요. 그럴 주제도 안 되면서 혼자 하늘에 대고 삿대질하고 있었어요."

"그냥 하고 싶은 대로 해봐요. 그걸 할 수 있고 없고를 생각하지 말고."

그가 말했다.

"지혜 씨는 뭐든 할 수 있는 사람이에요."

계속 이렇게 살 수는 없었다. 아니, 계속 이렇게 살 수도 있었다. 매번 이런 기분을 느끼며 그때마다 좌절하고 싶다면 그대로 살면 되는 거다. 그런데, 그러기가 싫었다. 남들이 박차고 나간 엉켜 있는 의자를 치우고 말도 안 되는 핀잔을 들으면서 침묵하기 싫었다.

"나, 갈 곳이 있어요."

생각을 마치기도 전에 입에서 말이 튀어나왔다. 내 발길은 이미 밖으로 향하고 있었다.

대형서점 앞엔 멋진 문구가 새겨져 있었다. 사람은 책을 만들고 책은 사람을 만든다. 대형서점 근처에만 가도 설레는 기분이 들던 때가 있었다. 내가 더 멋진 사람이 될 거라고 생각할 수 있었던 때. 하지만 이젠 순수하게 책을 보기 위해 서점에 발길을 들인 것이 대체 언제였는지 기억도 나지 않았다.

사람들이 그득그득하다. 그들과 부딪히며 힘겹게 길을 내 어딘가로 향했다. 저 멀리 사람들이 몰려 있다. 그들 틈에 그녀가 앉아 있다. 예쁘게 화장한 얼굴로 자신의 책에 사인을 하고 웃음 띤 얼굴로 사람들과 악수하는 그녀. 멋진 인생을 사는 방법을 강의하는 그녀가. 하지만 내게는 인생에 그늘을 드리운 사람일 뿐이다. 그걸 걷어내야 했다. 사람들을 뚫고 그녀 앞으로 다가섰다. 내가 책을 들고 있지 않다는 걸 눈치챈 그녀가 고개를 들었다. 우리의 눈이 마주쳤다.

"사과해."

묵직한 목소리가 가슴속에서부터 터져 나왔다. 공윤은 잠깐 당황한 듯하더니 이내 픽, 소리를 내며 웃었다.

"뭘?"

"전부 다. 네 맘대로 강의 펑크 낸 거. 네가 직접 사야 마땅한 커피, 당연한 듯 심부름시킨 거. 그리고 나한테 예전에 했던 일도……."

공윤은 전혀 모르겠다는 표정으로 눈을 크게 뜨더니 곧, 아, 라고 말하곤 깔깔 웃었다. 그녀는 한쪽 손으로 턱을 괴고 나를 올려다보며 생글거렸다.

"그 말 하려고 여기까지 쫓아온 거야? 일도 다 팽개치고? 이제 보니까, 너도 내 강의 좀 들어야겠다. 네 인생이 이렇게 된 이유를 말해줄까? 네가 그렇게 살기로 선택했기 때문이야."

말문이 막혔다. 입이 덜덜 떨렸다. 공윤은 가볍게 한숨을 내쉬었다. 값싼 연민이 그녀의 눈빛에 어렸다.

"너, 지금 같은 모습 말고 다른 거 꿈꾼 적 있니? 내가 보기엔 넌 그 질문부터 스스로한테 해야 될 것 같다. 그러고 나서 나한테 사과를 바라든가 말든가 해."

주변이 시끄러워지고 있었다. 곳곳에서 휴대폰 카메라로 사진을 찍는 소리가 들렸다. 행사 진행 관계자인 듯한 사람들이 빠르게 다가오고 있었다. 공윤이 조소를 머금은 채 머리를 뒤로 쓸어넘겼다. 뒤에 선 남자가 책을 들고 헛기침을 하며 나를 가볍게 밀쳤다. 공윤은 아무 일도 없었다는 듯 반가운 얼굴로 그에게 사인을 해주었다.

도망치듯 그 자리를 빠져나왔다. 내게로 향한 사람들의 시선이 언뜻언뜻 눈에 들어왔다. 아니, 그들은 나를 보고 있는 게 아닐 거다. 나 같은 건 그저 풍경에 지나지 않는다. 그 사실이 나를 더 초라하게 만들었다. 쏟아지는 눈물이 앞을 가렸다. 갑자기 누군가의 몸이 벽처럼 나를 가로막았다. 얼굴을 들자 규옥이 나를 내려다보고 있다. 그를 보자 눈물이 울음으로 바뀌었다. 소리가 몸 밖으로 새어나왔다. 규옥은 당황하지 않고 내 어깨를 잡고 나를 어디론가 데려갔다. 어디로 향하는지도 알 수 없었다. 나는 그저 눈물로 얼룩진 얼굴을 가린 채 그의 손에 이끌려 인파 속을 헤맸다.

문이 열리고 다시 닫혔다. 그러자 시끄러운 소음이 일순간에 사라졌다. 내가 커다랗게 우는 소리만이 크게 하울링되어 공간을 메웠다. 규옥이 어깨를 눌러 나를 앉혔다. 그곳은 비상구 계단이었다. 규옥이 변명하듯 말했다.

"무슨 일이라도 낼까봐 왔어요. 불러도 대답도 안 하고 나가길래."

"나, 못했어요."

내가 달싹였다.

"꼭 할 말이 있었는데, 다 말하려고 했는데, 근데 잘 안 됐어요. 한마디도 안 한 것보다 더 우스워졌을 뿐이에요. 내가 얼마나 보잘것없는 사람인지만 확인했어요."

되는 대로 말을 뱉어냈다. 눈물이 자꾸 콧물이 되어 나와서 삼 초에 한 번씩 코를 훌쩍거렸다.

"스스로에 대해서 그렇게 말할 정도면 정말 보잘것없는 사람인 거 맞네."

규옥이 손수건을 건네더니 말했다. 나는 천천히 그를 올려보았다. 뱉어낸 말과는 달리 그의 표정은 부드럽고 관대했다.

"그래도 위로가 될 사실이 있지요."

규옥이 낮게 말을 이었다.

"우리는 모두 보잘것없다는 것. 정말로, 하찮기 그지없는 존재들이죠. 특별한 척해도 현미경으로 들여다보면 누구나 아등바등 살아가요. 어떻게든, 그저 존재를 확인받으려고 발버둥치면서."

"존재를 어떻게 확인받아요. 내가 누군지도 모르겠는데 뭘 확인받느냐고요."

나는 무슨 말을 하는지도 모르면서, 울음에 섞어 뱉었다.

그때 폭신하고 따뜻한 기운이 나를 감쌌다.

"그 고민은."

규옥이 나를 안고 있었다. 커다란 몸에 체중을 싣지도 않고 따뜻하고 가볍게. 그의 목소리가 나직해졌다.

"아마 그 고민은 죽을 때까지 하게 될 거예요. 백 살이 될 때까지 같은 생각할걸요. 외롭다고, 내가 누군지 모르겠다고. 내 인생은 어떤 의미가 있었느냐고. 그런 생각을 할 때마다 괴롭고 끔찍하죠. 그런데 더 무서운 거는요, 그런 고민을 하지 않고 사는 거예요. 대부분의 사람들이 그 질문을 외면하죠. 마주하면 괴로운 데다 답도 없고, 의심하고 탐구하는 것만 반복이니까. 산다는 건 결국 존재를 의심하는 끝없는 과정일 뿐이에요. 스스로의 존재를 의심하는 게 얼마나 드물고 고통스러운지 알아가는……."

"그만, 그만. 말 좀 그만해요! 지금 나한테 필요한 건 말이 아니에요, 설명도 논리도, 인생 강의도 아니라고요."

나는 그만 분통을 터뜨리며 울어버리고 말았다. 그러곤 눈물과 콧물을 그의 가슴에 비볐다. 규옥이 작은 소리로, 아, 미안 미안, 이라고 말하는 게 둔중하게 전해져 왔다. 규옥의 체크무늬 남방이 내 눈물과 콧물에 젖어들었다. 커다란 마시멜로에 몸을 맡긴 느낌이었다. 그대로 잠들어버리고 싶었다. 철제문을 사이에 두고 밖을 지나다니는 사람들의 발소리며, 책을 찾는 사람들의 목소리가 들렸다. 그런데도 완전히 다른 공간 안에 있는 기분이었다. 어둡고 따뜻한 우주 속을 유영하는 것처럼. 슬픔과 부끄러움이 조금씩 밀려나면서 평온하고 은밀한 기분이 몸을 휩쌌다.

내 호흡이 잦아들고 규옥의 셔츠가 꽤나 축축해졌을 무렵 나는 그에게 찰싹 붙은 몸을 뗐다. 몸을 맞대고 있을 때는 오히려 아무렇지 않더니 떨어지고 나서야 비로소 묘한 기분이 들었다. 우리는 서로를 마주보았다.

"좋았어요."

내 입에서 경솔한 말이 제멋대로 튀어나왔다.

"다행이에요."

규옥이 미소를 띤 채 자신과 전혀 상관없는 일을 칭찬하듯 말했다. 그러더니 이런 말을 덧붙였다.

"우리, 맥주 마시러 갈까요. 눈물도 많이 흘렸으니, 수분 보충하러 갑시다."

"맥주는 이뇨제에요. 몸속 수분을 끌어당겨서 더 배출시킨다구요."

울먹거리며 엉뚱한 소릴 웅얼댔다.

"그래서, 안 갈 거예요?"

"이번엔 다른 사람 안 부를 거라면요."

아까보다 더 경솔했다. 규옥이 놀란 듯 잠깐 눈을 크게 떴다. 그리고 천천히 고개를 끄덕였다.

*

쳇 베이커가 반주도 없이 〈Blue room〉을 부른다. 쳇은 아무리 명랑한 곡도 자신만의 서늘하고 불안한 톤으로 색칠한다. 그가 연주하는 트럼펫 소리도 그렇다. 그 보랏빛 목소리와 연주만 들으면 재즈에 빠져 학업과 멀어진 지식인 같지만 쳇은 희대의 마약중독자였다. 음악을 하기 위해서 약을 한 게 아니라 약을 하려고 음악을 했을 정도로 심각한 약쟁이. 이런 자잘한 지식조차 모두 강의 자료를 준비하며 복사대 앞에서 알게 된 것들이다. 하지만 지금만큼은 그런 건 중요하지 않다. 내가 태어난 해에 죽은 쳇이 이 작은 공간에서 두 사람만을 위해 노래한다. 편의점에서 산 싸구려 와인이 목을 타고 몸 안으로 달콤하게 번져 들어갔다.

규옥의 집은 괴짜의 동굴 같았다. 여기저기 오래된 엘피판들과 코르크 마개들, 소주병 뚜껑, 누렇게 산화된 책들과 오래된 변신 로봇 따위의 피겨가 즐비해 있었고 모든 것들이 조화를 이루고 있었다. 빈티지한 수집가의 방 같은 그의 공간은 그를 많이 닮아 있었다. 그리고 나는 그와 단둘이 있다.

챗의 노래가 끝나고 이제 빌 에번스가 〈My foolish heart〉를 연주한다. 언제나처럼 부드럽고 점잖게, 투명하고 아름다운 멜로디를 만들어낸다. 내 마음에도 자꾸 파장이 인다. 조용히 눈으로 규옥을 더듬는다. 그의 손끝과 입술, 짙은 눈썹을. 나와 눈이 마주친 규옥이 옅게 눈웃음을 짓는다. 그 미소에 가슴 한쪽이 아려온다. 갑자기 그의 얼굴이 어두워졌다. 그가 이상한 얘기를 꺼냈다.

"나는 모순덩어리예요. 그럴듯한 말을 하지만 정작 진심은 표현하지 못하죠. 미래에 저당 잡혀 늘 현재를 놓쳐버려요. 더 끔찍한 건 언제나 자기합리화를 한다는 거예요. 나는 옳은 선택을 한 것뿐이라고. 그렇게 생각해야 후회와 자책으로 가득한 악몽에 시달리지 않으니까……."

규옥이 술김에 뱉어낸 알 수 없는 말들은 음악에 묻혀 한낱 배경음처럼 들릴 뿐이었다. 잔잔하고 나른한 음률이 이어졌다. 규옥이 음에 맞춰 휘파람으로 화음을 넣었다. 달콤한 소리가 노래와 어우러져 귓가가 짜릿해졌다. 그의 입술을 멍하니 바라보았다. 저 입술 위에 내 입술을 대고 싶다. 뺨이 달아오른다. 무슨 말인가가 자꾸만 입 밖으로 새어나올 것만 같다. 그걸 막기 위해 연거푸 술을 들이켰다. 몇 번이나 입술을 깨물어 단속했다. 그러다가 기어이 말해버렸다.

"규옥 씨."

그가 나를 본다.

"좋아하는 거 같아요."

살면서 이런 고백은 처음이다. 오늘은 참 용기를 많이 낸 날이네.

그렇게 생각하며 나는 고개를 숙인다. 한참 동안 시선을 바닥에 깐 채……. 규옥의 휘파람 소리는 더 이상 들리지 않는다. 용기를 내 규옥을 올려다보았다. 그는 놀란 눈빛이 아니다. 어딘가 슬프고 애잔한 표정. 상처 입은 동물을 바라보는 선한 어른의 눈으로 나를 물끄러미 쳐다보고 있을 뿐이다.

"나를요? 왜지……? 나는, 아무것도 가진 게 없는데……."

"가진 게 없으면 좋아하면 안 돼요? 세상이 그렇다고 말해도 우리까지 그렇게 생각할 이윤 없잖아요."

우리, 라는 단어를 함부로 쓰면서 떼쓰는 내 말투가 맘에 들지 않는다. 하지만 내 마음을 차단하는 것 같은 규옥의 표정이 괘씸해서 목소리가 높아졌다. 규옥은 내게 말려들지 않고 조용히 말했다.

"만약에 내가 지혜 씨한테 무언가를 감추고 있다면요? 그래도 지금과 같을까요? 설령 그걸 지금 고백할 수 없다고 해도 말이에요."

"그건 나도 몰라요. 내가 아는 건……."

말을 맺지 않았다. 규옥은 움직이지 않았다. 그에게 다가간 건 나였다. 내 머리칼이 그의 어깨 위로 드리워져 우리의 얼굴을 가린다. 옅은 숨결이 뺨을 간질인다. 상큼한 민트향과 포도주향이 섞인 키스였다. 어쩐지 마지막 신을 연상시키는 길고 달콤하고 조용한 키스. 나는 천천히 정신을 잃었다. 이상하게도 이것이 그와 나누는 마지막 키스일 거라는 생각이 들었다. 하지만 그래도 그만두고 싶지 않았다.

17. 더는 아닌 로맨스

눈을 떴을 때 규옥은 없었다. 식탁 위엔 우유와 아직도 온기가 남은 토스트가 차려져 있었다. 지난밤의 키스를 떠올리자 목 뒤에 잔털이 곤두선다. 목덜미를 지나 머리칼 사이를 파고들던 규옥의 손가락이, 그 감촉이 생생하다. 하지만 그날 밤 더 이상의 로맨스는 이어지지 않았다. 아무것도 가진 게 없다는 규옥의 말이 머릿속에 맴돌았다. 결국 나는 그에게서 입술을 떼고 말았다. 그도 더 이상 나를 붙잡지 않았다. 일어서 나가려고 했지만 몸이 비틀거려 그대로 주저앉고 말았다. 그게 내 기억의 전부다.

토스트가 담긴 접시 옆에는 A4용지가 반으로 접혀 놓여 있었다. 그걸 펼쳐본 나는 조금 실망할 수밖에 없었다. 큼지막하게 그려진 웃음 표시. ^^ 그 외엔 아무런 말도 없다. 나는 토스트를 먹지 않고 도망치듯 빠져나왔다. 다양하게 해석할 수 있는 그 이모티콘은 내겐 너무나 명백한 의미로 보였다. 어젠 뻘쭘했죠. 이제 그만 잊읍시다.

그 후로 우리는 어색하고 어정쩡한 관계를 유지했다. 더 이상의 케미스트리나 진도 따위는 없었다. 어쩌다 눈이 마주쳐도 내가 먼저 시선을 돌렸다.

먼저 그에게 다가간 건 나였고, 그는 그저 거절하지 않은 것뿐이다. 그리고 나를 더 이상 잡지도 않았다. 나에 대한 배려? 혹은 그가 내게 행할 수 있는 최선의 우정인지도 몰랐다. 그의 말대로 우린 가진 게 아무것도 없으니까. 그렇게 생각하면 다행스럽기도 했다. 위험한 모험에 완전히 빠져들기 전에 스스로를 용케 지킨 건지도 모른다. 그래도 야속하고 부끄러웠다. 하지만 그 상황에서 내가 할 수 있는 건 한 가지였다. 물러서지 않는 것. 저질러버린 현실에서 뒷걸음치지 않고 그대로 서 있는 것. 설령 그것이 실수라고 할지언정 먼저 도망가지 않는 것.

우리는 여전히 복사대 앞에서 마주쳤고 함께 의자를 정리했으며 우쿨렐레 수업을 들었다. 우쿨렐레 중급 수업에선 〈All of me〉라는 곡을 배우고 있었다. 사랑한다며 자신의 모든 것을 가져가라는 내용으로 프랭크 시나트라가 원곡자였다. 가사를 직역하면 다소 끔찍하게 해석될 만한 내용도 있었다.

Take my lips, I wanna lose them,

내 입술을 가져가요, 그것을 잃고 싶으니.

Take my arms, I'll never use them.

내 팔을 가져가요, 다신 쓸 일이 없을 테니.

우리는 사랑 때문에 바보가 된 사람들의 이야기를 계속해서 노래로 불렀지만 현실에서는 끊임없이 계산했다. 계산하지 않는 사랑은 상처가 된다. 남는 건 자괴감과 부끄러움 어린 후회뿐이다.

키스의 결말은 씁쓸했지만, 공윤에게 큰 소리로 말한 것까지 무의미한 결과로 돌아가지는 않았다. 공윤은 변함이 없었지만 달라진 건 나였다. 그날, 고작 돌아서서 울었던 나였다. 그런데 무엇이 나를 변하게 했을까. 나는 더 이상 그녀를 피하지 않았다. 이상하게 그녀의 목소리나 발소리를 들어도 떨리거나 식은땀이 나는 증상도 차츰 사라졌다.

모두의 앞에서 꼭 해야 할 말이 있었다. 나는 기회를 노렸고, 며칠 뒤 그녀가 강의 자료를 들고 사무실 안으로 들어왔을 때 큰 소리로 말했다.

"저, 얘기할 게 있는데요."

모두가 주목했다. 공윤, 아니 김지혜도.

"본명 김지혜인 공윤 씨랑 저랑은 친구 사이가 아닙니다. 한 번도 친구였던 적도 없고요. 이왕이면 영영 마주치지 않았으면 좋았을 관계이지만, 인생이 어디 그렇게 뜻대로 되던가요. 결론은 저는 저분과 사무적인 관계 그 이상도 이하도 아니니 친구로 엮지 마셨으면 좋겠다는 겁니다. 이상이에요."

다들 벙 찐 표정들이었다. 공윤이 쳇, 하고 코웃음을 쳤지만 그녀의 얼굴은 이미 새빨개지고 있었다. 나는 그 말을 남기곤 사무실을 먼저 빠져나왔다. 규옥의 얼굴에 어린 미소를 얼핏 본 것도 같았다.

공윤이 중도에 강의를 그만두어야겠다는 얘길 전해 온 건 그 다다음 날의 일이었다. 신간 홍보와 기타 등등의 핑계로 그녀는 계약금 일부를 돌려주면서까지 강의를 중도하차하겠다고 고집을 부렸다. 유 팀장은 공윤의 면전에 대고 언성을 높이며 이런 법이 어디 있느냐고 삿대질을 했다. 이쪽에 꽤 잔뼈가 굵은 유 팀장의 미움을 샀으니 이제 공윤은 강사로서 책임감이 없다는 얘기를 두고두고 들을 것이다. 그럴 의도까지는 아니었는데.

어쨌든 그 일은 내게 꽤 큰 교훈을 남겼다. 속내를 감추지 않고 단지 겉으로 표현하는 것만으로도 무언가를 변화시킬 수 있다는 것. 그 점에서, 부끄러운 키스를 나눈 규옥에게 나는 여전히 감사하고 있었다.

그즈음부터 규옥은 자주 모습을 감추기 시작했다. 아카데미 일이 끝나면 바로 집으로 향했고 말수도 눈에 띄게 줄었다. 우쿨렐레 수업에도 빠지기 일쑤였다. 그러다 보니 자연스레 나머지 멤버들과의 모임도 뜸해졌다. 남은 아저씨는 딸아이가 심한 열감기에 걸려 병원을 드나들었고 무인은 공모전이 코앞이라며 바쁘다는 문자 메시지를 보내왔다. 문득 누구도 가르쳐주지 않은 예감이 찾아왔다. 곧 이곳을 떠나게 될 것 같다는 예감. 어느 일요일 아침 걸려온 전화가 그 예감에 현실을 더했다.

*

잠에 잔뜩 취해 끈질기게 울리는 전화기 소리를 알람이라고 착각하며 이십여 분간 이불 안에서 몸을 웅크렸다. 전화기는 결국 잠잠해졌다.

조금 후, 문자가 하나 왔다. 전화가 안 되서 메일로 내용을 통지한다는 낯선 번호로부터의 연락이었다. 엉뚱한 스팸이 아니기를 바라며 메일함을 열었다. 얼마 전 채용 정보를 보고 서류를 넣은 회사였다. 내가 그 회사의 최종면접 대상자로 올랐다는 내용이었다.

햇볕이 내리쬐는 주택가는 조용하고 한산했다. 붉은 벽돌 빌라가 자주 눈에 띄었고 간간히 주택을 개조해 만든 작은 음식점들이 줄지어 있었다. 한참을 헤맨 끝에 주홍색으로 페인트가 칠해진 아담한 건물 앞에 섰다. 건물 밖으로 난 계단을 올라 삼 층까지 오르는 동안에도 건물 내부로 통하는 문은 찾을 수가 없었다. 계단의 끝엔 '관계자 외 출입금지'라는 나무 팻말만 떡하니 간판처럼 붙어 있었다. 갸우뚱하며 연락 온 번호로 전화를 걸었다. 굵직한 목소리가 응대했고, 곧바로 관계자 외 출입금지 문이 벌컥 열렸다. 머리가 꼬불꼬불한 중년의 남자가 방긋 웃으며 나를 맞이했다. 간판 때문에 입구인 줄 몰랐다고 하자, 그는 배에 손을 올려놓은 채 호탕하게 웃었다.

"관계자 아닌 사람은 못 옵니다. 들어오세요."

내부는 상상했던 것보다 훨씬 컸다. 건물 전체를 개조해 모든 층이 중앙을 향해 개방되어 있었다. 톱밥 냄새가 향긋하게 코를 찔렀다. 곳곳에 나무로 만든 가구가 가득했고 사람들이 앞치마를 두른 채 합판이나 통나무를 자르거나 손질하고 있었다. 구석에 놓인 탁구대에서 탁구를 치는 사람들도 보였고, 소파에 누워서 이어폰을 꽂은 채 음악을 듣고 있는 사람도 있었다. 생경한 풍경이 콜라주처럼 한데 뭉쳐져 조화로운 큰 그림을 이루고 있었다. 모든 광경을 조망할 수 있음에도 불구하고 곳곳에 걸어놓은 다양한 취향의 그림이나 우스꽝스런 장식품들 덕에 위압적인 느낌은 전혀 풍기지 않았다. 빠글머리 남자는 나를 작은 방으로 안내했고 편하게 앉으라며 페퍼민트 차와 아몬드 향이 나는 쿠키를 내주었다. 내 시선이 벽에 걸린 영화 포스터로 향한 것을 느낀 남자는 자신이 좋아하는 영화라며, 톰 크루즈 주연의 〈7월 4일생〉이라는 영화에 대해 자신이 아는 모든 정보를 쏟아내기 시작했다. 나도 좋아하는 영화라 대화에 어렵지 않게 참여했다. 나는 〈파 앤드 어웨이〉나 〈레인 맨〉을 언급하면서, 어느 순간인가부터 액션영화만 찍는 톰 크루즈의 출중한 드라마 연기에 대해 얘기하기 시작했다. 얘기는 술술 이어졌지만 내심 머리가 혼란스러워졌다. 나 제대로 찾아온 거 맞나?

"혹시……."

조심스레 말을 뚫었다.

"오해가 있을까 여쭤보는 건데, 저, 면접 보러 온 것 아닌가요?"

남자는 잠깐 당황한 듯 주춤하더니 답했다.

"지금 면접 중입니다. 사실 김지혜 씨 말고는 다른 면접자가 없기도 하구요. 제가 말이 너무 많았죠. 이런, 그러고 보니 소개도 안 했군요."

그는 명함을 내밀었다. '나무늘보 휴(休)'라는 타이틀 밑으로 '대표 목수 최준원'이라는 이름이 나뭇가지를 형상화한 폰트로 쓰여 있었다. 솔직히 말하면 이 회사가 어떤 곳인지 잘 알지 못한 채 지원했었다. 습관처럼 원서를 여기저기 넣던 어느 날, 채용란에 올라온 이메일로 자기소개서와 이력서를 보낸 것뿐이다. '생활 창작 집단'이라는 타이틀 외에 정확히 어떤 일을 하는지도 몰랐다.

이곳은 가구를 만드는 회사였다. 찾아본 인터뷰에 따르면 최준원 대표는 과거에 교육방송 피디를 하다가 스페인에서 몇 년간 유학생활을 한 사람으로, 전부터 관심 있던 목공과 가구 제작을 사업으로 구상하게 됐다고 했다.

아무리 첨단 기술이 발전해도 목수는 없어지지 않을 직업이라고 어디선가 들은 적이 있다. 기계로도 얼마든지 만들 수 있겠지만, '나무를 다루는 사람'이라는 건 어딘가 대체 불가능한 지점이 있긴 했다. 대표는 실력 있는 목수들을 여럿 영입해 그들에게 즐거운 일터를 제공하고 싶다는 포부를 밝혔다. 만들어진 지 얼마 되지 않은 회사라 아직 체계가 갖춰져 있다는 느낌은 들지 않았지만 대표의 의지나 비전만큼은 명확해 보였다. 그는 나무 옆의 인간이라는 뜻의 '휴(休)'라는 이름도 그런 의미에서 지었다고 했다. 창의적인 무언가가 나올 수 있는 곳이란 생각은 들었다. 그런데 내가 목수들 틈에서 무얼 할 수 있을까.

"저는 낭만적인 현실주의자입니다. 결론이 현실주의자니까 낭만적이라는 단어는 결국 수식어일 뿐이겠죠."

최 대표가 두 손을 공중으로 흩뿌리듯 벌리며 말했다.

"그래서 저희는 저희에게 합리적인 영감을 줄 수 있는 사람을 찾고 있습니다."

"그런데 왜 저를 뽑으려고 하시나요?"

대표는 방그레 웃더니 입을 열었다.

"아직 뽑는다는 말은 안 했습니다. 면접자가 한 명이라고만 했죠. 이런 말은 좀 솔직하게 해야겠군요. 지혜 씨가 평범해서입니다. 정확히 말하자면, 자신이 평범하다고 지혜 씨 본인이 고백했기 때문이랄까요."

"뭐라고요?"

도무지 어떻게 반응해야 좋을지 몰라 되묻고 말았다.

“저희들은 다들 또라이거든요. 설명하긴 어렵지만, 네, 다들 또라입니다. 하고 다니는 꼴부터 머릿속에 든 것까지 전부 다요. 대부분 다른 일을 하다가 뒤늦게 목수를 직업으로 선택한 사람들이 많거든요. 모난 돌들만 있으니까 부딪히고 덜그럭거리는 일도 많아요. 그걸 좀 잡아줄 사람이 필요합니다. 또라이 집단에선 평범한 사람이 특이한 축에 속하죠. 지원한 사람들이 모두 하나같이 자기가 어떤 사람인지를 주장하고 있더군요. 자기소개를 쓰라고 했더니 인디애나 존스 급의 액션 어드벤처 영웅과 산전수전 다 겪은 칙릿 속 여자 주인공만 그득하니, 원…… 그저 그런 소설들을 읽는 기분이었어요. 저희에게 필요한 건 소설가도 영화배우도 아니니까요. 저희는 성실하고 살뜰하게 저희들을 관리할 사람을 찾고 있었습니다. 말하자면 낭만적인 현실주의자가 아닌, 현실적인 낭만주의자가 필요했던 셈이죠.”

“그렇다고 해도, 세상에 일자리를 구하고 싶은 평범한 사람이 저 하나일 거라는 생각은 들지 않는데요. 물론 회사를 폄하하거나 제가 일하고 싶지 않다는 뜻은 아니에요.”

무례하게 보이지 않기를 바라며 덧붙였다.

“그래서 만나보자고 한 겁니다.”

“만나보니 어떠신가요?”

내 질문에 그는 헛기침을 하며 몇 차례 웃었다.

“지혜 씨가 스스로를 묘사한 글이 이상하게 와 닿더군요. 담담한 필치의 글이 인상적이었어요. 만나보니 호락호락하지만은 않네요. 이렇게 따박따박 물을 거 다 묻고 걸고 넘어가는 거 보니까요. 평범한 건 흔한 것일 수도 있지만 상대적인 거기도 하죠. 수적으로 많다고 해도 각자는 모두 다른 거니까요. 제가 보기에 지혜 씨라면 저희와 잘 어울리실 것 같은데요."

합격입니다, 불합격입니다, 가 아니었다. 자연스럽게 사귀게 된 것처럼 대화가 오가고 있었다. 대표는 연봉을 비롯한 기타 조건을 세세히 말해주었다. 생각한 액수보다 높았다. 식대와 야근수당도 꼼꼼히 따지고 세심한 영역까지 계산한 복지도 훌륭했다.

"이래서 회사가 운영이 될까요?"

내가 의심스러운 듯 묻자 대표는 또다시 너털웃음을 터뜨렸다.

"먹고살기 위해서, 라는 말이 제가 가장 싫어하는 말입니다. 당연히 살려면 먹어야겠죠. 하지만 그것뿐이라면 얼마나 허망할까요. 먹는 건 살기 위한 수단이고, 놀면서 살아야죠. 저는 일도 그렇게 해보고 싶습니다. 가능할지는 좀 더 두고 봐야 하겠지요. 그게 가능하도록 도와주실 수 있으신가요?"

이런 식의 질문은 처음이었다. 꿈꾸는 것이 아닐까 생각이 들 정도로 기뻤다.

"우린 나무를 잘라 가구를 만드는 하드웨어적인 일을 하지만, 우리의 가구를 쓰는 사람들이 행복해지길 바라거든요. 그건 소프트웨어적인 영역이죠. 그러려면 자양분이 좀 필요한데 어떤 자양분을 섭취해야 할지까지 신경 쓸 여력은 없어요. 그게 바로 지혜 씨가 해야 할 일입니다. 지혜 씨가 튼 음악을 듣고 지혜 씨가 추천한 영화를 보고, 지혜 씨가 좋아하는 책 속의 구절이 우리에게 영감을 줄 겁니다. 결국 지혜 씨의 취향이 우리 회사의 취향이 될 겁니다. 그렇게 해서 만들어진 가구는, 그런 거름 없이 만들어진 가구보다 조금쯤은 멋지지 않을까요."

대표의 말을 듣자, 점차 몸이 기분 좋은 흥분으로 떨리기 시작했다. 면접자에게 꿈을 꾸게 해주는 회사가 정말 있다니. 땀으로 흥건한 손을 꽉 쥐며 물었다.

"제가 여기서 할 수 있는 일이 많을까요?"

대표는 웃으며 대답했다.

"무궁무진할 겁니다."

*

'휴'에는 이 주 후부터 출근하기로 했다. 유 팀장에게 언제 어떻게 얘기를 꺼내야 할지 망설여졌다. 정규직이 된 지 얼마 되지도 않아 그만둔다? 최근 들어 내게 업무적인 의논도 많이 하고 사적인 얘기도 많이 털어놓는 유 팀장에게 미안했다. 이곳에 몸담은 이래, 다른 곳에 낸 이력서와 몰래 본 면접이 몇 차례나 되는지 알면 유 팀장은 어떤 표정을 지을까. 적절한 타이밍을 찾기 위해 노력했지만, 공윤의 중도하차와 그에 따른 대규모 수강생 이탈로 유 팀장이 너무 예민해져 있는 데다 규옥까지 며칠 휴가를 내서 차일피일 미루고만 있었다. 하지만 나는 더 이상 이곳에 머물고 싶지 않았다. 김 부장의 퇴사로 DM에 대해 가지고 있던 마지막 기대마저 증발해버린 터였다. 운이 좋으면 한 계단씩 위로 오르겠지만 결코 어딘가에도 내 이름을 새길 수 없을 것이다. 설령 나중에 돌이켰을 때 틀렸다고 후회하더라도, 내 마음은 자꾸 한 방향으로 기울었다. 그러므로 나는 떠나야 했다.

그러는 중 어느덧 우쿨렐레 수업의 마지막 날이 되었다. 가을엔 강사가 음악 작업으로 수업을 할 수 없다고 했기 때문에 오늘이 마지막 수업이었다. 마지막 수업은 각자가 곡을 연습해 작은 발표회를 여는 날이었다. A4지에 한 장씩 글자를 인쇄해 붙인 '우쿨렐레 중급 1기 발표회'라는 플래카드와, 종이접시와 종이컵에 담긴 과자와 음료수가 전부였지만 어쩐 일인지 유 팀장을 비롯해 아카데미 경리팀과 회계팀 부서 직원들까지 와서 구경을 하고 있었다.

예상 밖으로 우리의 작은 발표회는 감동적이었다. 감동의 지점은, 전혀 악기를 연주할 수 없었던 사람들이 스스로 노래를 하며 반주를 하고 있다는 데 있었다.

언제 그렇게들 연습을 했는지 다들 일정 수준 이상의 연주를 보였다. 남은 아저씨가 선택한 곡은 최신 유행 걸그룹의 곡이었다. 원래는 템포가 빠른 곡이지만 경쾌한 발라드로 변신한 아저씨의 노래는 꽤 아름다웠다. 그 자리에 있었다면 꽁하게 토라진 사춘기 딸의 얼굴에도 분명 미소가 피어났을 거다.

공모전 준비 때문에 바빠서 안 올 줄 알았던 무인은 까칠해진 얼굴로 무대 앞으로 나가 〈킬리만자로의 표범〉을 불렀다. 곡 도입부의 비장하고 장황한 독백으로 포문을 연 그는 점층법처럼 차근차근 정서를 고조시켜, 마침내 발악하듯 소리치며 격정적인 공연을 성공적으로 마쳤다. 연주 자체보단 퍼포먼스 위주였지만 관객으로 온 건물 미화부 아주머니들이 환호하는 바람에 그럭저럭 흥겹게 넘어갈 수 있었다. 강사는 우쿨렐레로는 새로운 시도라며 무인의 실험정신을 칭찬했다. 하지만 무인의 얼굴에 웃음기는 별로 없었다. 오늘따라 그는 시종일관 어딘가 진지하고 어두워 보이는 표정을 짓고 있었다.

강사가 기대해 마지않았던 초등학생은 봄학기 때보다 별로 발전된 게 없었다. 코밑에 얇은 솜털이 나기 시작한 그 애는 하기 싫다고 몇 번을 말한 끝에야 억지로 나가서 유행하는 가요를 건성으로 부르고 돌아왔다. 변성기가 막 시작되려는 음색을 스스로 거북해하는 기색이 역력했다. 그래서인지 후킹곡이라며 나름 유행했던 그 곡은, 그 애의 입에서 염불을 외듯 단조로운 반복음으로 탈바꿈했다. 그 애의 엄마는 애가 사춘기가 시작돼서 그렇다며 변명을 했고 그 말에 그 애는 "하지 말라고!" 라고 소릴 지르며 발끈했다.

그 애의 엄마는 붉어진 얼굴로 나가 신중히 악기에 손을 올렸다. 의외로 일취월장한 건 바로 그녀였다. 언제 그렇게 연습했는지 적절한 감정과 강약, 완벽한 음정으로 바흐의 〈칸타타〉를 연주하고는 내친김에 경쾌한 리듬곡인 〈Guava jam〉을 속주로 구현해 갈채를 얻어냈다. 조금 전까지 사춘기였던 그녀의 아들도 다시 아이가 되어 가장 큰 박수를 쳐주었다. 강사가 입을 동그랗게 벌린 후 오, 소리를 내며 진심으로 소질이 있다고 말했다. 이미 꿈을 잃어버린 지 꽤 된다고 말했던 그녀의 양볼이 촛불을 켠 듯 빛났다. 초반엔 어두운 색 옷만 입었던 것 같은데, 오늘은 화사한 줄무늬가 새겨진 파스텔 톤의 니트를 입고 머리를 단정하게 넘겨 묶었다. 멋진 모습이었다. 그녀를 속으로 우울한 엄마, 라고 불렀던 게 미안해질 만큼.

마지막으로 내 차례가 됐고 나는 헛기침을 하고 곡을 시작했다. 언젠가 규옥이 들려주었던 노래다. 네 개의 줄을 조심스럽게 튕기며 그 위에 작은 노랫소리를 얹었다.

Missed the Saturday dance

토요일에 춤추러 가지 못했어요

Heard they crowded the floor

그곳은 사람들로 가득했다죠

Couldn't bear it without you

당신 없인 견딜 수 없었어요

Don't get around much anymore

이제 더 이상 사람들과 어울리지 않아요

I thought I'd visit the club

클럽에 갈 생각이었어요

Got as far as the door

문 앞까지는 갔었죠

They'd have asked me about you

사람들이 내게 당신에 관해 묻더군요

Don't get around much anymore

이제 더 이상 사람들과 어울리지 않아요

Darling I guess, my mind's more at ease

그대여, 이젠 내 마음이 편안해졌어요.

But nevertheless, why stir up memories?

그런데, 왜 자꾸 기억들을 불러일으키나요?

I've been invited on dates

데이트 신청도 받았어요

Might have gone but what for

갈 수도 있지만 무슨 의미겠어요

It's awfully different without you

당신 없인 너무도 달라요

Don't get around much anymore

이제 난 더 이상 사람들과 어울리지 않아요

해리코닉 주니어의 목소리처럼 감미롭지는 못했을 것이다. 그저 내 식대로 불렀을 뿐이다. 노래를 하는 동안 여러 가지 생각이 머릿속을 오갔다. 올 봄, 나는 이 악기가 무엇인지도 몰랐다. 각 현이 무슨 음을 대표하는지도 알지 못했고 악기를 어떻게 잡는지 소리는 어떻게 내야 하는지도 몰랐다. 무인과 남은 아저씨는 몇 달 전까지만 해도 나에게 완벽한 타인이었다. 하지만 길다면 길고 짧다면 짧은 시간 동안 우리는 많은 얘기를 나누고 이상한 행동들을 함께 했으며 노래 몇 곡쯤은 악기를 보지 않은 채로 외워 칠 수 있었다. 그 시간들을 통해 나는 조금이라도 더 문화적인 인간이 된 걸까.

노래가 끝나지 않길 바랐던 건 규옥이 오기를 바라서였을 거다. 하지만 그는 처음부터 끝까지 부재했다. 마침내 내 노래가 끝나고 임시 관객들도 모두 빠져나간 후 강사는 생각난 듯 이렇게 말했다.

"규옥 씨도 이 자리에 있었다면 멋진 연주를 선보였을 겁니다. 그는 이 자리에 없지만 우리 잠깐 마음속으로 그의 연주를 들어봅시다. 잠시 그를 위해 침묵하죠."

강사의 엉뚱한 지시에 따라 모두들 진지하게 눈을 감고 침묵했다. 그가 이 자리에 있었다면 무슨 곡을 불렀을지 궁금했다. 그건 혁명가였을까, 그저 그런 사랑 노래였을까, 그것도 아니라면 가사도 없이 읊조리는 허밍이었을까. 침묵 속에 멀리서 부드러운 선율과, 낮고 진한 그의 목소리가 들리는 것도 같았다.

18. 여러분!

뒤풀이는 가는 사람만 간다. 초딩과 그 엄마는 다음 학원으로 향했고 강사는 선약이 있다며 일차만 가볍게 참여하고 빠졌다. 결국 술잔을 앞에 둔 건 무인, 남은 아저씨 그리고 나뿐이었다. 뒤늦게 규옥이 얼굴을 비쳤다. 평소와 다르게 깔끔하게 정리된 외모에 양복까지 받쳐 입고 있었다. 딱 봐도 어딘가에 면접을 보고 오는 것 같은 복장이었다. 나는 그와 시선을 부딪히지 않기 위해 노력했지만 어쩔 수 없이 우리의 눈은 허공에서 몇 차례 만났다.

그날의 분위기는 묘했다. 자주 얘기가 끊겼고 화제를 찾기 위해 억지로 머리를 굴려야 했다. 그러면서도 그걸 인정하는 게 어색해서인지 누구도 일어서자는 말은 하지 않았다. 무인은 이상하게 그날 빨리 취했다. 평소와 다르게 번들거리는 눈엔 씁쓸함이 가득 담겨 있었다. 그는 안주도 거의 손대지 않은 채 마른 몸 안에 술을 들이부었다. 마침내 혈중알코올농도가 임계점에 달했는지 그가 실토하듯 입을 열었다.

"저 이제 글 안 쓰려고요. 그동안 여러 번 고민했는데 이번엔 진짭니다. 다시는 시나리오 안 쓸 겁니다. 어디 학원 강사 자리나 알아볼까 해요. 공모전도 안 냈어요. 어차피 내도 되지도 않았겠지만요……."

"안 되더라도 내보지 그랬어요. 글쟁이가 글을 써야죠."

무인이 슬럼프에서 빠져나와 다시 펜을 잡기까지 꽤 용기를 냈다는 사실을 알고 있던 나는 격려하듯 말했다. 대답 대신 무인은 입을 굳게 다문 채 휴대폰을 뒤지더니 우리에게 건넸다. 동영상이 재생되고 있었다. 얼마 전 개봉한 영화의 시사회 현장이었다. 탑배우들과 감독이 나와 무대 인사를 하고 있었다. 쌈박한 액션 영화 포스터가 커다랗게 걸려 있었다. 연예 프로에서 자주 보는 스케치 영상으로 특별할 건 없어 보였다. 남은 아저씨가 참다못해 물었다.

"이게 뭐?"

"이거 내 거예요……."

무인이 중얼거렸다.

"무슨 소리야? 좀 자세히 말해야 알아듣지."

남은 아저씨가 채근하자 무인의 입가에 조소가 걸렸다.

"이 년 전에 시나리오 공모가 하나 있었어요. 거액의 현상금을 걸고 크게 홍보를 했죠. 나도 거기 작품을 냈어요. 결과는 '당선작 없음'이었죠. 얼마 후에 이 영화가 제작된다는 얘길 들었어요. 줄거리가 완전 똑같더군요."

"저작권 등록 같은 거 안 했어요? 요샌 저작권 위원회가 있어서 쉽게 표절할 수 없을 텐데."

"했어요. 시나리오 공모전에 내고 몇 달 지나서요. 그래서 영화사에 전화를 걸어서 자신 있게 항의했어요. 그런데 그쪽도 저작권 등록을 했다는 거예요. 보니까 며칠 차이로 그쪽이 앞섰더라고요. 내 건 백 장짜리 시나리오 한 권인데, 거긴 달랑 세 쪽짜리 시놉시스를 등록했어요. 설마 했어요. 그래, 아이템이 비슷한 걸 수도 있다, 우연히 겹친 것일 거다. 그리고 잊고 있었죠. 그런데 어제 영화를 봤어요."

거기까지 말하고 무인은 말을 멈췄다. 이미 그는 울고 있었다.

"똑같았어요…… 대사도 똑같고 상황도, 소품까지 전부 다요."

"진정해. 방법이 있을 거야."

남은 아저씨가 안타까운 듯 그를 달래려 애썼다.

"아뇨."

무인의 목소리가 깊게 가라앉았다.

"여기 메인 투자사가 어딘 줄 알아요? DM이에요. 우리나라에서 가장 큰 극장 체인을 가지고 있는 DM이라고요. 이런 일에 대기업이 연루됐다는 건, 절대 이길 수 없다는 뜻이죠."

침을 삼켰다. 이제 이건 남의 일일 수 없었다.

"말도 안 돼요. 분명히 방법이 있을 거예요. 요즘 세상이 어떤데요. 크다고 해서 무조건 힘으로만 밀고 갈 수는 없어요. 그들이 꿈쩍 않는다면, 게시판도 있고 SNS도 있고, 항의할 창구는 수두룩해요."

나는 희망을 불어넣으려 애썼다.

"항의한다고 소용이 있을 것 같아요? 그런 선례는 수두룩해요. 증거를 들이대면서 인터넷이니 게시판이니 SNS에 토로해봤자, 하늘 아래

새로운 얘기는 없다는 답이 달리겠죠. 캐릭터 이름을 바꾸고 톤도 바꾸고 앞뒤를 바꾸고 다듬었으니까 새롭다고 하겠죠. 성공해서 무명의 설움을 갚으라 말하겠죠. 찌질한 사람의 넋두리라고 여겨질 거예요. 크레딧 하나 없는 무명작가가 배 아파서 발악한다고들 할 거예요. 혹시 나중에 내가 작품을 발표하면 그땐 내가 그들을 표절한 게 되겠죠. 그게 내 신세예요. 빼앗겨도 되찾아올 수 없고 내 거여도 내 거가 아니에요. 난 그냥 없는 사람이라구요……."

없는 사람. 가슴 깊은 곳에서부터 뜨거운 뭔가가 치밀어 올랐다. 그래. 없는 사람이다. 늘 소리치고 있는데도 없는 사람이다. 수면 위에 올라있지 않으면 없는 사람이다. 반지하방에 살면 없는 사람이고, 문밖으로 나오지 않으면 없는 사람이고, 인생과의 게임에서 지면 없는 사람이다. 가슴이 아팠다. 나는 그동안 대체 무얼 한 걸까. 이들과 어울리는 내내 나는 이곳을 벗어나기 위해서만 발버둥쳤다. 미친 듯이 헛발질을 한 끝에 어부지리로 정직원이 되고, 어쩌다가 다른 회사로 이직할 준비를 하고 있는 나는 무인의 말에 떳떳하지 못했다. DM 본사에서 내게 채용을 제안했더라면 어땠을까. 두말 않고 아카데미를 떠났을 거다. 그리고 다시는 이들과 연락을 하지 않았으리라. 그러곤 아주 쉽게 운이 따르지 않은 건 노력하지 않아서라고, 그 외의 이유는 전혀 없다고 생각했을 거다. 나는, 무인을 이렇게 만든 현실의 잠재적인 공범이었다.

"가서 항의해요. 가만있으면 그게 당연한 줄 알아요. 가만있으면 그렇게 해도 되는 것처럼 대한다구요."

내가 말하고 있었다. 목소리가 점점 커졌다. 얼마 전까지도 공윤의 그림자를 십수 년간 달고 살았던 나다. 그걸 떨치는 게 얼마나 커다란 게 용기를 필요로 했던가. 내 기세에 오히려 무인과 남은 아저씨가 놀란 것 같았다. 남은 아저씨가 고개를 숙였다.

"그런다고 뭐가 달라져? 한 의원 기억나지, 그러고 잘만 살고 있어. 얼마 전 아침 토크쇼에 나와서 시장을 돌다가 계란을 맞은 얘기를 하더군. 그러면서 아무렇지 않은 듯 껄껄 웃더라고. 패널들은 어우, 하면서 안됐다는 듯 한영철 편들어주고, 그들이 존재도 모를 우리는 진상 시민이 되어버렸지. 말은 안 했지만 사실 그거 보면서 절망했었어…… 용써봐야 아무것도 아니라는 생각에 서글퍼지더라고."

아저씨의 목소리가 힘없이 갈라졌다.

"그건 모르는 일이에요. 양심이 있다면 반성은 했겠죠. 시간이 지나 반성이 희미해지고 또다시 말도 안 되는 짓을 반복한다면 또 무언가를 보여주면 되고요."

나는 지지 않고 말했다.

"설령 지금 당장 뭔가가 바뀌지 않는다고 해도요. 가만히 있지만은 않는다는 걸 자꾸자꾸 보여줘야 해요."

이대로 살 수는 없다…… 우리는 그 명제 하나로 놀았던 사람들이다. 그동안이 장난이고 놀이였다면 이번에는 대항이었다. 들키지 않도록, 상관없는 불특정 다수를 위한 행위를 했다면 지금은 동지의 일이었다. 모두의 얼굴에 의심의 기운이 비쳤다. 하지만 그 의심은 곧 결연함으로 바뀌어갔다.

하지만 결과적으로 그때는 의심의 소리에 귀를 기울였어야 했는지 모른다. 우리는 실패할 계획을 짜고 있었으니까.

*

영화는 개봉 며칠 만에 가볍게 오백만을 넘고 흥행에 고공가도를 달리고 있었다. 여러 얘기가 오간 끝에 우리는 목적과 방향을 공고히 했다.

DM의 홈페이지엔 영화의 무대인사 일정이 쭉 올라와 있었다. 며칠 후 서울에서 가장 큰 극장에서 오백만 명 돌파를 축하하는 대규모 무대인사가 있을 예정이었다. 그 무대가 우리가 올라서야 할 곳이었다. 우리의 목적은 그 영화를 개봉관에서 내리는 게 아니었다. 배우와 스태프들의 노고가 깃든 작품을 함부로 대할 순 없었다. 아무도 못 올라갈 거라고 생각한 무대에 올라 소리치는 것. 그게 우리가 해야 할 행동이었다. 하지만 날짜가 다가올수록 정작 무인은 연락이 잘 닿지 않았다.

"그런데 무인 씨는 어디서 뭘 하고 있는 거야?"

남은 아저씨가 무인에게 계속 전화를 걸었지만 무인에게선 응답이 없었다. 규옥도 고개를 갸우뚱했다. 우리의 계획을 실행하기 전 마지막 날 밤이 되었다. 만나기로 한 무인은 계속 연락이 되지 않았고 우리는 초조해졌다. 아주 늦게 무인이 도착했다. 파리한 안색이었다. 한동안 말이 없던 그가 입을 열었다. 의외의 말이 튀어나왔다.

"그만뒀으면 좋겠어요."

왜냐고 물었지만 무인은 쉽게 답하지 못했다. 단지 모든 것이 자신의 잘못이니 일을 크게 벌이고 싶지 않다는 말만 되풀이했다. 그의 얼굴은 전에 없이 어두웠다.

"어차피 달라지지 않아요."

그가 힘없이 덧붙였다. 규옥이 무인의 두 손을 맞잡았다.

"하나만 물을게요. 그들이 무인 씨 작품을 도용했다는 얘기, 무인 씨가 잘못 알고 있었던 건가요."

"아뇨, 그건 사실이에요……."

무인이 고개를 숙인 채 웅얼거렸다. 규옥의 눈빛에 순간적으로 힘이 들어갔다.

"그런데도, 그냥 져버리겠다고 결심하는 겁니까."

"설명할 순 없어요. 단지, 난 할 수 없다는 것뿐이에요. 어차피 아무것도 바뀌지 않아요……."

무인은 같은 말만 되풀이하다가 먼저 자리를 떴다. 남겨진 우리 사이에 어색한 공기가 흘렀다.

"본인이 싫다는데 우리가 가야 돼?"

남은 아저씨가 미심쩍게 물었다.

"이건 한 명을 위한 게 아닙니다. 누굴 위해서 하는 게 아니라고요. 우리는 갈 겁니다. 아니, 나는 갈 거예요. 설령 무인 씨가 오지 않더라도요."

규옥이 말했다. 그 눈빛에 도저히 반대할 수 없을 것 같았다.

그리고, 그날이 밝았다.

*

그날 우리는 꿈같은 장면을 만들어냈다. 인생에서 다시는 해볼 수 없는 것을 그날 우리는 했다. 내 인생에서 마지막으로 순수했던 순간이었다. 길거나 거창할 것도 없다. 다만 짧은 무성극이 벌어졌을 뿐이다.

무대는 어둡고 깔끔했다. 그리고 무척 넓었다. 배우들이 웃으며 올라갔고 나이든 감독이 나가서 무대 인사를 했다. 배우들이 관객의 성원에 감사하다고 연신 몸을 숙였다. 앞에는 대포만 한 카메라를 든 기자들이 가득했다. 우리는 기자들 틈에 섞여 있었다. 한 명씩 마이크를 넘겨받을 때마다 몸의 긴장이 더해졌다. 드디어 중간에 선 남자 배우에게 마이크가 건네졌다. 그가 광화문에서 브레이크 댄스를 추겠다고 천만 공약을 내건다. 지금이 타이밍이었다. 우리는 계단 위로 일제히 올랐다. 나와 규옥은 왼쪽에서, 남은 아저씨는 오른쪽에서. 남은 아저씨가 남자 배우의 마이크를 빼앗았다. 나는 뒤에서 미리 준비해 온 플래카드를 펼쳤다. DM은 사과하라, 따위의 글귀가 손글씨로 쓴 붉은 매직으로 적혀 있었다.

남은 아저씨가 더듬더듬 입을 뗐다.

"이건, 이 영화는……."

수많은 사람 앞에서 남은 아저씨는 얼어붙고 말았다. 목소리는 기어들어갔고 말은 더듬어져 나왔다. 시간이 없었다. 규옥이 재빨리 마이크를 낚아챘다.

"이 영화는 DM의 작품이 아닙니다. 저희는 DM에게 작품을 빼앗긴 친구를 대신해 이 자리에 섰습니다."

나도 얼른 바통을 챘다. 몸이 끓어올랐다. 이제와 고백하건대 내 얼굴엔 햄토리 가면이 씌어 있었다. 도저히 맨 정신으로는 할 수 없는 일이었다.

"여러분!"

그게 내가 외친 처음이자 마지막 단어였다. 마이크가 꺼졌다. 나는 커다란 목소리로 고래고래 소리쳤지만 힘없는 내 목소리는 폭죽처럼 터지는 수만 발의 플래시 소리에 가려 내 귀에조차 들리지 않았다. 갑자기 날개가 돋는 듯 겨드랑이가 욱신거리더니 날아갈 듯 발이 공중으로 붕 떴다. 규옥이 하늘을 날고 있었다. 남은 아저씨도 둥실 하늘로 떠올랐다. 우리는 하늘을 날아 무대 아래로 내려왔다. 다음 순간, 경호원들이 우리를 차가운 계단 위로 내동댕이쳤다. 누군가가 기어이 내 가면을 벗겼다. 나는 순식간에 맨얼굴로 수백 명의 사람들과 대면했다. 플래시가 팡팡팡팡 터졌다. 태어나서 그처럼 주인공이었던 적은 처음이다. 뒤에서 조연 배우의 넉살 좋은 목소리가 들려왔다. 신 스틸러답게 그의 임기응변은 가히 후세의 표본이 될 만했다.

"감사합니다. 홍보용으로 저희가 준비한 이벤트예요. 좀 썰렁해서 중간에 끊었습니다. 연기 연습 좀 더 하셔야겠어요들!"

내 생애 처음으로 나는 무척 유명한 사람이 되었다. 인터넷에 여섯 시간가량 검색어 1위로 '가면남녀'가 떴고 반나절도 안 돼 우리 셋의 신상이 모두 털렸다. 유명세는 사십 시간 정도 지속됐다. 곧 더 심각한 다른 뉴스가 보도됐기 때문에 이틀이 채 지나지 않아, 우리는 이미 한물간 반짝 스타처럼 메인에서 비껴나 있었다.

19. 멀리 있는 타인들

날이 밝아올 때쯤 우리는 모두 풀려났다. 영화사 대표와 DM에서 파견한 홍보담당자가 찾아왔다. 내가 DM의 정직원이며 규옥은 인턴이라는 걸 알게 된 그들이 저들끼리 웃음 섞인 눈짓을 주고받았다. 그들은 나중에 다시 찾아와 '행정상의 처리'를 하겠다고 다짐하고는 돌아갔다.

유치장에서 먹는 밥은 맛이 없었다. 소문대로 밥에는 콩이 들어 있지 않았고 몇 번을 재탕했는지 숨이 팍 죽은 시금치국은 짜기만 했다. 우리는 그래봤자 그곳에서 단 하룻밤을 지냈을 뿐이다. 경찰이 혀를 쯧쯧 차며, 작게 "그렇게 살지들 마요"라고 말하는 바람에 남은 아저씨가 다시 울컥해 달려들 뻔했지만 다행히 규옥이 적절히 막아 더 이상의 소동은 일어나지 않았다.

꿈결 같은 밤을 지새우고 나온 새벽은 푸르고 창백했다. 세상에서 맞이하는 가장 늦은 밤 혹은 가장 이른 아침이었다. 아무도 말이 없었다. 긴 침묵을 깨고 남은 아저씨가 그나마 그럴듯한 제안을 했다.

"해장국집에나 가자."

우리는 말없이 선지와 시래기를 건져 올렸다. 평소 같으면 술이라도 한 잔 곁들였겠지만 아무도 그러자 하지 않았다. 모두들 무언가가 끝났다는 것을 알고 있었다. 사실 그건, 전날 무인이 먼저 자리를 떠났을 때 이미 예견됐던 결과였다. 식당 벽에 걸린 텔레비전에는 아침 조깅의 유해성에 관한 정보 프로가 방송 중이었다. 채널을 바꾸자 뉴스가 나왔다. DM이 투자·배급한 영화가 엄청난 기세로 흥행 기록을 갈아치우고 있다는 소식이었다. 자막에 배우들과 감독이 관객을 향해 허리를 숙여 인사를 했다. 이어서 앵커가 표정 변화 없이 가면남녀가 난동을 부렸다고 보도했다. 누군가가 휴대폰으로 찍은 영상인지, 우리의 얼굴이 모자이크 처리된 채 심하게 흔들리는 화면 속에서 아른거렸다. 멀리서 본 우리의 몸짓은 상상했던 것보다 훨씬 짧고 시시했으며 한심하고 애잔했다.

"전파 탔네."

남은 아저씨가 힘없이 말했다. 나는 규옥에게 눈길을 돌렸다. 그는 생각에 잠긴 채 얼굴을 숙이고 있었다. 장면이 바뀌고 누군가의 얼굴이 화면을 채웠다.

"잠깐만, 저 사람……."

남은 아저씨가 소리쳤다. 거기 무인이 있었다. 야구 모자를 눌러 써 얼굴이 그늘져 있었지만 평소와 다름없는 모습이었다. 그가 아무런 감정도 들어 있지 않은 표정으로 말했다.

"오해가 있었던 것 같고요……."

짧은 평서문의 인터뷰는 딱 거기까지였다. 나머지는 앵커가 설명했다. 논란이 된 작가는, 소재가 겹쳤을 뿐 자신의 것을 차용한 것은 아니며, 잘 알지 못하는 사람들이 나서 이런 사태를 벌인 데 대해 유감이라고 밝혔노라고. 마무리로 영화의 자료화면이 송출됐다. 미소 띤 배우들이 벌떼같이 모여든 인파 앞에서 손을 흔들며 인사했다. 우리는 냉기가 도는 해장국집 마룻바닥에 엉덩이를 대고 앉아 전혀 다른 세계의 사람들을 올려다볼 수밖에 없는, 먼 곳의 타인들일 뿐이었다.

*

지환이가 주머니에 손을 찌른 채 발로 바닥을 찧고 있었다. 그 뒤로 엄마와 아빠가 서 계셨다. 반지하방인 걸 눈으로 확인하고도 부모님은 아무 말도 하지 않았다. 엄마는 허둥대며 상을 차렸다. 해도 들지 않는 좁디좁은 방에 네 가족이 둘러앉아 밥을 먹었다. 그러고 보니 네 가족이 한자리에 앉아 밥을 먹는 건 몇 년 만의 일이었다. 그 계기가 죄스러워 고개를 들 수가 없었다. 내키지 않게 젓가락을 들자 상 정중앙에 놓인 허연 두부가 눈에 들어왔다. 그걸 보자 눈물이 고이면서도 웃음이 터져 나왔다. 참다못한 아빠가 뚝 그치고 얼른 먹으라고 버럭 소리를 질렀다.

부모님과 지환이는 별다른 말을 하지 않고 그날 저녁 떠났다. 과수원을 통째로 집 안에 들여놓은 것처럼 집 안엔 배와 사과가 가득했다. 그게 엄마 아빠가 남기고 간 것들이었다. 나는 아무런 열매도 맺지 못했는데 여전히 부모님이 힘들여 맺은 열매를 먹는 게 죄스러웠다.

휴에 전화를 걸어 일하지 못하겠다고 했다. 대표가 놀란 듯 왜냐고 물었다. 나는 내가 활약한 동영상을 링크해 문자로 보냈다.

"저도 또라이거든요."

그에게선 더 이상 답이 없었다. 조금 후에 받은 문자는 다른 사람에게서 온 거였다.

—모두에게 할 말이 있어요.

무인이었다.

*

우리의 마지막 만남은 첫 모의가 이루어졌던 호프집에서 이루어졌다. 모두들 침울하게 대단원의 막을 기다렸다. 무인은 약속된 시간보다 조금 늦게 나타났다. 늘 보아왔던 모습이었지만 무언가가 달랐다. 표정이, 분위기가, 그가 속한 세계가. 그는 이제 우리에게 낯선 사람이었다. 무인은 자리에 앉기가 무섭게 술을 들이켰다.

"어떻게 사람이, 그럴 수가 있지."

남은 아저씨가 힘 빠진다는 듯 말했다.

"내가 올린 먹방 밑에 아무리 심한 악플이 달려도 이렇게까지 조롱당한 기분은 아니었어. 삼류 인형극의 꼭두각시가 된 기분이라구……."

삽시간에 무서운 열기가 감돌았다. 나라도 진정해야 했다. 아니, 진정할 필요도 없었다. 내 마음은 이미 너무 싸늘해져 있었으므로. 나는 맥주조차 마시지 않았다. 축하도 비애도 아닌 것을 위해 내 몸에 알코올을 퍼붓고 싶진 않았다. 나는 팔짱을 낀 채 조용히 말했다.

"어떻게 된 건지 최소한의 얘기라도 들어야 할 것 같아요."

무인이 마른침을 삼켰다.

"난 분명 하지 말라고 했어요. 어차피 달라지지 않을 거라고. 그리고 나는 원하지 않는다고도요. 그런데도 당신들은 결국 하고 싶은 대로 했죠. 다들 만족하시나요?"

강하게 말하려고 애썼지만 그의 말투는 심하게 떨렸다. 무슨 일이라도 낼 것 같아 오래 쳐다보고 있기 힘든 얼굴이었다. 하지만 규옥은 무인을 똑바로 응시했다. 그는 잔을 입에 한 번에 털어넣더니 조소를 잔뜩 담아 중얼거렸다.

"돈……."

"뭐라고요?"

무인이 홱 얼굴을 쳐들었다.

"돈 받았죠?"

규옥이 태연히 말을 이었다.

"오늘 아침에 관계자가 찾아왔어요. 서명하라고 각서를 내밀면서 그러더군요. 작가랑은 일 터지기 전에 이미 말 다 끝났다고. 너무 뻔해서 설마 했는데, 그래도 이건 좀 슬프네요."

무인이 고개를 비끼더니 헛웃음을 지었다. 그는 체 게바라 티셔츠를 입고 있었다. 규옥이 눈 하나 깜짝 않고 일갈했다.

"당신은 그러니까 말이죠. 체 게바라가 어떤 일을 했는지도 모르면서 체 게바라 티셔츠를 입은 채, 도용당한 자기 작품을 돈 몇 푼에 팔아놓고는 진실을 진실이 아니라고 주장하는 겁쟁이야."

무인이 벌떡 일어섰다.

"그럴까요. 잘 생각해봐요. 오히려 당신이 충분히 배고파보지 않아서 사치 부리는 건 아니고?"

많이 흥분했는지 무인의 말투는 점점 험악해져갔다.

"처음엔 별 생각이 없었어. 재미도 있고 의미 있는 일을 하는 기분이 들었죠. 그러다 어느 날 통장 잔고에 휴대폰 요금 낼 돈도 안 남은 걸 보고는 번쩍 정신이 들더군. 그러면서 의문이 들었어요. 저 사람은 왜 이렇게 여유만만 할까. 어째서 이렇게 한가하게 남을 평가하고 있는 거지. 그래서 좀 알아봤지, 당신에 대해서. 그래서 얻은 결론이 뭔 줄 알아? 아버지는 대형병원 특진 교수에 아버지 집은 뭐, 보통 사람은 평생 벌어도 못 살 곳이더만. 찌질하다 해도 어쩔 수 없어. 근데 그 사실을 알고 나니까 상당히 불쾌하더라고."

무인이 마른 침을 삼켰다. 규옥은 머리 아프다는 듯 머리를 절레절레 저었다.

"이건 또 무슨 종류의 연좌제죠. 그런 건 나랑 아무런 상관도 없는 얘기예요."

"상관없다고? 매번 좌절하고 이용당하면서 무슨 생각하고 산 줄 알아? 이 모든 게 내가 힘이 없어서라고 생각했다고. 내가 성공하기만 하면 나를 우습게 본 사람들 코를 납작하게 해줄 거라고 매일 다짐했어. 나 알던 사람들, 하나같이 짜여 있는 판을 탓하고 자본의 힘을 욕하면서, 시스템을 흉보고 세상의 부조리를 애석해했다고. 그때까진 늘 동지죠. 그러다 고깃덩이 하나 던져주면 다들 잽싸게 물곤 너무도 쉽게 변해요. 왜 그럴까 궁금했었는데 어느 순간 알겠더라고요. 성공에 가까워지는 게 너무 어렵거든. 세상이 그런 거야. 이번에 어떻게 된다고 해도 결국은 다시 똑같아져. 당신이 그런 세상에 대해 아는 게 있기나 해?"

무인이 거의 소리치듯 얘기했다. 남은 아저씨도 고개를 떨궜다.

"멋 부리지 마. 당신은 누군가를 평가하거나 선동할 자격이 없어. 우린 아등바등하면서 밥그릇 싸움하는데 넌 다 갖고 태어났잖아. 그러면서 권위니 놀이니, 놀아난 것 같아서 아주 기분 더러워. 물론 당신은 죽을 때까지 이해 못하겠지. 그냥 공장 견학하듯이 체험 한 번 했다가, 적당한 순간에 아, 아니구나, 하면서 손바닥 뒤집듯이 저 위에서 떵떵거리고 살고 있을 테니까. 넌 말야, 아무것도 아니야. 넌 그냥, 가짜야."

쿵. 무인이 바닥에 나동그라졌다. 규옥이 어느새 일어서 있었다.

"싸구려구나, 당신……."

해서는 안 될 말들이 오갔다. 한때는 애정과 연대의식을 가지고 무언가를 함께 했던 사람들 사이에서 내뱉으면 안 되는 말들. 서로가 뼛속부터 다른 사람이라는 걸, 애초에 같을 수가 없다는 것을 노골적으로 드러내는 표정들. 최선을 다해 상대를 공격하고 아프게 하는 몸짓들이 값싼 형태로 뒤바뀌어 뱉어져 나왔다. 그러자 현실은 끝없이 남루해졌다.

정신을 차렸을 때 나는 이미 집으로 향하고 있었다. 술 한 방울 마시지 않고도 취할 수 있다는 게 이런 느낌일 것 같았다. 그 자리를 어떻게 파했는지 기억도 나지 않았다. 욕설이 오갔는지, 누군가가 주먹을 휘둘렀는지, 그래서 결론이 어떻게 난 건지, 모든 게 꿈결처럼 몽롱했다. 다리가 후들거렸고 귀에서는 얇은 쇳소리가 들렸다.

인파에 섞여 한참을 헤맨 끝에 간신히 집 앞에 도착했다. 다음 달이면 이 집의 계약기간도 끝이다. 새로운 집을 구해야 해, 나도 모르게 그렇게 입 밖으로 소리 내어 말했다.

더는 그들과 섞이고 싶지 않았다. 내 안으로. 나만을 위하여. 세상 따위 어떻게 돌아가든 그렇게 살고 싶었다.

규옥을 떠올리자 아무런 판단도 내릴 수 없었다. 그와 있었던 짧은 로맨스의 장면이 떠올랐다. 그러자 가슴이 콕콕 찌르듯 쑤셨다. 별 사이도 아니잖아. 그 말을 속으로 한 음절씩 따박따박 되뇌었다. 그러고도 모자라 나에게 보내는 카톡방에 적었다. 띄어쓰기에 방심했더니 호흡을 고르듯 저절로 종지부들이 피어난다.

별. 사이도. 아니잖아.

그러고 나자 잠깐 동안은 정말 그런 것처럼 생각됐다. 그런데 결국 아팠다. 실연의 상처가 아니라 복합적 괴로움이다. 혹은 비밀스런 죄책감이다. 규옥과의 키스를 그만두었던 그 밤으로 수렴하는 떳떳하지 못한 죄책감. 너는 멋진 사람이지만 너와는 내 미래를 함께할 수 없다는, 그 알량한 방어기제 내지는 허영심. 내가 함께 하는 행위에 대해 끊임없이 의심했음에도 불구하고 말하지 못한 가식. 그걸 거울놀이 하듯 한때의 동지였던 무인에게서 보게 되는 아이러니…….

어쩌면 처음부터 속으로는 알고 있었을 거다. 이런 행위 따위로는 세상을 바꿀 수도, 균열을 일으킬 수도 없다는 걸. 다만 나는 그걸 입 밖으로 내지 못했을 뿐이다. 얕은 진심을 드러내기엔 너무 용기가 없었다. 그렇게 따지면 저 바닥까지 헤집고 쑤신 무인이 나보다는 솔직한 건지도 모른다…….

전화가 울렸다. 받지 않았다. 내가 생각한 사람으로부터의 연락이 맞을까. 맞아도 두렵고 아니어도 두려웠다. 한동안 울리는 전화소리가 뜸해지는가 싶더니 갑자기 눈앞에 누군가가 서 있다. 규옥이었다. 초췌해 보였다. 그렇잖아도 하얀 얼굴은 더 파리해져 있었고 눈동자는 푸르스름할 정도로 번뜩였다. 겉모습과 다르게 상큼한 섬유유연제 냄새가 코에 보드랍게 휘감겼다. 그래, 나는 이런 걸 좋아했었지. 하나로 모아지지 않는 그의 모습을. 전혀 신경 쓰지 않은 것처럼 보이는 옷차림을 뚫고 상큼하게 풍겨오는 섬유유연제 냄새, 덥수룩한 머리와 쌍을 이루지 않는 하얀 손의 부조화 따위를…… 술기운 때문인지 그의 볼이 발갰다.

"지혜 씨한테만큼은 묻고 싶은 게 있어요. 정말 내가, 가짜라고 생각해요?"

규옥이 몸을 건들거리며 말했다. 나는 규옥을 빤히 바라보았다. 그의 순수한 눈을, 꾸밈없는 표정을, 나를 안아주었던 가슴과 내 손을 맞잡고 용기를 불어넣었던 손을.

"아니요."

내가 말했다.

"단지 내가 당신의 세계 안에 머무를 수 없을 뿐이에요."

규옥이 풋웃음을 지었다. 우습지도 않은 얘기에 어깨를 작게 들썩이며 웃던 그 웃음을 보자 두려워졌다. 그를 더 좋아하게 될까봐, 말도 안 되는 세계에 위험하게 빠져들까봐, 후회할까봐. 그런데 애먼 소리를 한 건 규옥 쪽이었다.

“혹시 아니라고 생각할까봐, 말하고 싶었어요. 나 지혜 씨 좋아해요. 많이.”

“왜요?”

이건 잘못된 고백이다. 그렇게 생각하면서도 나는 나른하게 묻고 있다.

“왜냐구요?”

규옥이 웃었다. 그러곤 천진하게 덧붙인다.

“이쁘니까.”

황당해서 숨도 안 쉬어지는데 그는 계속한다.

“하는 짓도 이쁘고, 곰인 거 뻔히 아는데 여우인 척하는 것도 귀엽고, 그리고 무엇보다도 솔직해서. 자기는 되게 안 그런 줄 아는데 모든 행동에서 마음이 다 보여서…….”

머리를 세차게 저었다. 헛웃음이 튀어나오고 눈에는 물기가 모여든다. 다른 날이었다면, 그날 밤 같은 어떤 때였다면. 그랬다면 견딜 수 없이 달콤했을지 모른다. 그러나 이 시점에 듣기엔 너무도 초라한 고백이었다. 이 말도 안 되는 타이밍이 짜증스러워 눈물이 났다.

“김 부장이 그만두고 나서 나도 생각이 많아졌어요. 이런 놀이는 한낱 장난에서 끝나는 게 아닐까 회의가 들었죠. 고민을 많이 했어요. 그리고 계란으로 바위를 치더라도 조금 더 중심을 파고들고 싶어졌어요. 여태까지와는 본질적으로 달라요. 그게 정말 현실이 되려면 시간이 좀 걸리겠지만, 지혜 씨한텐 그 얘기를 꼭 들려주고 싶어요. 왜냐하면…….”

빠른 속도로 말하느라 그가 더듬거리며 말했다.

"아뇨, 하지 마요, 제발."

내가 말을 잘랐다.

"부끄럽지만 고백할게요. 나도 무인 씨랑 다르지 않아요. 나는 말이에요. 용감한 사람이 아니에요. 그런 척하고 싶어서, 잠깐 현실을 잊을 수 있어서, 멋진 사람이 된 것 같아서, 혼자이기 싫어서, 그래서 같이 어울리는 척했던 것뿐이에요. 마음속은 늘 의심으로 가득했고 들킬까봐 불안불안했죠. 허세에 찌든 위선자가 된 것 같아서 아주 끔찍한 기분이었다고요…… 그런데 이제라도 솔직히 말할 수 있어 후련하네요. 내 앞가림이나 제대로 하고 싶어요. 그러니까, 그러니까 이젠 제발 내 갈 길 가게 비켜줄래요?"

정적이 흘렀다. 규옥이 천천히 몸을 돌려 길을 내주었다. 나는 그 틈으로 빠져나왔다. 그와, 그들과 함께했던 그 낮 뜨거운 기억을 빨리 과거로 보내고 싶어 발걸음이 점점 빨라졌다. 지면은 빠른 속도로 뒤로 밀려났고 그와 나 사이에 벌어졌던 모든 일들은 과거의 소실점 속으로 빨려 들어갔다.

그날 무언가가 많이 바뀌었다. 그리고 무언가가 영원히 막을 내렸다. 살면서 여러 가지 끝을 경험했지만 그런 마지막은 처음이었다. 씁쓸하다는 말로는 표현이 부족한, 맥 빠지고 무기력한 끝이었다. 결국은 소동이라고밖에 불릴 수 없을 우리들의 모험은 그렇게 끝났다.

*

가진 게 없어도 모든 걸 그만둬야 할 때가 온다. 모든 것을 소거하고 오직 나 홀로인 시간으로 침잠할 시기가. 청춘의 배부른 핑계라 험담하는 이도 있을 거다. 그런데 그랬다. 혼자 밥을 먹거나 영화를 보는 그런 혼자 말고, 진짜 혼자의 시간이 필요했다. 유일한 핑계는 '누구나 한 번쯤 그런 때가 온다'는 출처를 알 수 없는 말이었다. 그리고 내게는 그게 지금이었을 뿐이다.

월요일에 유 팀장에게 일을 그만두겠다고 말했다. 유 팀장은 내 어깨에 손을 길게 올려놓고는 아무 말도 하지 않았다. 이미 모든 걸 알고 있는 눈치였다. 그렇게 기를 쓰고 들어와서 드라마틱하게 정직원이 됐는데도 말 한마디, 종이 한 장이면 끝이다. 대개 그렇다. 끝은 쉽고 빠르고 느닷없다. 그리고 언제나 와야 할 순간에 온다.

규옥은 보이지 않았다. 유 팀장이 그에게 인사를 하고 가라 했지만 그러지 않았다. 사무실을 빠져나오기 전, 비어 있는 내 의자를 보았다. 내가 사라진 후 저 의자에 누가 앉게 될지 잠깐 상상했다. 어차피 이제 그건 내 의자가 아니었다. 내가 문을 나서는 순간 그 자리가 나의 것이었다는 걸 증명할 방법은 영영 사라졌다.

거리의 모습은 똑같았다. 내가 사회적으로 물의가 될 만한 사건을 벌이고 구치소에서 밤을 지새웠다는 건 그 누구의 관심거리도 되지 못했다. 하찮아서 다행이었다. 그 하찮음은 이 세상에 벌어지고 있는 더 끔찍하고 더 슬프고 더 자극적인 일들에 빚을 지고 있었다. 그런 일들로 시선이 돌려지기에 평범한 사람들의 드라마는 금세 잊혀지고 만다.

버스를 탔다. 라디오에서 익숙한 멜로디가 나왔다. 규옥의 집에서 들었던 〈Blue room〉을 해밀턴 시스터스가 완전히 다른 방식으로 부른다. 그 천진하게 빠른 템포와 그늘 없는 유쾌함이, 그날의 비밀스런 감정은 이미 다 증발돼버린 현실이 쓰라렸다.

*

아카데미에 짐 정리를 하러 간 날 유 팀장이 내게 작은 선물을 주었다. 푸른색 바탕에 볼이 발간 여자아이가 웃고 있었다. 행운을 비는 마트료시카였다. 결혼하기 전 갔던 러시아 여행에서 산 기념품이라고 했다.

"그런데 왜 저한테 이런 걸 주세요?"

"나름의 애정이 있었으니까. 그래서 행운을 빌어. 살다 보면 알게 될 거야. 누구나 마음속 깊은 데엔 겹도 모양도 다른 사람이 끝없이 들어 있다는 걸."

유 팀장이 자못 진지하게 말했다. 나는 유 팀장의 손을 부드럽게 감싸 잡았다.

"그런 의미에서 저도 팀장님한테 보여드릴 게 있어요, 고백이라고 할 수도 있구요."

우리는 아카데미 밖으로 향했고 곧 나의 비밀 도피처인 단지 안 공원에 다다랐다. 바람이 불어와 마른 나뭇잎들이 바닥에서 둥글게 회전하고 있었다. 나는 구석에 놓인 텅 빈 벤치를 가리켰다.

"소개할게요. 정진 씨예요."

유 팀장은 무슨 소리인지 모르겠다는 듯 주변을 둘러봤다.

"내 눈에만 안 보이는 건가?"

내가 장난스럽게 덧붙였다.

"착한 사람 눈에만 보여요."

뒤통수를 맞은 듯 멍한 표정이던 유 팀장의 얼굴에 미소가 떠오르기 시작했다.

"설마 내가 보인다고 뻥이라도 칠 것 같아?!"

우리는 웃었고 나는 정진 씨의 탄생에 대해서 솔직히 들려주었다. 유 팀장은 머쓱해했지만 고개를 끄덕였다. 더 이상 함께할 이유가 없어지고 나서야 우리는 처음으로 서로를 조금쯤 이해했다.

20. 빈 챕터

디아망 아카데미에 몸담았던 시간은 이제 추억 어린 에피소드일 뿐이다. 그 영겁 같던 하루하루는 그곳을 나오는 순간 과거가 되어 '그때'라는 말로 축약됐다.

그 후로 한동안 아무런 일도 일어나지 않았다. 내 인생을 한 권의 책으로 묶는다면 그 챕터는 온통 백지다. 백지임에도 불구하고 본문 안에 끼워 넣고 싶은 챕터. 그런 시간을 보냈다.

남은 아저씨와는 문자만 몇 번 주고받다 연락이 끊겼다. 수도권 어디에선가 우동집을 새로 냈다고 들었다. 이제 아저씨가 먹는 모습을 남에게 보이는 대신, 자신이 만든 음식으로 기뻐하는 손님들을 보기를 바랐다.

무인은 제목이 특이해 우연히 클릭한 웹툰의 스토리작가로 활동하고 있었다. 웹툰의 제목은 '고무인간의 최후'가 아닌 '고무인간의 반격'.

아직은 성공도 실패도 아닌 근근이 지속되는 삶을 사는 것처럼 보였다. 감히 내가 평가할 수 없는 삶이다. 그의 삶이 길고 끈덕지게 이어지길.

공윤은 책을 한 권 더 냈지만 예전만큼 인기를 끌지는 못했다. 그녀는 결혼을 한 뒤 파워블로거로 유명세를 탔다. 협찬 받은 화장품이나 명품 가방, 호텔에서의 식사와 해외여행의 흔적으로 가득한 블로그였다. 그녀가 전시하고 있는 일상이 속까지 풍요로운지는 알 길이 없었다. 분명한 건 이제 그녀가 나에게 아무런 영향도 줄 수 없다는 사실뿐이었다.

나는 포트폴리오를 꾸려 작은 회사에 다시 들어갔다. 아이러니하게도 그 회사는 또다시 '휴'였다.

"평범해 보여도 알고 보면 또라이 아닌 사람은 없거든요. 한 번은 같이 일해야 할 운명인가봅니다."

면접에서 나를 알아본 최 대표가 한 말이다.

유전자 편집과 마술 같은 3D프린터 기술, 드론의 일상화를 앞둔 4차 산업혁명의 초창기인 현재에, 오로지 인간의 땀과 근육으로 무언가를 만들어내는 목공을 업으로 삼은 사람들. 휴의 목수들은 아기 침대부터 작업용 스탠드 책상, 각종 인테리어 소품들까지 창의적이고 아름다운 작품을 만들었다. 나는 주어진 사명대로 목수들에게 여러 콘텐츠를 제공하고 트렌드의 방향을 연구했다.

휴는 한때 위기를 맞기도 했지만 그럭저럭 잘 굴러갔고 대표는 차츰 비전을 넓혔다. 그는 목수뿐 아니라 다양한 분야의 핸드 크래프트 아티스트들을 영입하고 지원했다. 수작업을 예술이라 생각하는 철학 덕에

할 수 있는 일이었다.

그리고 이제 나는, 작은 부서의 직원 세 명과 함께 일하는 서른세 살의 팀장이 되어 있다. 여전히 내 앞에는 일이 산적해 있었다. 정해진 월급을 받고 하는 일에 사사로운 생각을 끼워 넣을 생각은 늘 부족했다. 일을 하면 수면부족이 따라왔고 잠에서 깨기 위해 커피를 마시고는 또 다시 밤에 잠 못 드는 생활의 반복이었다. 그 동력이 월급이라는 건 서글펐지만 현실이었다.

이따금씩 지치거나 우울해질 때면 우쿨렐레를 튕기곤 했다. 나일론 줄 네 개가 꽤나 위안을 준다. 모두의 앞에서 불렀던 노래의 리듬은 아직도 손가락 끝에 남아 있다. 그 노래를 부를 때면 항상 같은 얼굴이 떠올랐다. 그럴 때면 숙제 같은 질문들이 마음을 괴롭혔다.

규옥에 관해 마지막으로 들은 건 그가 모 기업에 취업했다는 소식이었다. 이제 그의 삶도 조금쯤 안전해졌다고 생각하니 다행스러우면서도 어딘가가 아렸다. 놀이를 통한 균열. 균열을 통한 변화……. 그런 게 애당초 가능이나 했을까. 규옥이 하려고 했던 건 대체 뭐였을까. 그저 억눌린 자아를 분출시키는 치기 어린 장난이었을까. 그런 의문이 들 때마다 빨리 생각을 멈추는 것 외엔 도리가 없었다. 그게 아직도 때때로 시큰거리는 내 맘을 지키는 유일한 방법이었다.

지환이의 말대로 세상을 바꾸려는 노력을 하는 대신 정해진 길 위를 안전하게 걷는 것, 그것이 가장 실용적으로 사는 방법이었다. 하지만 왠지 그러고 싶지 않았다. 실패로 끝난 그 장난 같은 놀이들을 회상하노라면 정의 내리기 힘든 소용돌이가 자꾸만 가슴을 휘저었다. 그리고 시간이 충분히 흐르고 난 뒤 나는 스스로에 대해 진단을 내렸다. 내가 나름대로 세상에 변화를 주고 싶어 한다는 걸. 다만 그 방법이 잡힐 듯 잡히지 않았다.

그러다 어느 날 나는 좀 묘한 결론에 다다랐다. 해답은 정진 씨가 가지고 있었다.

*

반지하방에서 나와 다른 동네로 이사 간 지는 좀 되었지만 어쩌다 버스를 타고 돌아올 때면 디아망 아카데미가 있던 자리를 지나치기도 했다. 얼마 전 디아망 아카데미는 사라졌다. 내가 마지막으로 본 장면은 커다란 장비가 건물을 허무는 모습이었다. 볼썽사나운 철근들이 삐죽삐죽 튀어나와 있었고 반짝이던 간판은 한낱 폐기물이 되어 바닥을 나뒹굴었다. 무용한 상아탑 대신 DM은 주변 부지까지 사들여 DM의 정체성에 더 걸맞은 쓸모 있는 요새를 지었다. 그 요새 안이 궁금해, 버스에서 내려 안으로 들어갔다.

영화관과 쇼핑몰, 온갖 종류의 프랜차이즈 숍들이 어우러진 복합 문화공간이었다. 사람들이 빽빽이 공간을 메운 채 즐거운 듯 활보한다. 크고 편하고 쾌적하고 돈이 되는 문화 사업. 그런데 정말로 쇼핑몰 말고는 답이 없는 걸까. 공간마저 찍어낸 듯 기획해내는 발상이 답답해 서둘러 그곳을 빠져 나왔다. 그 곳에 내 흔적은 전혀 없었다.

갑자기 누군가가 만나고 싶어졌다. 길을 건너고 친숙한 골목을 돌았다. 많이 변해버린 주변에 비해 여전히 단지 안은 조용하고 한적했다. 간간히 운동하는 사람들도, 야트막한 원형 계단도 그대로였다. 항상 앉던 자리에 천천히 앉았다.

안녕, 정진 씨. 잘 지냈어? 입 밖으로 머쓱한 몇 마디를 내뱄다. 이상하게 마음이 따뜻해지는 기분이었다. 서두르지 않고 해가 천천히 질 때까지 자리를 지키고 앉아 있었다. 변한 게 없다고 생각했는데 자세히 보니 그림도 그려져 있고 계단이며 잔디, 심어놓은 화초들이 깔끔하게 관리되고 있었다. 그런데도 쓸데없이 놀고 있는 공간이었다. 그때, 뭔가를 기획하고 싶다는 생각이 들었다.

행사를 준비하는 데엔 꼬박 석 달이 걸렸다. 왠지 부끄러워 지인들에게 알리지 않았지만 준비가 끝났을 무렵 누군가에게는 초대의 메일을 보냈다. 그러는 동안 세상의 다른 쪽에서도 이상한 변화가 일어났다.

21. 정말, 진짜, 우리

최근 뉴스는 대한민국 전반에 걸친 재벌들의 비리에 대한 얘기로 떠들썩했다. 도대체 어디가 시작이고 어디가 끝일지 모르는 재계의 주가 조작과 담합, 정치권과의 연루는 연일 뉴스를 화려하게 장식했다. 모든 뉴스의 단초는 DM사를 비롯하여 복잡한 가계도로 얽힌 기업들의 본사에 근무하는 익명의 제보자로부터 시작됐다.

익명의 제보자가 한 명인지 다수인지는 알려지지 않았다. 소문에 의하면 1인이라는 설도 있었고 동시다발적으로 연합한 다수라는 얘기도 있었다. 여하튼 그 혹은 그들은 진실에 접근하기 위해 대상이 된 기업에 인턴으로 취업하거나 위장취업의 단계를 거쳤으며 고위층의 비서나 운전기사 등으로 일했다는 얘기도 카더라 통신처럼 보도되었다.

그 혹은 그들은 수집한 정보들을 한 진보 언론사에 지속적으로 제공했고 언론은 충실한 취재로 제보자들의 정보를 뒷받침하는 내용을 쏟아냈다. 앵커는 곧 청문회에 증인으로 줄줄이 출석할 다수의 증인이 그 내부고발자들로 인해 가능했다고 말했다. 그들은 공식적인 인터뷰를 하거나 신상을 전면에 공개하는 대신 전하고 싶은 메시지를 남겼다. 앵커가 조용히 그것을 읽었다.

"세상이 바뀌지 않더라도 우리는 나이 들어서 오늘을 기억할 겁니다. 그때도 지금처럼 우리가 옳지 않다고 생각하는 것들을 여전히 비판할 수 있었으면 좋겠습니다."

앵커가 수수께끼 같은 말이라며 마지막 두 문장을 읽어나갔다.

"당신이 앉아 있는 의자가 당신에게 어떤 권위를 부여할지 모르겠지만 잊지 마십시오. 의자는 의자일 뿐입니다."

마지막 문구가 익숙한 메아리처럼 귀를 울렸다. 나만 아는 비밀스런 암호가 낯선 곳에서 전송되고 있었다.

*

원형 계단 아래로 사람들이 하나 둘 늘기 시작했다. 남들의 눈에는 아파트 주민들이거나 오가는 뜨내기들이라고 보일지 모른다. 점점 불어난 사람들은 음료와 간단한 먹을 것을 들고 원형 계단에 자리를 잡고 앉는다. 조금 뒤 검은 타이즈를 입고 온몸을 검게 칠한 몇 사람이 무대 위로 올라 몸짓을 시작한다. 그들이 하고 있는 건 일종의 그림자 연극이다. 멀어져가는 해를 배경으로 꽤 근사한 공연이 펼쳐졌다. 짧은 연극이 끝나고 다시 무대는 공석이 되었다. 갑자기 한 남자가 성큼 무대 앞으로 나가 연인을 위해 노래를 불렀다. 실력은 그저 그랬지만 주변에 앉아 있는 사람들은 가볍게 박수를 쳐줬다.

무대 앞엔 작은 팻말이 세워져 있다. '아무나 올라올 수 있는 무대. 용기 있게 뛰어드세요.' 일종의 열린 무대다. 놀고 있는 땅들을 알아보고, 의심으로 가득한 공무원들을 일일이 설득해 허락을 받아내고, 동시에 크라우드 펀딩으로 약간의 홍보비를 마련했다.

누구나 연단에 오를 수 있다. 노래를 하든, 춤을 추든, 이야기를 하든 상관없다. 의자와 객석과 무대의 구분이 없는 곳. 빽빽한 도시 안의 둥근 구멍들. 그게 내 기획의 초점이었다. 경계를 허물고 의미 없는 공간에 의미를 채워 넣고 모두가 객석과 무대의 구별 없이 참여하는 공간. 도시 안에 이런 무대를 여러 개 만들고 싶었다. 오늘은 그 첫째 날이었다.

의외로 자발적인 참여가 이어지는 가운데, 날은 찬찬히 저물어갔다. 석양의 붉은 기운이 대지를 물들이려는 순간이었다.

한 남자가 가로등에 삐딱하게 기대 서 있었다. 해를 등지고 있어 검고 긴 실루엣이지만 얼굴이 나를 향해 있는 게 보인다. 머리 위에서 매미 소리가 파도처럼 싸하게 밀려들었다. 입을 벌린 채 하늘로 시선을 옮긴 사이 가로등 옆은 비어 있었다. 남자가 곧장 내게 다가왔다. 그러곤 처음 만나는 사람처럼 인사를 건넸다.

"잘 지냈어요?"

많이 야위어 있었지만 눈빛은 맑고 선명했다. 아무렇지 않은 척 밝게 답했다.

"네. 규옥 씨는요?"

"김지혜가 뭘 하고 있는지 궁금해서 왔죠. 아직도 정진 씨 우려먹고 있다는 소문이 돌기에."

규옥이 팸플릿에 적힌 글자를 가리켰다. 정말, 진짜, 우리. 그게 이 무대의 이름이었다. 내가 가볍게 웃었다.

"시작은 어려울지 몰라요. 하지만 좀 다른 걸 해보고 싶어요. 누구나 참여할 수 있고 무대 위로 올라올 수 있는 곳. 쉽게 말하면, 정해진 의자가 없는 곳이요."

내가 싱긋 웃었다.

"의자, 아, 애증의 의자……."

규옥이 이마를 짚으며 과장된 표정을 지었다.

"서울의 노는 땅은 다 개발해야 할 땅이라고 생각하는 게 싫었어요. 노는 땅이 있으면 가끔은 거기서 놀기도 해야죠. 그리고 그동안 정진 씨를 혼자만 누려서 이제 모두에게 돌려드리려고요."

내가 넉살을 부렸다.

"돌려드린다니, 무에서 유를 창조하는 배짱 하나는 좋네요."

규옥이 어깨를 들썩이며 웃었다. 그럴 때마다 그의 툭 튀어나온 목젖도 박자를 맞추며 움직인다. 여전한 웃음이다.

"어떻게 지냈어요?"

"나요? 난 많은 걸 얻었다가 다시 다 잃었어요. 나 스스로가 그럴 수 있는지 한번 실험해보고 싶었으니 성공이라고 봐야 할까요. 이제 빈털터리죠. 믿을 수 있을지 모르겠지만."

"별로 안 변했네요."

"아직까지 변할 기회가 충분히 주어지지 않은 거죠."

그가 의미심장하게 말하더니 나에게 명함을 내밀었다. 한 회사의 이름이 새겨져 있었다.

"그래서 진짜 어렵게 다시 취직했어요. 바뀌어야 할 것들이 있다면 그걸 제대로 알고 또 알리는 것부터가 시작이라는 결론을 얻었거든요. 이왕이면 정말 성공해보고 싶어요. 그러고 난 후에도 변하지 않을지 궁금하거든요."

"전에 하던 장난들은 이제 그만둔 거예요?"

내가 물었다.

"글쎄요, 과연 그럴까요?"

규옥이 씩 웃더니 휙 계단을 내려가 무대 위로 올라섰다. 그의 품에는 많이 본 악기가 들려 있었다. 부드러운 선율이 귀를 간질이고, 언젠가 들었던 곡이 긴 도돌이표를 돌아 처음처럼 귀에 나긋이 꽂혔다. 언젠가 그가 내게 들려주었던, 내가 그를 위해 불렀던 노래다.

노래에 집중하는 사람도 있었고 상관 않고 담소를 나누는 사람들도 있었다. 지나다니는 차들의 소음도 들려왔다. 어쩌면 그건 늦여름의 흔해빠진 풍경에 지나지 않는지도 몰랐다. 모든 소리가 균등하게 섞여 그 공간의 태동처럼 고동쳤다.

우리의 눈이 마주쳤다. 규옥의 얼굴에 미소가 어리기 시작했다. 나도 눈썹을 위로 슬쩍 올렸다. 이건 분명 동지의식이다. 비밀스럽고 은밀한 동지의식. 우리의 얼굴엔 웃음이 번져갔고 웃음은 기어이 소리가 되어 밖으로 새어나왔다. 영원히 멈추지 않는 노래가 막 시작됐다. 대지 위에 붉은 기운을 맘껏 뿌린 태양은 어느새 자취를 감추고 도시 위로 천천히 밤이 찾아왔다.

*

연달아 취업에 실패하던 시절, 정말 여기만은 내 자리일 거라고 생각했던 면접을 망치고 나오던 날, 날이 참 밝았었다. 어딜 올려다봐도 뿌연 대기에 가려 해도 보이지 않는데 이상하게 눈이 부셔 눈을 뜨기조차 힘든 날이었다. 거기다 비 온 흔적도 없는데 바닥은 시야 끝까지 다 젖어 있어 몹시 비현실적인 느낌이 들었다.

무거운 마음을 실어 터벅터벅 걷는데 갑자기 발밑에 무지개가 떠서 걸음을 멈췄다. 어디선가 흘러온 기름이 작은 물웅덩이에 고여 찬란한 무지개띠를 만들어낸 거였다. 그런데 모양이며 색이 어찌나 선명한지, 진짜 무지개보다 더 진짜 같았다. 그 묘한 아름다움이 생경해서 기름띠가 물 위에 자리 잡는 모습을 한참 동안 바라보고 서 있었다. 꼭 비 온 뒤 청명한 하늘에 뜨는 무지개만 아름다운 건 아니구나. 아무런 사건도 등장인물도 없는 그날의 기름 무지개가 내 인생에서 꼽는 몇 장면 중 하나란 건 참 아이러니하다.

내가 우주 속의 먼지일지언정 그 먼지도 어딘가에 착지하는 순간 빛을 발하는 무지개가 될 수도 있다고 가끔씩 생각해본다. 그렇게 하면, 굳이 내가 특별하다고, 다르다고 힘주어 소리치지 않아도 나는 세상에서 하나뿐인 존재가 된다. 그 생각을 얻기까지 꽤나 긴 시간과 노력이 필요했지만 조금 시시한 반전이 있다. 그렇게 애쓰지 않아도, 애초에 그건 언제나 사실이었다는 거다.

* 소설에 언급된 곡들

– 〈Body and soul〉 Benny Goodman
– 〈I'm beginning to see the light〉 The Inkspots and Ella Fitzgerald
– 〈Don't get around much anymore〉 Harry connick Jr.
– 〈Blue room〉 Chet Baker
– 〈My foolish heart〉 Bill Evans
– 〈All of me〉 Frank Sinatra
– 〈The Blue room〉 The Hamilton sisters and Fordyce

심사평

예심을 거쳐 본심에 오른 작품은 6편. 그중에 2편이 집중적인 논의의 대상이 되었다. 《둘안》처럼 해방 직전 일본인 지주에게 소유권을 넘겨받은 조선인 지주가 해방 직후의 혁명적 분위기에 겁먹고 소작인에게 소유권을 매도했다가 다시 뺏는 반전 속에 10년에 걸친 긴 분쟁에 빠진 파란만장한 과정을 리얼하게 다룬 소설은 일찍이 없었다. 그 10년은 또한 비상한 격동기였다. 해방 직후 좌우 격돌이 남북 두 정권으로 갈라서고 그 연장에서 6·25전쟁이 폭발하고 그럼에도 이승만 독재는 의연했던 시절을 배경으로 토지에 대한 농민들의 강렬한 욕망을 가감 없이 포착한 작가의 시선이 미덥다. 농민들을 탄압하는 인물들뿐 아니라 그들을 이용하는 좌익에 대해서도 엄정하거니와, 중각에 처한 변호사들의 형상도 살아있다. 특히 농민들의 언어를 실감나게 재현한 대목이

각별하다. 그러나 이 사건과 오늘을 연결하는 고리가 덜 의식적인 점이 걸린다. 그리고 전통적 리얼리즘의 쇄신이 부족한 것도 문제다.

《서른의 반격》은 88만원 세대인 주인공이 허위의 세상을 바꾸려고 몸부림치는 실존이 가상하다. 작은 체 게바라들에게서 희망을 읽게 한다. 사회 곳곳에서 반란을 일으키는 그들, 1프로에게 농락당하는 세상, 변화의 주역으로 사는 주인공들을 설정하는 작가의 시각이 미쁘다. 문장도 밀도가 짙고 잘 읽힌다. 사건과 주제를 형상화시키고 도출해내는 작가의 힘, 소설미학이 돋보인다.

《서른의 반격》은 본심 심사 대상작 중 가장 돋보이는 작품. 한국 사회에 미만한 진짜를 가장한 가짜들, 약자를 악랄한 사기술로 착취하는 구조적 모순에 저항하는 젊은이들이 이 소설에 등장한다. 그들의 저항은 비장하거나 영웅적이거나 하지 않고, 게임처럼 경쾌하게 행해진다. 소설의 주인공은 그러한 저항의 몸짓들을 직접 목격하고 경험하면서 자신의 왜소한 순종적 자아를 벗어내고 주체적 자아를 되찾게 된다. 위트가 넘치는 싱그럽고 유쾌한 소설이다. 과거에 갇힌《둘안》보다 현재와 소통하는《서른의 반격》을 당선작으로 삼는다.

심사위원 한승원(소설가), 현기영(소설가), 최원식(문학평론가)

작가의 말

어쩌다보니 같은 해에 두 권의 책을 낸다. 일 년 전의 나를 떠올려보면 믿을 수 없는 일이다. 이 소설은 2015년 2~3월 두 달 동안 초고를 쓴 작품이다. 쓰고 나서 연달아 다른 일들을 해야 했기에 한동안 묵혀 있다가 스물여덟이었던 지혜가 서른이 된 이제야 탄생한다. 초고를 쓸 때의 제목은 '보통사람'이었는데, '1988년생'이라는 제목으로 상을 받았고 이제 '서른의 반격'으로 출간된다. 패기 넘치는 제목이지만 걱정도 든다. 일단 서른을 앞둔 청춘들에게 해줄 말이 없는가라고 누가 묻는다면 나는 별로 들려줄 얘기가 없다. 조언과 지침으로 지쳐 있을 그들에게 단 한마디도 보태고 싶지 않다는 것이 솔직한 심정이다.

내가 재능이 있다고 생각했던 적이 있었다. 큰 노력 없이도 작게나마 여기저기에서 인정받던 때였다. 하지만 내가 진짜 나아가고 싶었던 곳까지는 결코 도달할 수가 없었다. 거의 다 왔다 싶으면 갑자기 거대한 산이 나타났고 기를 써서 그 산을 넘었더니 낭떠러지가 기다리고 있는 어이없는 여정이었다. 그간 쌓아온 노력이나 나만의 색깔 같은 건 비웃듯 휙 내동댕이쳐져서 처음부터, 완전한 0에서, 아무런 힌트도 없이, 그저 다시 시작하라는, 못하겠으면 그만두라는 지령이 아무렇지도 않게 떨어지곤 했다. 그 지령은 늘 내가 만나볼 수도 없는 누군가에 의해서 결정됐다. 그러니까 결국 세상이 내게 내린 명령이었다.

나는 그들을 동정하는 것으로 위안을 삼았다. 나를 알아보지 못하는 이름 모를 평가자들이 세상에 태어날 수도 있었던 귀한 무언가를 놓치고 있는 거라고 하하하, 하고 위악을 떨며 허세를 부리고 절대 포기하지 않겠다고 용을 썼다. 굳이 말하자면 그게 내 나름의 반격이었다. 그러나 내가 허세 어린 동정론을 펴든 지쳐서 울든 세상은 내게 전혀 관심이 없었다. 그래서 오히려 다행이기도 했다. 이상에 도달하는 건 어려운 것이고, 반복된 실패가 나만의 것이 아니라는 뜻이기도 했으니까.

글을 쓰면서 이따금씩 카페 안의 청춘들을 한 번씩 둘러보았다. 각자 무표정하게 앉아 수험서를 들여다보고 스터디 조를 짜서 모의면접을 치르는 지친 얼굴들. 현실이 될지 안 될지 모르는 목표를 마음속에 묻어두고, 일단은 애쓰고 있다는 점에서 그들과 나는 '우리'였다. 카페에서는 커피 향처럼 감미로운 음악들이 흘러나왔다. 마음을 어루만지는 달콤하고 낭만적인 노래들이었다. 이 작품이 여러 곡의 어둡지 않은 재즈 음악을 배경으로 삼게 된 건 그런 연유에서다. 나는 나와 당신들에게 묻고 싶었다. 어떤 어른이 되고 싶으냐고. 지금의 시간을 어떻게 기억하고 새길 것이냐고. 반격이 먹히지 않아도 마음속에 심지 하나쯤은 가지고 살아야 하지 않겠느냐고. 그런 질문과 상념이 모여 이 작품이 태어난 것 같다.

이 소설을 쓰는 동안 저녁에 집으로 돌아올 때 맡았던 봄 향기가 살짝 어린 서늘한 공기가 생생하다. 글을 완성했던 날 느꼈던 기분 좋은 설렘도. 기약 없는 미래를 응원해주는 가족과 엄마의 마음에서 일어나는 전쟁에는 아랑곳 않고 웃어주는 아이가 있어서 계속할 수 있었다.

번잡한 마음이 부끄러워지는 큰 상을 받았다. 심사위원 선생님들께 감사드린다. 상을 받고서 책이 나오기까지의 과정은 이 년 반 전의 나를 확인하고 그 후의 내면적 흐름을 되짚는 민망한 과정이었다. 멋진 의견을 나누어준 강건모 편집자, 아름다운 표지를 만들어준 권예진 디자이너와도 악수를 나누어야겠다.

많이 다짐했었다. 다른 이의 마음에 확산될 수 있는, 어떤 식으로든 닿을 수 있는 작품을 만들고 쓰겠노라고. 지켜질 수 있을지 두려움이 앞서는 다짐이다. 그 두려움 때문에, 그 두려움을 인질 삼아 다짐을 다진다.

2017년 가을

손원평

제5회 제주4·3평화문학상 수상작
서른의 반격

1판 1쇄 발행 2017년 10월 23일
1판 13쇄 발행 2024년 6월 3일

지은이 · 손원평
펴낸이 · 주연선

(주)은행나무
04035 서울특별시 마포구 양화로11길 54
전화 · 02)3143-0651~3 | 팩스 · 02)3143-0654
신고번호 · 제 1997-000168호(1997. 12. 12)
www.ehbook.co.kr
ehbook@ehbook.co.kr

ISBN 979-11-961998-0-7 03810